Casa Mariposa

Wer Schmetterlinge lachen hört,

der weiß, wie Wolken schmecken

Die Deutsche Nationalbibliothek verzeichnet diese Publikation in der Deutschen Nationalbibliografie; detaillierte bibliografische Daten sind im Internet über dnb.dnb.de abrufbar

© 2024 Katja Peters

Herstellung und Verlag:
BoD – Books on Demand, Norderstedt

ISBN: 9 783759 749185

Inhaltsverzeichnis:

Kapitel 1

Thank God it's Friday, sprach mir der Radiomoderator aus der Seele, als ich pünktlich um 13 Uhr den Rechner herunterfuhr und mich vom Büro ins Wochenende verabschiedete. Zufrieden und froh über zwei freie Tage, fuhr ich mit dem Lift direkt in die Tiefgarage, warf meine Tasche auf den Beifahrersitz und startete voller Vorfreude auf den heutigen Cocktailabend nach Hause.

Cocktailabend dachte ich wartend an einer roten Ampel! Der Name Cocktailabend passt doch nicht mehr zu uns fünf Ü50 Frauen. Anfangs, als sich unser kleiner Frauenclub gründete, fingen wir mit bunten Cocktails an und probierten hier und da gerne neue Varianten aus. Allein unser Nesthäkchen Jana, die einzige noch (!) U50-jährige in der Runde, stellte uns lächelnd einen Wanderkorb zur Verfügung, der mit verschiedenen Säften, prozentigen Flüssigkeiten, haltbarer Milch, bunten kleinen Schirmchen, Strohhalmen und Servietten bestück war. Heute gehörten schon zwei Lesebrillen mit zur Ausstattung, damit die Zutaten der plötzlich viel zu klein gedruckten Rezepte abgelesen werden konnten und da uns das Ganze zu kompliziert wurde, entschieden wir uns gegen den Wanderkorb und für einfache Longdrinks.

Ein Autofahrer hupte mich von hinten an und ich hob als Entschuldigung die Hand um zügig weiterzufahren. Wir sollten nun über einen neuen Clubnamen nachdenken. Spontan nahm ich mir vor, das Thema heute Abend mal anzusprechen und bog grinsend in die Anliegerstraße ein, da ich damit mit Sicherheit wieder eine Diskussion auslösen würde. Jana würde wieder mit Vorschlägen wie Dynamo Tresen, Glashoch Rangers oder Hangover 96 kommen, Ines würde versuchen mit Alltagsheldinnen zu punkten, Anke wäre eher für Frauen Power und unsere Hanna für Divine Angels.

Ich konnte mir die unentschlossenen Gesichter bildlich vorstellen, zumal ich das Thema bereits vor circa zwei Jahren schon mal vorsichtig angesprochen hatte. Damals scheiterten meine Ideen wie ´Einer kleckert immer`, sowie ´Club 22`. Ich weiß noch, wie mich alle vier absolut skeptisch anschauten und Anke meine Stirn nach einer eventuell erhöhten Temperatur abtastete, doch da bei jedem Treffen mindestens ein Glas weniger gespült werden musste, Essenreste auf der Kleidung Abdrücke hinterließen oder auch das Gesicht dekorierten, war eine Küchenrolle in unmittelbarer Nähe mittlerweile wichtiger als Diskobeleuchtung. Ich fand den Namen nicht nur witzig, sondern auch sehr passend, aber eben nur ich und mit meiner zweiten Idee, uns ´Club 22` zu benennen, gewann ich ebenfalls keinen Pokal, höchstens vier Fragezeichengesichter, die mich abwartend ansahen. Ich schaute damals in die Runde, sah, wie passend sich Ines ein Gähnen unterdrückte und klärte auf › *Na ganz einfach, die meisten von uns fangen ab zweiundzwanzig Uhr an zu gähnen!* ‹ und dass sagte ich, ohne jemandem zu nahe zu treten, denn auch ich zählte dazu. Mein Gehirn schaltete um diese Zeit automatisch langsam auf Schlafmodus um, was Jana absolut nicht verstehen konnte. Sie war unser Nachtmensch und verteilte schon beim Gähnen unterdrücken kleine Klopfer, um die Hirnzellen am Laufen zu halten.

Immer noch grinsend bog ich in unsere Einfahrt, schnappte mir meine Tasche vom Beifahrersitz und verließ nicht nur mein Auto, sondern auch die Idee einer Namensänderung, denn schließlich war es doch auch egal wie wir uns nannten, Hauptsache wir trafen uns, um einen gemeinsamen Abend zu verbringen, Informationen auszutauschen, Sorg und Freud zu teilen, leckeres Essen zu genießen und Geld in unsere Clubkasse einzuspielen, damit wir mal wieder ein gemeinsames Wochenende verbringen durften.

＊

In diesem Monat war Ines unsere Ausrichterin und wir trafen alle pünktlich um achtzehn Uhr bei ihr ein, also fast alle, denn unser Nesthäkchen Jana brauchte mal wieder ihren Extraauftritt.

Als wir, Anke, Hanna und ich den Garten betraten, war der Gartentisch bereits mit Süßigkeiten, Gläsern, Eiswürfeleimer, Aschenbecher und Servietten gedeckt. Alles im typischen Ines-Stil, ordentlich organisiert, nur extrem laut, denn sie versuchte sich gerade an der Bluetooth-Box, die auch prompt mit lauter 80er-Musik reagierte. Mit geröteten Wangen schüttelte sie die Box wie ein Shaker. » So ein Mist, wenn man einmal dieses blöde Ding hier braucht, ist alles verstellt. « Sie drückte hektisch ein paar Tasten und es wurde tatsächlich leiser.

» Hallo Ines und was für ein Empfang! Ich dachte schon, dein Jaus feiert im Garten Party und wir müssen unseren Abend im Esszimmer verbringen. « Anke drückte unsere Freundin, die uns gleich erklärte, dass Yannik den Vorabend mit ein paar Fußballkollegen gefeiert hatte und dabei wohl vergaß, die Lautstärke wieder zu regulieren. Hanna, die sich auf einen der Stühle setzten wollte, wurde von ihr auf einen anderen Stuhl verwiesen. » Hanna? Du sitzt heute bitte hier hinten! « Hanna schaute überrascht. » Warum das denn? Ich habe doch immer hier gesessen. Gibt es ab heute eine neue Sitzordnung? « Ines druckste etwas herum. » Das nicht, ich wollte aber lieber hier vorne auf dem Stuhl sitzen, damit ich schneller für Nachschub sorgen kann. «

Ich schaute zu den beiden und merkte, dass irgendetwas nicht stimmte, da sprach es Anke auch schon an. » Checkst du nicht den Grund, Hanna? Sieh dich doch mal um. Erstens, der Stuhl, auf dem du dich platzieren darfst, ist abwaschbar und zweitens stehen weder Regal noch sonst etwas in unmittelbarer Nähe, was dir kaputt gehen könnte, es sei denn, du legst dich mit der Plastikgießkanne an. « Hanna war diejenige, die am meisten sowohl mit Essen als auch mit Getränken kleckerte, der etwas auf dem Boden fiel, wo sich aus unerklärlichen Gründen das Band vom Sitzpolster löste oder das Kartenspiel plötzlich Wellen schlug, aber wenn das tatsächlich der Grund für eine Sitzordnung war, fand ich es schon etwas diskriminierend.

Ines wurde etwas rot und tippte sich verlegen an die Stirn. » Blödsinn, was ihr immer von mir denkt! Als ob ich so pingelig wäre. «

» Du doch nicht!!!! «, kam es synchron von Anke und mir und ich merkte, dass Hanna uns fragend ansah, was die Situation rettete, denn das hieß, sie hatte ihre Hörhilfe nicht eingesetzt. Ich wechselte wacker das Thema. >> Sag mal Ines, ist dein Mann zuhause? << >> Thomas? Ne, der ist zum Glück angeln gefahren. Warum fragst du? << >> Stefan hat irgendein Problem mit seinem Mähroboter und da ihr denselben habt, hat er ihn wohl versucht telefonisch zu erreichen, doch die Anrufe gingen irgendwie nicht durch. << >> Er ist bis morgen mit seinem Arbeitskollegen in Holland, vielleicht sitzen die beiden im Funkloch. << Anke grinste. >> Das kann man so oder so verstehen. << Ines verstand nicht. >> Wie so oder so? Wie meinst du das? << >> Na man kann manchmal auch freiwillig im Funkloch sitzen. So ergeht es mir, wenn sich meine Schwiegermutter zu Besuch anmeldet. Ich flüchte immer und wenn mich Peter dann anruft, bin ich zufällig im Funkloch. Die sind schon praktisch, diese Löcher. << Ines verstand immer noch nicht. >> Und warum? << >> Warum, warum, warum! Damit man nicht erreichbar ist! Oder meinst du, ich will mit dem Schwiegerdrachen an einem Tisch sitzen und mir den Tag versauen lassen? Renate würde nur wieder an mir, meinem Essen, dem Parfum oder an meiner Kleidung herumnörgeln und Peter würde ihr wieder stumm zuhören und zu feige sein, um mich in Schutz zu nehmen. << Sie schaute auf ihre Armbanduhr. >> Mensch, wann kommt Jana denn endlich? Ich sterbe bald vor Hunger! << Anke war unser lebendiges Kochbuch. Sie und ihr Mann Peter sprachen nicht nur ständig vom Essen, sondern lebten es tatsächlich. Rezepte wurden nicht nur gesammelt, sondern direkt umgesetzt und im WhatsApp Status präsentiert, sämtliche Kochshows wurden mit Block und Stift verfolgt und die neu gebaute Outdoorküche wartete auf ihre Einweihung. » Ich hatte heute nur ein Knäckebrot mit Frischkäse und Gurke, einen Blaubeerjoghurt, drei Tomaten mit etwas Mozzarella und … «

» … Hallöööchen mit drei Öchen ihr Lieben! « Die Gartentür sprang schwungvoll auf und Jana, unser Extrawürstchen, trat herein. » Bist du schon wieder am Essen, Anke? Wie oft soll ich dir noch erklären, dass Trinken wichtiger ist als Essen? «

Sie drückte uns alle zur Begrüßung und legte ihre Tasche auf dem noch freien Stuhl ab. » Nur ein Körper, dem genug Flüssigkeit zur Verfügung steht, kann alle lebensnotwendigen Stoffwechselvorgänge aufrechterhalten. Laut einer Studie wird Erwachsenen dazu geraten, zwei bis drei Liter Flüssigkeit am Tag zu trinken, da im Durchschnitt in Form von Urin und Schweiß täglich zwei Liter Körperflüssigkeit verloren gehen. Im Vergleich dazu, kommt jeder Körper, auch deiner Anke, je nach Verfassung, mehrere Wochen ohne feste Nahrung aus. Na, wenn das mal kein Beweis ist, dass Trinken deutlich wichtiger ist als Essen und wo wir gerade bei dem Thema sind, « sie wandte sich an Ines. » Gibt es heute keinen Sektempfang? «

Ines schüttelte nur den Kopf. » Ihr lasst mich gar nicht zu Wort kommen, aber diskutiert mal weiter, dann hole ich in der Zeit etwas zum Anstoßen. «

» Braves Mädchen. « Jana nahm eine Packung Zigaretten aus ihrer Tasche, zündete sich eine genüsslich an und schaut nochmal zu Anke, die ihr gegenübersaß. » Wenn ich mich recht erinnere, wolltest du doch eigentlich nach unserem Fastenurlaub im letzten Jahr mehr auf deine Ernährung achten! «

Anke schaute pikiert. » Das mache ich doch auch! Ich ernähre mich bestimmt bewusster und gesünder als du, aber ich freue mich eben auf unser monatliches gemeinsames Schmausen. «

Ich nahm die Menükarte von unserem Lieblingsitaliener, bei dem wir immer bestellten und drehte mich zu Hanna, die neben mir saß. » Komm, wir beide suchen uns schon mal unser Menü aus der Karte aus, bevor Anke sie gleich nicht mehr hergibt. «

Hanna schaute mich überrascht an. » Karate? Du? Respekt, Katja, das hätte ich dir gar nicht zugetraut. «

Ich zog erstaunt die Augenbrauen hoch. » Karate? Ich? «

Jana sprang wie von einer Tarantel gestochen hoch, stieß dabei knapp Ines um, die auf einem Tablett wackelig fünf gefüllte Gläser balancierte, beugte sich über den Tisch und schubberte Hannas Ohren. » Meine liebe Hanna, jetzt sag mir bitte nicht, dass du dein kaputtes Hörgerät wieder eingelegt hast. Bitte, bitte nicht. «

Jana mochte weder wiederholte Wörter noch Sätze und ging deshalb relativ steil, wenn Hanna wieder mal die alte Hörhilfe, die sie aufgrund ihrer rheumatischen Erkrankung tragen muss, mit dem Wackelkontakt eingelegt hat. Es machte Plöpp und Hanna grinste. » Danke, Jana. Ich merke es bei diesem Gerät leider nie, wenn es sich verstellt oder für eine Millisekunde offline schaltet. «

>> Du nicht, aber wir! Mir reicht es schon, wenn mein Mitmieter Henning nicht richtig zuhört und ich ihm alles doppelt und dreifach sagen muss. « Sie verdrehte die Augen und Hanna fühlte sich angegriffen. >> Das kannst du doch wohl nicht vergleichen! Erstens höre ich jedem zu, es sei denn mein Gerät streikt und zweitens sitzt dein Henning, wenn er im Auto unterwegs ist, vielleicht auch mal im Funkloch! «

Jana staunte. >> Hey, gut zurückgefeuert, Hanna Maus, aber mal ehrlich, so langsam nehme ich es dir persönlich, dass du immer das kaputte Gerät trägst, wenn wir uns treffen. Was ist denn diesmal der Grund dafür? Waren die Batterien vom neuen Hightech Gerät leer, hast du es verlegt oder ist es schon kaputt? «

Hanna verstand den Aufstand nicht. >> Nichts davon, ich habe es zur Reinigung gebracht und einfach vergessen abzuholen. Komm du erstmal in meinem Alter, dann vergisst du auch so einiges. «

Ines versuchte einen zweiten Anlauf, stellte vorsichtig das Tablett auf den Tisch und reichte jedem ein Glas mit blauer Flüssigkeit. >> So, jetzt aber mal etwas vorsichtiger. Sollen wir eben auf einen schönen Abend anstoßen, bevor noch ein Glas umkippt? «

Ich staunte. >> Wow, das sieht ja großartig aus. Was hast du denn da Gigantisches kreiert? «

>> Der Cocktail heißt Gulfstream und ist ein Gemisch aus Rum, Blauer Engel, Orangensaft, Brandy sowie Zucker. Ich hoffe er schmeckt euch. Also Mädels, schön, dass ihr da seid. « Unsere Gläser klirrten und wir ließen uns den Aperitif schmecken.

* * *

Unser Abend, der etwas ruckig begann, verlief lustig, unterhaltsam und spielerisch abwechslungsreich, nur Ines blieb auffällig ruhig. Sie beschwerte sich noch nicht mal, dass sie so oft verlor, was mir doch etwas komisch vorkam, denn meistens hatte sie an jedem Spiel etwas auszusetzen. Wurde Rummykub vorgeschlagen, folgte gleich ein Satz wie ´och nö, nicht das schon wieder. Da verliere ich doch immer`; legte ich ein Kartenspiel auf dem Tisch, war ihr das Spiel zu schnell und mit Quizspielen brauchten wir gar nicht erst anfangen. Heute Abend wurde alles ohne Einwand mitgespielt und höchstens die Schultern gelassen gezuckt, wenn sie mal wieder verlor. Irgendwas stimmte da doch nicht. » Sag mal, ist bei dir alles in Ordnung? Du wirkst heute so in dich gekehrt und scheinst meilenweit weg zu sein. Du beschwerst dich nicht über das gelieferte Essen, verdrehst nicht die Augen, wenn wir kleckern, und auch so wirkst du heute verdammt gelassen. «

Sie zuckte regelrecht zusammen. » Ich? Findest du? «
» Sonst hätte ich dich nicht angesprochen. «
Sie stand spontan auf. » Ich hole mal eben ein paar Knabbersachen « und verschwand im Haus.
Hanna schaute mich an. » Ups, jetzt hast du aber einen wunden Punkt getroffen. «
» Meinst du? «
Hanna schüttelte den Kopf. » Glaub mir, ich kenne Ines schon etwas länger. Wenn sie so ruhig ist, dann ist etwas im Busch und sie steht kurz vor dem Explodieren. Wer weiß, vielleicht hatte sie wieder mal ärger mit Thomas und der ist deshalb zum Angeln gefahren oder

Stress mit Yannik? Er ist doch frisch aus London zurück, oder nicht? «

Anke gähnte kurz auf. » Was macht ihr euch für einen Kopf? Es ist doch nichts Neues, dass die drei sich ständig in den Haaren liegen! Könnt ihr euch dran erinnern, wann bei denen untereinander mal ein freundliches Wort ausgetauscht wurde. Thomas nörgelt nur an ihr herum und traut ihr nichts außer Putzen zu und Yannik? Der hat doch auch mehr Hiebe wie Liebe erfahren und jetzt bestimmt auch keine Lust mehr auf heile Welt zu machen. Wäre er nicht in London von seinem Kumpel ausgenommen worden, wäre er bestimmt nicht mehr nach Hause gekommen, sondern hätte seinen Wunsch nach Selbstständigkeit verwirklicht. Schade, dass sein zweiter Versuch dort Fuß zu fassen auch nicht nach Plan lief. Ich glaube, ich habe die Familie noch nie glücklich oder lachend zusammen gesehen. Irgendwie erinnern mich alle an saure Gurken. «

» Anke! «

» Ja ist doch so, Katja. «

Jana schaute von ihrem Handy auf. » Gurken? Bist du schon wieder am Essen? « und als Ines zurückkam » Achtung Ankelein, da kommen Chips! «

Just in dem Moment, als Ines die Schalen abstellte, übersah sie die offenstehende Colaflasche, die prompt umkippte und sich über Tisch, Stühle sowie Sitzbezüge ergoss. » Ach Scheiße! « Anke sprang erschrocken hoch, stieß mit dem Knie vor dem Tischbein und passend fielen noch zwei gefüllte Sektgläser dazu. Kurze Schockstarre bei allen, dann retteten wir schnell Spielkarten vom Tisch sowie Handys und Zigarettenschachteln, während Ines mit roten Flecken im Gesicht zum

Haus lief, um Lappen und Eimer zu besorgen. Jana blieb völlig gelassen. » Na guck, da kommt doch wieder Schwung in die Runde. Endlich kann Ines wieder putzen und etwas mehr Farbe zeigt sich auch auf ihrem Gesicht! «

» Als ob ich Langeweile hätte. Du sprichst schon wie mein Mann. « Damit, dass Ines so schnell mit einem gefüllten Wassereimer und Lappen auf der Terrasse erschien, hatte Jana nicht gerechnet. » Sag mal, hattest du den Putzeimer etwa schon vorbereitet stehen? « Ich fand, ihr Gesicht wurde immer farbiger. » Ja, aber nur für alle Fälle. «

Hanna drehte sich suchend um. » Welche Bälle? Bist du da drüber gestolpert? «

Ines stöhnte nur kurz auf und machte sich an das Saubermachen und ich zeigte Hanna auf die Ohren und half beim Trockenwischen. » Kleine Sünden bestraft das Leben sofort, Ines. Du platzierst Hanna auf einem Extrastuhl und dir passiert das Malheur. « Ich konnte schon verstehen, dass Hanna vor Genugtuung grinste und sich völlig entspannt eine Zigarette anzündete.

» Im Moment passieren mir aber ständig solche Sachen. Entweder schlage ich beim Saugen die gute Bodenvase um, lasse das Essen anbrennen oder fahre mir beim Einparken die Felgen kaputt. «

Jana zündete sich ebenfalls eine Zigarette an. » Dafür gibt es nur ein Synonym und das heißt urlaubsreif! «

Ines wrang den Lappen aus. » Urlaub! Ich weiß schon gar nicht mehr, wie man das schreibt. «

» Das brauchst du auch nicht, sondern nur buchen. «

Hanna schaute unter dem Tisch.

» Was suchst du? «, erkundigte sich Anke.

» Na die Bälle, das hatte Ines doch gerade gesagt. «

» Was habe ich gesagt? «

» Irgendwas mit suchen. «

» Hanna! «

» Falsch? «

Ich zeigte erneut auf ihre Ohren. » Schubber mal richtig. «

Es machte wieder Plöpp und sie war wieder online, Ines fertig mit dem Putzen, doch Jana noch nicht durch mit dem Thema. » Jetzt mal ehrlich, Ines. Fahrt doch mal wieder in den Urlaub! Ihr seid doch sonst auch nach Malle oder Rhodos geflogen. «

» Ja, das stimmt, aber momentan lässt unsere Familienstimmung keinen Urlaub zu. Thomas ist oft genervt, Yannik bringt nur Unordnung ins Haus und allein möchte ich nicht fahren. «

Jana klatschte begeistert in die Hände. » Perfekte Antwort! Schade, dass ich das jetzt nicht per Handy aufgezeichnet habe, denn wer spricht denn hier von allein fahren? Ich sag immer, Frauen und Männer sind wie Essig und Öl. Kommen sie zusammen, haste den Salat. Gut, dass du uns noch hast! Also ich habe immer Zeit, zu viele Überstunden und lebe gerne mal ein paar Tage abseits von Henning. « Jana und Henning waren seit eh und je wie Engel und Teufel. » Was ist mit Euch? Sollen wir uns nicht mal wieder ein paar gemeinsame Tage gönnen? «

Es arbeitete in allen Köpfen, das sah jeder jedem an, und am Ende des Abends, als das Thema nochmal zur Sprache kam, äußerte sich Hanna zuerst. Sie hatte schon Lust, wollte aber erst mit ihrer Familie sprechen,

Anke meldete, dass sie gerne mitfahren würde, aber erst ihren Mann Peter zwecks Gleichberechtigung irgendwo unterbringen musste und ich, ja ich hatte Lust, Überstunden und Co., wusste, dass jeder Urlaub mit den Mädels lustig, aber auch abenteuerlich war und wollte zuhause auch erst mit Stefan über den Vorschlag reden. Ines, bisher zurückhaltend, überraschte uns dann. » Ich glaube, meine beiden Männer wären froh, wenn ich mal ein paar Tage nicht zuhause bin und sie mal so hausen dürfen, wie sie möchten. Wahrscheinlich wird es hier dann wie auf einem Schlachtfeld aussehen und ich nach meiner Rückkehr einen Herzklabaster bekommen, aber das wäre ja erst nach dem Urlaub, also hätte ich wenigstens noch ein paar schöne Tage mit euch. «

Wir waren uns einig, fanden zwar noch kein Reiseziel, aber gedanklich packte jede von uns schon den Koffer.

Kapitel 2

Zwei Wochen wurden veranschlagt, um Reiseziele sowie Angebote einzuholen, dann trafen wir uns alle pünktlich um achtzehn Uhr bei Hanna im Garten. Alle, bis auf Jana! Anke nervte es. » Pünktlichkeit, hat meine Oma immer schon gesagt, Pünktlichkeit ist die einfachste Form der Wertschätzung. Bei Jana ist es doch pure Absicht! Ich habe ihr das letztens schon mal gesagt und wisst ihr, was sie mir geantwortet hat? › Ich bin nicht unpünktlich, Ankelein, das Beste kommt eben immer zum Schluss. « Sie schnaufte auf. » Genauso wie ihr Getue, wenn sie dann endlich erscheint! Immer gestresst, immer alles dramatisch, immer alles mit Problemen. Manchmal glaube ich, dass sie selbst das Problem ist. Also, ich weiß nicht, wie ihr das seht, aber ich habe jetzt keine Lust wieder auf Madame zu warten. « Und wenn man bekanntlich vom Teufel spricht, dann klingeln ihm die Ohren, was bei uns die Handys waren. Absender - Jana:

´Hallöchen Mädels, komme etwas später, bin gerade etwas Busy, aaaaber, wenn es gut läuft, bringe ich eine Riesennummer mit! Also drückt eure Däumchen, stellt schon mal ein Sektchen kalt, denn wenn das funktioniert, wird unser Urlaub ein Sechser im Lotto! @Hanna! Pack schon mal neue Batterien in dein Gerät, damit du gleich nichts verpasst. Bis gleichi...`

Anke verdrehte die Augen. » Typisch unser Extrawürstchen wieder. Wieso verniedlicht sie eigentlich immer alles? Gleichi, Däumchen, Hallöchen, Sektchen? Manchmal vergisst sie glaube ich schon, dass auch sie bald zu den Fünfzigern gehört und kein Teenie mehr ist. Busy! Letztens hat sie Peter getroffen und ihn mit Hey Diggah begrüßt. Er nahm es direkt persönlich, da er dachte es wäre eine Anspielung auf sein Gewicht, dabei ist das ja die neue moderne Kumpel-Begrüßung! Mann, Mann Mann, ich frage mich manchmal, wie Henning es mir ihr aushält! «

Hanna grinste. » Das fragt er sich wohl selbst öfters. «

Ines schenkte sich ein Glas Wasser ein, was Anke wunderte. » Oh Ines? Du trinkst Wasser und keine Cola? Was ist los? «

» Nichts ist los, aber wenn unsere Reise Richtung Süden geht, möchte ich wenigstens noch in meine Badesachen passen. «

Hanna tippte an ihre Stirn. » Als ob du zugenommen hättest! Erzähl mal lieber, wie Thomas auf unsere Urlaubsidee reagiert hat? Ist er tatsächlich froh, mal mit seinem Sohn in einer typischen Männer WG zu hausen? «

Ines nippte am Wasser. » Wahrscheinlich! Auf jeden Fall wollte er mir schon den Koffer aus dem Keller holen und seinen gleich mit, denn beide haben sich nach meiner Kundgebung gleich zusammengesetzt und ebenfalls Urlaubsangebote durchforstet. Ich habe so das Gefühl, die zwei planen einen Vater-Sohn-Urlaub. «

Ich freute mich. » Großartig und gut für dich, dann bleibt euer Haus wenigstens sauber! Also Stefan hat auch nichts dagegen, dass wir uns ein paar Tage gönnen möchten, er fragte nur nach dem Grund, da wir in den letzten Jahren eigentlich immer gefahren sind, wenn ein Hilferuf in der Gruppe erschien. Ich habe dann tatsächlich dich, Ines, vorgeschoben und erzählt, dass du ein paar Tage verreisen möchtest und Begleitpersonen suchst. «

» Naja, ist ja nicht unbedingt gelogen und außerdem bin ich ja auch mal dran. «

Hanna schaute erstaunt. » Womit? «

» Zu unserer Kreuzfahrt sind wir gekommen, als Jana dem Alltag entfliehen musste, danach folgte Katjas Hilferuf und wir lernten Langeoog kennen, letztes Jahr Ankes Fasten-Notruf und diesmal eben mein SOS. Für das nächste Mal müsstest Du, Hanna, Alarmsignale abgeben. «

Sie lachte. » Mache ich, ich lasse mir etwas einfallen. Übrigens ist euch Sven dankbar, dass er selbst nicht fliegen muss und passt lieber auf Hund und Sohnemann auf, obwohl Fynn mit zwanzig auch allein klarkommt. «

Ines nickte. » Das sollte er wohl auch in dem Alter! «

Hanna drehte sich abrupt zu ihr. » Das sagst du, wo dein Yannik genauso alt ist und du ihm alles nachputzt? «

Anke klatschte in die Hände und wenn Anke klatschte, klatschte sie einen lauten Schall herbei. » Mein Sohn, Dein Sohn, das spielt doch jetzt keine Rolle. Ich habe jedenfalls grünes Licht für unsere Reise. Peter habe ich so sehr von unserem letztjährigen Heilfasten vorgeschwärmt, dass er mit seiner Mutter Renate eine Woche buchen möchte. Der alte Drachen war doch bereits dort und kam, oh Wunder, begeistert zurück und Peter, naja, dem könnten ein paar Kilo weniger auf den Rippen nicht schaden. «

Ines lehnte sich zurück. » Dann hätten wir das schon mal geklärt, aber wohin verreisen wir? Ich bin ehrlich, ich habe nicht großartig nach Reisezielen geguckt, deshalb finde ich es nur fair, wenn ich mich bei der Entscheidung etwas zurückhalte. « Ich nahm zwei Kopien aus meiner Tasche. » Ich habe auch nur die beiden Angebote ausgedruckt. Einmal eine Rheinschifffahrt und hier habe ich noch eine Schottland Rundreise gefunden. « Hanna nahm ihr Handy zur Hand. » Ich habe ebenfalls zwei Angebote herausgesucht, die ich echt schön fände. Einmal Mallorca und einmal Rimini. Ich dachte, wenn ich die Chance habe in die Sonne zu fliegen, dann nutze ich sie auch. Aber mal abwarten, was Jana für einen Joker, ach Lottogewinn, in der Tasche hat! « Anke gähnte. » Unser Extrawürstchen kommt bestimmt mit einer Rundreise durch die französische Weinwelt um die Ecke oder so eine Scheinwelt, wo gutaussehende Männer Cowboy und Indianer spielen können und sie die Rolle als Saloon Frau übernimmt... « » ... schon nahe dran, Ankelein! Hallöchen ihr Lieben, ihr werdet sehen, euer Warten wird sich auszahlen! Aber bevor ich jetzt die Bombe platzen lasse, Hanna, füll doch mal wacker die Sektgläser auf! « Anke verdrehte erneut die Augen.

» Das habe ich gesehen, Ankelein, aber glaube mir, du wirst ihn gleich brauchen, wenn du mein unschlagbares Angebot hörst. Ich glaube, ich werde alles toppen. «

Ich musste grinsen. » Man könnte fast meinen, du hast tatsächlich einen Sechser im Lotto in der Tasche. «

23

» So ungefähr fühlt es sich auch an. Hanna? Hast du genug Batterievolumen und die richtige Frequenz eingestellt? « Hanna reagierte nicht, deshalb wiederholte Jana ihre Frage, doch Hanna rührte sich immer noch nicht.

Genervt stand Jana auf. » Mensch Hanna, was sagt eigentlich deine Familie zu den ständigen Aussetzern deiner Gerätschaften? «

Sie grinste nur gelassen. » Mensch Jana, jetzt komm mal runter und atme tief durch. Du machst Stress! Ich habe heute extra für dich mein neues Gerät eingesetzt und würde gerne anfangen, meine Angebote vorzulesen! «

* * *

Am Ende, als alle Vorschläge präsentiert waren, fielen gleich die ersten Reisen raus, da die Preise durch die Inflation einfach zu hoch waren.

Jana hörte sich alle Angebote relaxt an, kommentierte nichts, bis sie selbst endlich an der Reihe war. » Toll Mädels, toll. Ihr habt auch echt schöne Ziele gefunden, alles schön, alles nett, aber leider auch alles so Standard. Wenn ihr durch seid, würde ich dann mal mein Angebot lüften. Es ist zwar nur eins, aber mit krawumms. Passt auf und haltet euch fest, denn hier und jetzt, tata taataaaa, kommt der absolutes Burner und ich freue mich, dass ich euch the only one … «

Anke war genervt. » …, wenn du so weiter machst, begleite ich Peter zur Kur. Mach doch nicht immer so einen Wirbel! «

Jana hätte zwar gerne weiter ausgeholt, besann sich dann aber doch nur auf das Wesentlichste. » Na gut, dann fasse ich mich eben kurz. Wie ihr wollt! Also von meiner Arbeit der Dozent, dessen Chef … «

» …, KUUURZ! « Ines wurde auch langsam ungeduldig und Hanna bereute die neue Hörhilfe eingesetzt zu haben. Ich musste nur grinsen, denn so waren meine Mädels. Immer im Abklatsch.

» Also gut, wenn ihr es lieber kurz und schmerzlos, als ausgiebig und gefühlsecht mögt, dann eben nicht. Mein Angebot heißt Casa Mariposa auf Gran Canaria. «

Ich schaute Jana an. » Mari was? Ist das eine neue Hotelkette? «

Jana zündete sich gelassen eine Zigarette an. » Mariposa. «

Hanna schaute ebenfalls skeptisch. » Heißt der Ort Mariposa? Oder heißt das deutschübersetzt Medusa? Madame Medusa, der Frau, aus deren Kopf Schlangen statt Haare wuchsen. «

Anke verdrehte die Augen. » Boah, Hanna! Du und dein kriminalistischer Hang. «

» Von wegen, die Sage gibt es wirklich, die habe ich mir nicht ausgedacht! «

Jana räusperte sich etwa lauter. » Mariposa heißt übersetzt Schmetterling. Und Mariposa ist weder ein Hotel noch ein Mythos, sondern eine echte Finca-Villa mit Außenpool, Palmen und einer großen Plantage. Sie liegt absolut abseits vom Massentourismus und ist einfachgrandios. «

Ankes Mund klappte auf. » Und was soll der Spaß kosten? Ihr wisst, dass mein Peter die Kontoauszüge kontrolliert und wenn er sieht, dass mein Urlaub teurer als seiner war, dann wird er knitterig. «

Jana nickte zustimmend. » Wir wissen das du so einen Kontrollfreak zuhause hast Ankelein, deshalb sagte ich ja, ich habe ein unschlagbares Angebot in der Tasche, denn die Finca wird uns nichts kosten. Nippes. Wir könnten und dürften sie dank meiner dienstlichen Connections eine ganze Woche lang gratis bewohnen, unter Palmen liegen, im Pool schwimmen, ... «

Ines lachte auf und tippte sich an die Stirn. » Du glaubst auch noch an den Weihnachtsmann! Mensch Jana, ich dachte du bist eine Frau von Welt, die weiß, dass das Leben wie eine Pralinenschachtel ist und am Ende immer nur trockene Rosinen übrigbleiben. «

Ich staunte und das im doppelten Sinne. Wo holte Ines denn auf einmal den Spruch her und wieso blieb Jana dabei so gelassen? Sie saß völlig entspannt auf dem Gartenstuhl und blies kleine Rauchkringel in die Luft, so kannte ich sie gar nicht und ehe ich mich weiter wundern konnte, schoss Jana dann doch zurück.

» Meine liebe Ines, ich glaube nicht, dass du mir sagen musst, wie das Leben spielt. « Jana tippte sich an die Nase. » Immer erstmal an die eigene packen, meine Liebe und bei der Finca handelt es sich nur um einen Vorschlag. Ich habe noch nicht zugesagt oder unterschrieben, aber ich höre mir auch gerne deine Reisevorschläge an. Was hast du denn so für uns im Angebot? «

Ines wurde etwas verlegen. » Ich habe nichts herausgesucht. Wann denn auch? Ich arbeite, habe Haus, Garten und zwei Männer zu versorgen, ... «

Jana winkte ab. » Ich weiß und wir anderen haben alle Langeweile! Ach Ines, sei vielleicht einfach etwas vorsichtiger im Umgang mit deinen Worten, denn sie finden immer einen Weg zurück und wenn du mir oder meinem Angebot nicht traust, dann sag es einfach frei heraus, aber unterlass einfach deine komischen Sprüche, die dir absolut nicht stehen. «

Na, das waren ja prima Voraussetzungen für einen entspannten und fröhlichen Urlaub unter Freunden, aber ich konnte Jana verstehen und das nicht nur ich, sondern auch Hanna. » Jetzt halten wir mal den Ball flach. Gibt es denn Bilder von der Finca? Oder irgendwelche Daten wie Größe, Einrichtung und so weiter? Ich meine, das wäre ja mal ein ganz anderer Urlaub! « Jana holte ihr Handy aus der Tasche. » Daten und Fakten habe ich! Hanna? Online? « Diese nickte strahlend, denn allein die Worte Pool und Palmen lösten in ihr Glückshormone aus. » Hier kommt die Beschreibung, die ich vorhin selbst vom Inhaber erhalten habe. Herzlich Willkommen in der Casa Mariposa, die Schmetterlings-Finca im schönen Ort Mogán. Die Unterkunft bietet im Außenbereich einen Garten, eine Plantage, mehrere Terrassen, eine Outdoor-Küche, einen Außenpool sowie Parkplätze. Die klimatisierte Lodge verfügt über fünf Schlafzimmer, mehrere Flachbildschirme, einen Essbereich, zwei Küchen, vier Bäder und ein Wohnzimmer mit Kamin. Handtücher sowie Bettwäsche werden in der Lodge gestellt. Einkaufsmöglichkeiten sind in circa zehn Autominuten erreichbar, der nächste Strand in fünfzehn, « zufrieden legte sie ihr Handy auf den Tisch. Das Angebot musste erstmal sacken, was Jana grinsend beobachtete. » Sektchen? «

Anke schüttelte nachdenklich den Kopf. » Ich frage mich aber schon, wer fünf fremden Frauen gratis eine

27

Finca mit so einer Ausstattung überlässt? Hast du auch Bilder von dem Anwesen? «

Jana nahm ihr Handy auf. » Naja, fremd ist relativ und natürlich gibt es Fotos. Ich schick sie am besten an unserer Gruppe. Also meine Urlaubsentscheidung ist bereits gefallen, jetzt liegt es an euch « und klickte auf Nachricht senden.

Ich staunte nicht schlecht, als ich die Bilder von einer typischen Bungalow-Finca sah. Der Garten war mit reichlich Palmen ausgestattet, der Pool einladend beleuchtet, die Terrasse gemütlich eingerichtet. Allein die Einfahrt durch das Metalltor sah pompös aus und ich konnte mir sofort vorstellen, dort ein paar Tage zu verbringen.

Ines legte ihr Handy auf den Tisch. » Entweder schuldet dieser Typ dir einen Riesengefallen oder du hast ihn bestochen? Oder wohnt der Hausherr auch dort und sucht noch ein paar dumme Mädels, die ihm die Zeit vertreiben? «

» Selbstverständlich verbringt der Inhaber dort auch von Zeit zu Zeit seinen Urlaub, allerdings momentan nicht und ganz ehrlich Ines, der Typ ist so eine Granate, der ganz andere Kaliber wie uns abbekommen kann und gerne fasse ich nochmal kurz das Angebot zusammen, um die Entscheidung zu vereinfachen. Wir bekommen das Haus oder die Villa auf jeden Fall für eine Woche für uns ganz allein und umsonst. Wir müssen nur den Flug und die Verpflegung selbst tragen. Das Anwesen wird in der Regel nicht fremdvermietet, aber da ich bei dem Besitzer tatsächlich noch einen Stein im Brett habe, bot er mir diese Villa an. Ehrlich gesagt, hatte ich mir mit seinem Gefallen selbst einen schönen

Abend gemacht und deshalb auch erst sein Angebot abgelehnt, doch irgendwie hat er keine Ruhe gelassen, er wollte seine Schuld bezahlen, wie er es ausdrückte und da ich kein Geld annehmen wollte, stellt er mir die Finca für eine Woche zur Verfügung. «

Überrascht zog ich die Augenbrauen hoch. » Aber *ER* weiß, dass Du mit uns dort urlauben möchtest, oder freut *ER* sich auf eine gemeinsame Woche mit dir? « Jana winkte ab. » Nein, das weiß er. Also zumindest, dass ich mich jetzt doch für die Finca entschieden habe und diese gerne für eine Woche übernehme. «

Skeptikerin Ines schüttelte den Kopf. » Nee, tut mir leid, da bin ich raus. Wer weiß, was uns da erwartet. Lasst uns lieber ein normales Hotel buchen. Ich glaube, das ist sicherer. «

Mir kam das Angebot auch etwas komisch vor und fragte vorsichtig nach. » Sag mal Jana, du kennst den Besitzer schon persönlich, oder? Also ich meine, der Besitzer hat dir persönlich das Angebot gemacht und es war nicht der Gärtner oder jemand vom Wachdienst, der dir mit dem Angebot imponieren wollte? «

» Joan, der Besitzer und ich kennen uns durch meine Arbeitsstelle. Er ist ein sehr beliebter, netter und angesehener Mann.

Ich scrollte noch mal alle Bilder in Ruhe durch und fand die Unterkunft fantastisch. Einfach nur fantastisch. Neben den absolut irren Außenbildern überzeugte mich die Unterkunft auch von innen. Alle Schlafräume sahen gemütlich aus, die Küche geräumig, die Bäder modern, der Wohnbereich zum Verweilen und der Ausblick auf Berge sowie Plantage absolut einladend. » Und du bist dir auch wirklich sicher, dass es sich bei den Bildern um die angebotene Finca handelt? Ich meine, dass sieht alles so bombastisch aus, dass ich zu Recht etwas skeptisch bin. « Ines war froh nicht wieder die Einzige zu sein, die vielleicht übervorsichtig reagierte. » Genau das sind auch meine Gedanken. Gefallen würde mir die Finca auch, aber ich frage mich ernsthaft, wie hoch die Schuldgefühle vom Besitzer sein müssen, dass er dir so eine Unterkunft gratis überlässt? Ich denke, für so ein Objekt zahlt man doch mindestens 500 Euro pro Tag, oder? Jana, irgendetwas kann da nicht stimmen oder verkehrst du in kriminellen Mafiabereichen? «

Jana zog langsam genervt an ihrer Zigarette. » Wir müssen das Angebot nicht annehmen, wir können auch gerne eine ganz normale Pauschalreise mit Massenabfertigung beim Buffet, besetzten Liegen, billigen Shows, gepantschten Cocktails und Kindergeschrei bis in die Abendstunden buchen. Nicht, dass ich diese Urlaube schlecht machen möchte, aber, wenn man die Chance mal auf einen etwas anderen Urlaub hat, würde ich den vorziehen und nur so zum Vergleich habe ich mal gegoogelt, welche Kosten auf uns zukämen, vielleicht fällt dann die Entscheidung leichter. Für den Hin- und Rückflug müsste wir circa 500 Euro pro Person rechnen zuzüglich persönliche Ausgaben für die Verpflegung. Einen Leihwagen brauchen wir nicht extra buchen, da Joan sein Auto am Flughafen abgestellt hat und wir dieses nutzen dürfen. Okay, es kämen vielleicht noch ein oder zwei Tankfüllungen hinzu, aber durch fünf Personen gerechnet sollte das kein Problem sein. «

Wir verfielen ins Schweigen. Das hörte sich alles so rundum perfekt an, dass meine Zweifel nicht aufhörten, deshalb schlug ich nach einer Weile eine Nacht Bedenkzeit ein und jeder sollte am nächsten Tag seine Entscheidung in die Gruppe setzen. Ich persönlich wollte zuhause mit Stefan über das Angebot sprechen und Herrn Google über Joan und Casa Mariposa abfragen.

* * *

Stefan schaute sich zuhause die Bilder auf meinem Smartphone an und verstand unsere Skepsis nicht. Er meinte, dass sei wieder typisches Frauendenken, erstmal hinter jeder Tür nach dem Fehler suchen, anstatt bei so einem Top Angebot sofort zuzuschlagen. Er würde diesen Luxus sofort buchen und bot sich als freiwilligen Bodyguard an, was ich dann aber lachend ablehnte.

In dieser Nacht schlief ich so gut wie gar nicht, weder ein noch durch! Ich zählte stumm die Vor- und Nachteile dieser Reise auf, dann, wenn ich mal kurz einnickte, träumte ich in dieser kurzen Schlafphase von Mafiageschäften und Ungeziefer und als ich morgens völlig gerädert aus dem Schlafzimmer schlich, schaltete ich beim Wasserkochen mein Handy ein, welches sofort los piepte. Mein Gott, dachte ich, als allein elf neue Nachrichten in der Cocktailgruppe aufblinkten! Schnell goss ich mir Tee auf, schnappte mir eine Banane und setzte mich damit auf die Terrasse.

Ines schrieb drei Nachrichten in der Nacht, da sie ebenfalls Schlafprobleme hatte. Am Ende war sie immer noch skeptisch, deshalb hatte sie gleich drei Hotelangebote von Gran Canaria angehangen, Hanna gab zu, per Google erfolglos die halbe Nacht nach kriminellen Organisationen auf Gran Canaria gesucht zu haben, dafür hatte Anke Erfolg. Sie suchte im Netz nach guten Restaurants und Supermärkte im Ort Mogán, war vom Angebot sofort begeistert und somit die Einzige, die ein Daumen hoch Emoji schickte und sich bisher für die Finca entschied.

Ich zündete mir eine Zigarette an und dachte, dass es schon schön wäre, morgens in Ruhe auf der Terrasse gemeinsam zu frühstücken und sich nicht um ein Omelett am Buffet zu streiten. Dann, wie Jana schon erwähnte, ist es natürlich auch nett, am eigenen Pool zu liegen und nicht wie eine Ölsardine Liege an Liege mit fremden Personen und sollten wir Lust auf Strand bekommen, konnten wir ja bestimmt mit dem Auto hinfahren, somit wären wir absolut flexibel. Ich suchte nach mehr Vorteilen und gelang zum Abendessen. Auch hier stellte ich fest, dass landestypische Tavernen oder im Schlabberlook eine gelieferte Pizza zu essen auch sehr verlockend waren. Am meisten aber überzeugte mich allerdings die Vorstellung der Ruhe.

Erneut piepte mein Handy auf.

@Anke:

Guten Morgen Mädels, ich hoffe, ihr habt besser geschlafen als ich? Gestern Abend hat mir Peter seine Buchungsbestätigung vom Kurhaus in Bad Salzuflen vorgelegt und es wäre schön, wenn wir zum selben Zeitpunkt einen Reisetermin finden. Ihr wisst ja, Peter ist nicht gerne allein ...

Jetzt zu meiner Entscheidung: wenn ihr die traumhaften Bilder von Paella und Fischgerichten in den Restaurants sehen würdet, würde euch wahrscheinlich jetzt auch das Wasser im Mund zusammenlaufen, deshalb ist meine Entscheidung gefallen: ich entscheide mich für die Finca, auch wenn die anderen Angebote auch interessant waren. Ich bin mal gespannt, wohin unsere Reise nun geht und aber schaut bitte, ob es euch terminlich passen würde. Ich warte und freue mich schon auf die Antworten.

Also von mir, 1:0 für die Finca. Mit deiner Zustimmung, Jana, steht es ja auch schon 2:0.

LG Anke

Ines, ebenfalls eine Frühaufsteherin, meldete sich umgehend mit ihrer Entscheidung:

@Ines:

Guten Morgen auch von mir. Ich habe gefühlt die ganze Nacht wach gelegen und mir viele Gedanken gemacht. Fazit – ich bin immer noch sehr skeptisch. Thomas brauche ich nicht um Rat fragen, er würde mir alles schönreden, Hauptsache ich bin ein paar Tage außer Sichtweite, deshalb stimme ich der Finca zu. Aber nur, weil mein Mann mir diese mit Sicherheit nicht gönnt. Somit steht es mit meiner Stimme jetzt 3:0 für die Finca und ich hoffe, dass ich diese Entscheidung nicht bereuen werde.

VG Ines

P.S. Durch meine Zustimmung steht die Entscheidung bereits, auch wenn Katja und Hanna sich gegen die Finca entscheiden. Ach herrje, hoffentlich war das jetzt kein Fehler!

Ich legte mein Handy zurück auf den Terrassentisch, bückte mich, um ein Gänseblümchen vom Rasen zu pflücken und zupfte die einzelnen Blätter ab. Finca, Hotel, Finca, Hotel, als nur noch ein weißes Blättchen an der Blüte hing, sagte ich dann laut, Finca. Meine Entscheidung habe ich dem Gänseblümchen überlassen.

@ Katja:

Hola von mir. Ihr lest, ich bin schon mal mit meiner Antwort in Spanien. Etwas teile ich die Meinung mit Ines, aber ich denke mal, wenn es unseriös wäre, hätte uns Jana dieses Angebot nicht schmackhaft gemacht. Ich freue mich auf Gran Canaria, auf euch und ja, auch auf die Finca. Sollte es ein Fake sein, haben wir noch die Hoteloption von Ines, also lösche deine Angebote mal lieber noch nicht. @ Jana: Lass dir vielleicht etwas schriftlich von diesem Joan geben, damit wir im Notfall etwas in der Hand haben?!? Hiermit steht es 4:0 für Casa Mariposa!

Schnell drückte ich auf Nachricht senden und freute mich jetzt doch, dass ich mich dazu entschieden hatte.

* * *

Am Nachmittag kam dann noch die Zustimmung von Hanna und Jana meldete sich mit den Worten ʹgebuchtʹ an uns zurück. Sie wollte sich umgehend um die Flüge kümmern und dann konnte unsere Reise bereits in sechs Wochen starten!

Kapitel 3

» So langsam könnten wir aber auch zur Landung ansetzen, ich habe schon ganz dicke Beine «, nörgelte Ines. » Schau mal Jana, ich kann richtig in mein Unterbein drücken und es bleibt eine Delle vorhanden. « Hanna, die zufrieden aus dem Fenster schaute, nickte. » Wasser. Ich sehe Wasser. « Ines zuckte hysterisch zusammen, schnallte sich panisch ab, um besser auf den Fußboden schauen zu können. » Ich laufe aus! Wasser! Ich bin undicht! « Jana schaute sie verwundert an. » Was hast du dir denn heimlich reingezogen? « » Nichts, ich laufe aus, Hanna hat Wasser gesehen! « Diese zeigte seelenruhig zum Fenster. » Ja da. Guck selbst, dann siehst du das Meer. « Ines stütze erleichtert ihren Kopf in die Hände. » Ich glaube, der lange Flug bringt nicht nur Wassereinlagerungen in den Beinen, sondern hinterlässt bei mir schon Spuren im Kopf. « Jana, ganz in sommerlich Pink angezogen, schaute auf ihre Uhr. » Eine gute halbe Stunde musst du noch durchhalten und sei doch froh, dass der Hinflug schon mal reibungslos funktioniert hat. Wer weiß, was gleich noch auf uns zukommt! « Ines schoss aus ihrem Sitz hoch. » Aha! Ich wusste das du immer nur so tust, als sei alles easy, aber jetzt bist du wohl selbst gespannt, was uns gleich erwartet! Gut, dass ich die freien Hotelangebote nicht gelöscht habe. «

Jana blieb erstaunlich ruhig. >> Ach Ineslein, ich hatte echt gehofft, dass du wenigstens ungeerdet mehr Humor in dir trägst, aber sogar im Himmelreich sprüht deine negative Frequenz vor Freude über. Aber mach es wie du möchtest, es ist dein Leben, nur steck uns damit nicht an. Natürlich bin ich gespannt auf das, was uns gleich erwartet, aber freudig Ines, freudig! Kennst du das Wort? Ich würde eher wetten, dass deine Hotelangebote bereits ausgebucht sind, als dass gleich weder Auto noch Finca vorhanden sind. *Solltest* du und die Betonung liegt hier auf *solltest*, tatsächlich recht behalten und wir gleich nichts als Luftschlösser vorfinden, würde ich tatsächlich meine Menschenkenntnisse in Frage stellen, nach einer passenden Lösung suchen und auch eine finden! Weißt du, was mich sehr freuen würde? Wenn du wenigstens im Urlaub nicht immer so depri drauf bist und deinem Gesicht mal etwas Spaß gönnst und jetzt setz dich mal langsam wieder hin, wir sind nämlich im Landeanflug und ich komme direkt zum anderen Thema. Mädels? Wer hat denn nachher Lust mit mir einkaufen zu fahren? Wir brauchen dringend Getränke, Getränke und Getränke und auch etwas zum Frühstück. <<

Anke öffnete die Augen. >> Wenn meine Augen das sehen könnten, was meine Ohren gerade gehört haben, verstehe ich meinen knurrenden Magen. Göttlich, ihr sprecht übers Essen! Ich begleite dich auf jeden Fall. <<

Ich überlegte kurz, doch dann sah ich Anke bildlich vor mir wie sie hyperaktiv sämtliche Regale abgrasen würde. >> Wenn Dein Magen Augen hätte, müsstest du wahrscheinlich zwei Einkaufswagen gleichzeitig schieben! << Sie streckte mir die Zunge heraus und ich grinste. » Also ich muss nicht unbedingt mit zum Einkaufen und würde mich um die Küche kümmern. Einmal vielleicht alles durchspülen und auch so mal schauen, ob alles funktioniert und in Ordnung ist. «

Ines meldete sich wie in der Schule. » Sollte das Haus tatsächlich existieren, bin ich auf jeden Fall erstmal mit dem Desinfizieren beschäftigt. «

Ich drehte mich zu ihr um. » Jetzt sag nicht, du hast den Koffer voller Putzlappen, Desinfektionsmittel und WC-Tabs gepackt? «

» Ich habe sogar ein Moskitonetz und Anti-Bettwanzenspray eingepackt, dafür aber Insekten- und Ungezieferspray vergessen. Vielleicht könntet ihr das vom Supermarkt mitbringen? «

Hanna lachte laut auf. » Jetzt warte doch erstmal die Unterkunft ab! Wenn sie tatsächlich so Top ist wie sie auf den Bildern aussieht, dann brauchen wir weder etwas desinfizieren noch einsprühen. «

» Deine Worte in Gottes Gehörgang! «

» Genau, in meinen stecken schließlich kleine Helfer. «

* * *

Wir waren alle froh nach knapp fünf Flugstunden wieder festen Boden unter den Füßen zu haben. Meine Knochen waren vom langen Sitzen so steif, dass ich mir wie ein Roboter vorkam und auch so durch den Flugzeuggang humpelte. Auf der Gangway wurde ich von Jana überholt. » Du siehst von hinten aus wie die Schwester von Quasi Modo. «

» Von wegen! Ich bin steif gesessen. «

» Das Alter, liebe Katja, das böse Alter! «

» Witzig Jana, wenn ich richtig rechne, dann hast du in knapp drei Jahren auch das fünfte Jahrzehnt erreicht und kommst auch langsam in die knackige Zeit. «

Sie hakte mich unter. » Dann habe ich wenigstens einen anderen Grund, jeden Tag ein Glas Wein zu trinken, denn auch wenn Alkohol keine Lösung ist, ist es immerhin ein Hilfsmittel, um Schmerzmittel zu umgehen. «

» Na das ist auch eine Logik! Trinkst du jeden Abend ein Glas Wein? «

» Zu Henning Zeiten schon, aber so langsam bessert es sich. «

Ich blieb erstaunt stehen. » Wie zu Hennings Zeiten? Jana jetzt sprich doch mal Klartext! «

Sie zog allein weiter. » Da vorne müssen wir zur Gepäckausgabe und dann zum Parkhaus drei, Parkplatz 346. Ach Mädels, es wird wundervoll werden, ich freue mich so wahnsinnig! Ich spüre tief in mir, dass es fantastisch wird! «

Ich bekam einen Schubser von hinten. » Was stehst du denn hier mitten im Gang, Katja? Komm wacker unsere Koffer holen. « Anke ging an mir vorbei. Ich war irritiert und fragte mich, wie Jana die gerade gesagten Worte meinte. Wie hatte sie sich nochmal ausgedrückt? Zu Hennings Zeiten schon, aber jetzt wäre es besser geworden? Zu Hennings Zeiten?! Haben sich die zwei etwa getrennt und wir haben nichts davon mitbekommen? Ich nahm mir vor, dass im Urlaub die richtige Zeit wäre, um meinen Klärungsbedarf zu befriedigen!

* * *

Mit dem Gepäck in der Hand machten wir uns auf den Weg zum Parkhaus. Hanna schaute auf eine Hinweistafel. » Das Parkhaus drei befindet sich in diese Richtung. Also ich gebe ehrlich zu, dass ich bisher auch noch etwas an der ganzen Urlaubsgeschichte gezweifelt habe, aber ich glaube, wenn dort jetzt tatsächlich ein Auto auf Platz 346 steht, zu dem dein Schlüssel passt, dann freue ich mich noch mehr auf die Finca. « Jana hielt ein Autoschlüssel hoch. » Auch wenn ihr nichts sagt, höre ich es in euren Köpfen arbeiten. Ihr macht euch verrückt und mich bald mit. In gut einer Stunde werdet ihr Zeuge, dass Casa Mariposa keine Seifenblase, sondern ein schön gemauerter Traum ist und sehe uns nachher schon relaxt am Pool abhängen. Anke? Wir dürfen nicht vergessen Sangria zu kaufen. Notiert dein Kopf das bitte für mich? «

Ich schaute sie prüfend an, um ihr zu signalisieren, dass wir beide mit dem Thema Henning noch nicht durch waren, aber Jana war jetzt zu aufgedreht, um mich oder meinen Blick überhaupt zu registrieren, deshalb folgte ich allen ins Parkhaus sowie in den Lift, der uns in die dritte Etage fuhr. Anke wusste nicht, in welche Richtung sie laufen sollte. » Mit der Bodenkreide haben die hier aber ganz schön gespart. Man kann kaum noch die Zahlen erkennen. Wollt ihr links suchen, dann gehe ich … « Jana drückte spontan den Öffner auf der Funk Fernbedienung und wir sahen von weitem etwas aufleuchten. » Drück nochmal, Jana! « Gesagt, getan und wieder blinkte es auf.

Hanna staunte. » WOW! Gut, dass ich nicht fahren muss. So ein großes Auto? Der hat doch mindestens sieben Sitze! «

Jana drehte sich zu Ines. >> Und? Glaubst du jetzt, dass die Reise kein Fake ist? Nun werde mal langsam lockerer, ist doch bisher alles easy gelaufen. << Wir gingen zum aufgeblinkten Auto und standen vor einem modernen pechschwarzen Van. Ines konnte sich ein > Mafiaauto < nicht verkneifen und verstaute ihr Reisegepäck im Kofferraum. Jana saß bereits hinterm Steuer >> Wer von euch möchte denn mein Navi spielen? << und plötzlich verschwanden meine Mitreisenden wie Ameisen im hinteren Teil des Autos, so dass ich Beifahrer und Navi spielen durfte. Im Stillen betete ich direkt, dass wir je ankommen!

Gekonnt und völlig selbstsicher manövrierte Jana den Van geschickt durch das Parkhaus in Richtung Ausfahrt und dann auf die Autobahn GC-1.

Mir fiel plötzlich ein, dass sie doch eigentlich auch einen Hausschlüssel haben müsste. Am Anhänger vom Autoschlüssel war er nicht mit angebracht. >> Sag mal, wie kommen wir eigentlich in das Haus? Hast du dafür auch schon einen Schlüssel bekommen? <<

Von hinten hörte ich Ines nur ein > da bin ich mal gespannt< nuscheln.

>> Für das Tor brauchen wir einen Code, den hat mir Joan zugemailt und der Hausschlüssel müsste im Handschuhfach liegen. Schau doch mal nach. <<

Ich öffnete das Fach, sprang völlig erschrocken zurück, so dass Jana, die sich durch mich ebenfalls erschreckte, das Lenkrad verriss und einen kleinen Schlenker in Richtung Leitplanken machte. Ines und Anke schrien auf, nur Hanna blieb cool. >> Was ist passiert? Musstest du einem Tier ausweichen? <<

Ich drückte mich immer noch in den Sitz und merkte, wie ich Schnappatmung bekam. Jana, die das Auto wieder sicher unter Kontrolle hatte, schaute mich verwundert von der Seite an. » Was erschreckst du mich denn so? Hast du eine tote Schlange im Handschuhfach gefunden, oder was? «

» Schlange? Gibt es hier etwas Schlangen? « Jetzt bekam Ines große Augen, doch die wurden noch größer, als ich den entdeckten Gegenstand vorsichtig aus dem Fach hob und hochhielt. Anke reagierte prompt. » Lasst uns sofort zurück zum Flughafen fahren! «

Ich hielt eine kleine, aber feine Pistole in der Hand. Voller Panik rüttelte Ines am Beifahrersitz. » Katja! Leg das Ding zurück, aber vorsichtig, die ist bestimmt geladen. Vielleicht befindet sich dein Joan doch in Mafiageschäften und wir sitzen in oder sogar auf einer tickenden Zeitbombe. Ich wusste es, ich wusste es von Anfang an. Jana? Dreh um, aber bitte vorsichtig, nicht dass wir Aufsehen erregen oder das Schießsortiment unter uns aktiviert wird. «

Jana blieb locker, äußerlich auf jeden Fall und Hanna fand Interesse, was für unsere heimlich genannte Miss Marple ja kein Wunder war. » Mega! Eine echte Knarre! Wie im Film. Katja zeig mal, ob die geladen ist. «

» Bist du irre? «, Ines rückte weiter zu Anke. » Pack das Ding wieder zurück, Katja! Und wisch am besten noch deine Fingerabdrücke ab. Wer weiß, wem die gehört und was das Ding schon verbrochen hat! « Sie öffnete ihren Rucksack und reichte mir ein Desinfektionstuch.

Langsam und luftanhaltend legte ich die Pistole wieder zurück ins Handschuhfach, schloss es vorsichtig und starrte danach auf meine Hände, als ob ich gerade abgedrückt hätte. Ich hatte noch nie eine echte Pistole in der Hand und fand es ein absolut fremdes Gefühl. Jana wirkte immer noch gelassen und erklärte, dass es sich bei der Pistole um ein Kleinkaliber handelt, die von vielen betuchten Männern einfach zum Selbstschutz dient. » Liegt denn der Schlüssel auch im Fach? « Ich schaute sie sprachlos von der Seite an. » Na was? Guck doch nochmal nach! «

» Und die Knarre? «

» Erstens wird die gesichert sein und zweitens schießt sie nicht von allein. « Jana blinkte und überholte einen Transporter.

Ich traute mich nicht das Fach erneut zu öffnen, zumal zwei unserer Mitfahrer auf der Rückbank mich mit Blicken warnten. Hanna sah es immer noch als Spiel. » Öffnen müssen wir das Fach doch sowieso, sonst kommen wir ja schlecht an den Schlüssel und ins Haus. «

Ines sah es anders. » Erstens wird es kein Haus geben und zweitens, sollte es eins geben, kann Jana den Schlüssel noch aus dem Fach nehmen, wenn wir angehalten haben und nicht alle im Auto sitzen. «

Jana verstand und lachte auf. » Aha, damit ich, falls der Kaliber sich selbstständig machen sollte, allein dran glauben darf. Mensch Ines, in dir steckt ja doch ein Quäntchen Humor. «

» Selbst schuld, schließlich hast du uns den Schlamassel eingebrockt! «

Jetzt ging es mir doch etwas zu weit. » Wir haben uns alle für Mariposa entschieden! Es ist immer einfach, es einer Person zu zuschreiben, wenn etwas nicht nach Plan läuft, aber es ist absolut nicht fair, jetzt Jana alles in die Schuhe zu schieben nur weil sie die Idee mit der Finca hatte. «

» Pfffff «, hörte ich es nur von hinten und beugte mich nach vorne. » Ich werde jetzt nachschauen, ob im Handschuhfach ein Schlüssel liegt, damit sich die Gemüter wieder beruhigen. « Auch wenn ich keinen Rückspiegel hatte, konnte ich mir vorstellen, dass mich das Bild an die drei Affen erinnern würde. Vorsichtig öffnete ich erneut das Handschuhfach und sah etwas in der Ecke aufblitzen. Vorsichtig griff ich neben der Pistole entlang zu dem Gegenstand und zog einen goldenen Schmetterlingsanhänger hervor, an dem ein Schlüssel baumelte. » Das müsste der Hausschlüssel sein. « Ich hielt ihn hoch.

Jana, immer noch easy, suchte einen flotten Sender im Radio. » Na seht ihr und jetzt werdet alle mal etwas lockerer. Gerade ihr zwei Angsthasen hinter mir. Ihr dürft nicht vergessen, dass wir hier in Spanien und nicht in Deutschland sind. «

Ines wurde langsam sauer. » Spanien, genau und Spanien ist Europa und nicht irgendein Gangsterloch im tiefsten Ghetto. Ich will zurück zum Flughafen. Sofort! «

Hanna schüttelte den Kopf. » Ich nicht, ich bleibe! Jetzt wo es so spannend wird, sowieso. Mensch Mädels, wir sind zu fünft, was soll uns passieren? «

Jana meldete sich ebenfalls. » Ich bleibe auch, wenn nötig auch allein, aber ich kann gerne die nächste Ausfahrt nehmen und zurück zum Flughafen fahren. Anke? Was ist mit dir? Flughafen oder Abenteuer? «

Anke überlegte kurz. » Also wenn wir mit dem Auto heile in unsere Unterkunft ankommen, diese Unterkunft tatsächlich den Bildern entspricht und keinem Waffenarsenal oder so gleicht, dann möchte ich schon gerne bleiben, außerdem wäre es eine Schande für all die Tapas und Paellas, die auf mich warten. Was ist mit dir, Katja? «

Ich hatte den ersten Schock überwunden und wusste im Vorfeld schon, dass keine Reise mit meinen Freundinnen langweilig wurde, also nickte ich grinsend. » Ich nehme das Abenteuer. «

Jana freute sich. » Na geht doch. Ines? Soll ich dich dann jetzt zurückfahren? «

Sie zog wieder einen Flunsch. » Witzig, als ob ich allein fliege! Dann bleibe ich auch, aber eines sag ich euch, wenn wir alle verschleppt und ausgehungert in einer Höhle landen, dann beschwert euch nicht. «

Jetzt mussten wir doch alle lachen, denn ich glaube, dann hätten wir andere Sorgen! Nach gut einer Stunde Fahrt verließen wir die Autobahn und durchfuhren den Ort Mogán. Dieser gefiel mir auf Anhieb und ich nahm mir vor, diesen später zu Googlen. Jana schaute mich von der Seite an. » Danke, dass du so eine ruhige Beifahrerin bist. Henning war immer so nervös, wenn ich gefahren bin, der hat mich dann richtig verunsichert. «

Ich und ruhig? Allein der Gedanke an die in greifbarer Nähe befindlichen Waffe, brachte mein Puls zum Überschlag. » War? Hat er sich gebessert oder klebst du ihm jetzt seinen Mund zu, bevor du losfährst? «

Anke klopfte an die Autoscheibe. » Schaut mal zu den Bergen. Da sind fast überall kleine Einbuchtungen. Ob das Höhleneingänge sind? «

Ines schaute skeptisch aus dem Fenster und murmelte etwas, was sich wie › werden wir bald von innen kennenlernen ‹, doch Jana grinste. » Ja ja, die bunten Hippie Zeiten. Ach, ich wäre auch das perfekte Blumenkind! «

» Ein Rind? «, lachte Hanna auf, doch Jana verdrehte die Augen. » Das ist jetzt nicht dein Ernst, oder Hanna? Ich hatte bis gerade echt gedacht, dass du dein neues Gerät eingesetzt hast und hoffe und bete für dich, dass dein Handgepäck keine Schlafmaske beinhaltet, sondern viele viele Batterien! «

Ich nahm ihr die Hoffnung. » Vergiss es. Wie sollte sie denn damit durch den Zoll kommen? «

Hanna fühlte sich gar nicht angesprochen. » Warum müssen hier denn Nutztiere durch den Zoll? «

Janas` Puls stieg, das sah man ihr an. Abrupt fuhr sie auf den Standstreifen, trat auf die Bremse, stieg aus, öffnete die hintere Tür, nahm Hannas Gesicht in beide Hände und schubberte an ihren Ohren, bis es Plöpp machte und unsere Freundin wieder online war. » Und dafür hast du jetzt angehalten? «

Jana schnaubte. » Anke? Notiere bitte sämtlich auffindbare Batterien zu kaufen, sobald wir einen Akustiker gefunden haben. «

Hanna war überrascht. » Wofür braucht ihr denn so viele Batterien? «

Jana gab es auf. Sie setzte sich wieder hinter das Steuer und gab Gas. Vollgas, denn es blitze einmal auf und schon war sie im Kasten, samt mir als überrascht

45

reinschauende Beifahrerin. Na ja, dachte ich, wer das Foto in die Hände bekam, wird sich sicherlich über so viel Urlaubsfreude im Gesicht wundern!

Kapitel 4

» Fahr mal bitte etwas langsamer «, ich setzte mich aufrecht hin und holte meine Brille aus dem Rucksack, um die Straßenschilder besser lesen zu können. Konzentriert schaute ich auf die ausgedruckte Wegbeschreibung in meinen Händen. » Direkt nach einer Linkskurve führt ein Weg rechts den Berg hinauf – hier steht, wir sollen auf die Beschilderung am Gehweg achten und auf ein Ausrufezeichen, da die Abbiegung sehr eng ist. Dieser Weg führt einen etwas kurvigen Berg hinauf zur Finca Mariposa und dann Mädels, dann wird Urlaub gemacht. Ich freue mich! «

» Lieber nicht zu früh, Katja, warte erstmal ab was oder vielleicht auch wer da auf uns wartet. « Ines konnte einem aber auch jede Vorfreude nehmen. Ich drehte mich zu ihr um. » Mensch Ines, jetzt hör doch mal auf immer alles schlecht zu reden. Sollte das Haus existieren aber tatsächlich dreckig und von Ungeziefer bewohnt sein oder wir eine durchlöcherte Leiche vorfinden, kehren wir direkt um, suchen uns ein schönes Hotel und lassen Jana bezahlen. «

» Was? Ich? «

» Nein, das war ein Scherz, aber jetzt, Achtung, hier links kommt ein Schild und da steht tatsächlich Mariposa drauf. Jana, brems mal ab und schau mal dort hinter der Kurve scheint es bergauf zu gehen. « Jana schaltete in den ersten Gang, fuhr vorsichtig den doch recht steilen Berg hinauf und nach der dritten Kurve standen wir vor einem hohen geschlossenem Metalltor. Ich erkannte es von den Fotos wieder. Nun hieß es Hop oder

Top. Vorsichtig, und komischerweise auch leise, stiegen wir alle, bis auf Ines, aus dem Van.

Herrlich! Ich war so froh, dass wir, ohne uns zu verfahren oder schlimmer, einer explodierten Autobombe unterm Hintern, heile am Haus angekommen waren, dass ich den wunderschönen königsblauen Schmetterling, der sich auf einem Stein sonnte, sowie die fantastischen Pflanzen neben dem Zaun gar nicht wahrnahm. Dann, als die Anspannung in mir etwas abfiel, entdeckte ich einen Schmetterlingsbaum nach dem anderen und alle waren voller bunter Falter. Anke und Hanna schossen die ersten Handybilder, während ich mich auf einen großen Steinfindling gegenüber der Toreinfahrt hockte und mir eine Zigarette genehmigte. Ich sah, wie auch Ines sich wagte, das Auto zu verlassen, dabei aber den Boden inspizierte, als ob überall Tretminen vergraben waren. » Und jetzt? Müssen wir etwa Googlen, was Simsalabim auf Spanisch heißt, oder wie öffnet sich das Einfahrtstor? «

» Abwarten, irgendwas macht Jana doch dort. « Jana stand neben einem Steinsims am Tor, scrollte suchend auf ihrem Handy, um dann etwas in einer Maueröffnung einzutippen. Wahrscheinlich ein versteckter Türöffner, überlegte ich und siehe da, das Tor setzte sich langsam in Bewegung und gab uns Stück für Stück den ersten Blick auf einen traumhaften Garten, einer hübschen Finca und einen einladenden Pool frei. Hanna war hin und weg. » Kneift mich mal, das sieht ja aus wie im Film! «

» Hauptsache uns erwartet jetzt kein Lieblingskrimi von dir. « Ines verstellte ihre Stimme » verschollen im Gebirge. «

Ich tippte mir an die Stirn und stand vom Findling auf, um behutsam das Grundstück zu betreten. Von außen sahen Haus und Garten einfach traumhaft aus und original wie auf den Bildern. Anke hatte ihr Handy für die nächsten Aufnahmen parat. » Ein Paradies, Katja. Guck dir mal die fantastischen Pflanzen an. Und dann der Pool! Ich glaube da muss ich heute noch rein. « Ich ging zum Haus, welches durch Fenster- und Türengitter doppelt abgesichert war. Vorsichtig schaute ich durch und blickte direkt in einen Schlafraum. WOW, es sah einfach perfekt aus. Ich ging ein Fenster weiter und sah einen großen Wohnbereich. » Mädels, ich glaube Jana hatte recht. Das scheint tatsächlich ein Sechser im Lotto zu sein. «

Diese hatte mittlerweile das Auto in einem Carport abgestellt, den Hausschlüssel gezückt und uns den Vortritt ins Innere der Finca überlassen.

Anke war entzückt. » Kann ich vielleicht das erste Zimmer links beziehen? Das sieht so großartig aus! «

Jana war es egal. » Von mir aus kann sich jeder ein Zimmer aussuchen; es sind ja genug vorhanden. «

Ines meldete sich. » Ich würde gerne eins mit Fernseher nehmen, eigenem Bad und allround Fliegennetze. «

» Hast du etwas Angst vor Schmetterlingen? «

» Das nicht, aber im Zimmer möchte ich so ein Tier auch nicht unbedingt flattern haben. «

» Ich dachte, du hast ein Fliegennetz dabei? «, wunderte sich Anke.

» Ja und? Habe ich auch. Aber warum sollte ich es verschwenden, wenn hier schon ein Moskitonetz vorhanden ist. Möchte es einer von euch haben? «

Hanna überlegte kurz. » Was denn nun? Das Zimmer oder das Netz? «

» Das Netz! «

» So wie ich das sehe, haben alle Schlafräume ein Fliegennetz am Fenster. « Und so aufgewühlt ging es erstmal weiter. Es wurde diskutiert, es wurden Zimmer begutachtet, dass wir nicht hüpfend durch das Haus sprangen, war alles! Jeder suchte sich zufrieden eines der fünf Schlafräume aus, inspizierte die Küche, die Bäder, den großen Wohnbereich mit Kamin, Couch und Fernseher und die nett eingerichtete Diele mit einem alten antiken Sekretär sowie einem Bücherschrank. Die Decken der Finca waren mindestens vier Meter hoch und mit Holzbalken verziert, was so richtig landestypisch aussah. Alles in einem einfach nur schön und als wir zufrieden das Innere besichtigt hatten, machten wir uns gemeinsam auf den Weg, um die Außenanlage zu bestaunen.

Der Garten bestand aus einem im Boden eingelassenen Pool, einem Außengrillplatz mit Kamin und Steinofen und einer bunten Pflanzenwelt. Neben Schmetterlingsbäumen standen viele unterschiedliche Palmen, Kakteen, großartig blühende Pflanzen, gefolgt von einer riesengroßen Obstplantage mit Orangen, Bananen und jeder Menge Mangobäumen. Auf der Hausordnung, die an der Haustür hing, hatte ich gelesen, dass das Pflücken der Früchte untersagt war, aber wer sah das hier mitten im Gebirge schon? Ich konnte mir nicht vorstellen, dass jemand die einzelnen Früchte des ungefähr fünf Hektar großen Grundstückes abgezählt hat. Langsam folgten wir hintereinander der Wegpflasterung einer Treppe, gingen um das Haus herum und entdeckten erstaunt einen weiteren Wohnbereich, der quasi unter der Finca gebaut wurde, aber ebenfalls eine Terrasse mit Grillplatz enthielt. Auch hier waren die Glastür und Fenster durch Metallstäbe abgesichert. Anke spähte durch die Stäbe und wunderte sich. » Lebt hier jemand? «

Ines zuckte zusammen, so dass Anke die Augen verdrehte. » Mensch Ines, ich habe doch nur gefragt, ob hier jemand wohnt und nicht gesagt, da liegt jemand tot auf dem Boden! Ich wusste gar nicht, dass du so ein kleiner Schisser bist. «

» Bin ich auch eigentlich nicht, aber irgendwie ist mir hier alles unheimlich. «

» Lass mal sehen. « Ich schaute ebenfalls durch das Gitter. » Es liegen Anziehsachen auf einer Couch und auf dem Tisch steht ein benutzter Teller. Sieht so aus, als hätten wir einen Mitbewohner. Sollen wir mal anklopfen? «

Hanna grinste. » Wenn jemand da wäre, wären wahrscheinlich die Metallstäbe nicht geschlossen, oder? «

» Stimmt auch wieder. «

Jana ging langsam weiter. » Vielleicht hat ein Vormieter vergessen aufzuräumen? Kommt, lasst uns auspacken und endlich Einkaufen fahren. Meine Kehle ist schon ausgetrocknet! «

» Erzähl uns mal was Neues! «, rutschte es Anke raus und Jana lachte auf. » Wann glaubst du mir eigentlich, dass Milch gefährlicher als Alkohol ist? «

Ines tippte sich an die Stirn. » Wer erzählt denn so einen Quatsch? «

Jana folgte den Weg zurück. » Wieso Quatsch? Könnt ihr euch etwa noch an die ersten Jahre eures Lebens erinnern? Na, seht ihr, Filmriss! «

Kapitel 5

Ich hatte das Fenster in meinem Zimmer weit geöffnet, froh, dass ein Fliegennetz heimliche Insekten-Eindringlinge boykottierte und machte mich an das Kofferauspacken. Zuerst hing ich meine Kleidung ordentlich in den eingebauten Kleiderschrank, befüllte Schubladen mit Badesachen und Unterwäsche, schob meine Schuhe unter eine Kommode, die Kosmetiksachen ins Bad und das Ladekabel meines Handys in die Steckdose. Als alles erledigt war, stellte ich den leeren Koffer neben meinem Bett ab, nahm meine Zigaretten und steuerte freudig die Terrasse an, wo ich auf Anke traf, die ebenfalls alles ausgepackt und verstaut hatte. Ich setzte mich zu ihr. » Fertig und das zum Glück. Ich mag weder Koffer ein- noch auspacken. Das Einpacken stresst mich immer kopfmäßig. Was kann ich wie am besten von den Klamotten kombinieren, wie viel Paar Schuhe brauche ich und dann der ganze Kleinkram! Ladekabel, Krankenkarte, Buch, Badeschlappen, Sonnenbrille, Nagelfeile, Strandtasche, … nee Anke, ich mag das nicht. Ich bin dann echt hektisch und froh, wenn ich den Koffer schließen kann. «

Anke zuckte mit den Schultern. » Ich mach mir da gar nicht so großartig Gedanken. Koffer auf, Kleiderschrank auf, alles, was passt rein, Koffer zu und fertig. «

Ich bewunderte das. » Das könnte ich nicht. Bei mir hängen schon ein paar Tage vor dem Packen einige Anziehsachen gebügelt am Schrank, dann, wenn der Tag des Packens kommt, überdenke ich nochmal die Garderobe und dann habe ich immer noch oft das falsche sowie zu viel eingepackt. «

» So viel wie ihr packe ich ja erst gar nicht ein. Ihr habt bald das doppelte wie ich auf der Waage gehabt. Apropos Waage. Wo bleibt denn Jana? Ich denke, wir wollten Einkaufen fahren! Mein Magen bittet um Nachschub « und wie auf Kommando grummelte er los und ließ uns auflachen. » Fein, dass hier gelacht wird. «

Anke drehte sich um. » Jana! Prima das du auch mit dem Auspacken fertig bist! Dann können wir doch jetzt fahren! «

» Auspacken? Ich? Mädels, sind wir hier im Urlaub oder auf der Flucht? « Jana nahm sich eine Zigarette von mir. » Ich rauche mir wacker eine und dann können wir gerne starten Hast du den Einkaufzettel noch im Kopf? «

» Ja natürlich. «Wieder grummelte es bei Anke.

Ich schüttelte lachend den Kopf. » So langsam habe ich das Gefühl dein Magen hat Ohren. Ist dir schon mal aufgefallen, dass der sich immer meldet, sobald wir von Lebensmitteln, einkaufen oder Restaurants reden? «

Jana nickte. » Im Gegensatz zum Hirn meldet sich der wenigstens, wenn er leer ist. Na, dann komm, wir fahren mal lieber los, bevor dein Magen ganze Lawinen auslöst. «

Als ich die beiden bergabfahrend beobachtete, legte ich meine Beine hoch und schloss für einen kurzen Augenblick die Augen, um einfach den Augenblick zu genießen. Die Temperaturen lagen bei optimalen fünfundzwanzig Grad und ein leichter Wind ließ die Palmenblätter wedeln. Es war herrlich! Und dann diese Ruhe!

Pft, pft, pft, hörte ich es hinter mir und überlegte, welches Tier wohl solche Geräusche macht. Pft, pft, pft. Da schon wieder. Ich öffnete die Augen, drehte mich auf dem Stuhl um und entdeckte Ines, die mit einer Literflasche Desinfektionsspray durch das Haus streifte. Ich glaubte das nicht! Sie war so in ihrer Arbeit vertieft, dass sie mich gar nicht wahrnahm und ich unseren Putzteufel beobachten konnte. Großzügig wurden Tische, Stühle, die Küchenarbeitsplatte sowie Schrank und Türklinken eingesprüht. Ich verschränkte die Arme. Bis jetzt konnte ich die Gegenstände, die desinfiziert wurden, nachvollziehen, doch als Ines sich auf den gefliesten Fußboden hockte, um die Sitzgelegenheiten auch von unten zu besprühen und dann noch mit dem Finger einen Staubtest der Sockelleisten überprüfte, konnte ich nur noch staunen. Also wenn sie zuhause genauso war, konnte ich sowohl Thomas als auch Sohn Yannik vollkommen verstehen. Ines hatte einen richtig abweisenden Blick drauf. Sie schien wie im Tunnel zu sein. Ich ließ sie in Ruhe säubern und erst als sie außer Sichtweite war, stand ich auf, ging zur Küche, um Teller und Besteck abzuwaschen und überlegte dabei, wie ich Jana auf Henning ansprechen konnte, ohne dass es zu neugierig schien. Es ließ mir absolut keine Ruhe, warum sie die Vergangenheitsform bei Henning anwandte. Völlig in Gedanken versunken trocknete ich das Geschirr nach, als Ines mit der Handfläche direkt neben der Spüle klatschte. Ich erschrak so sehr, dass mir eine Salatschale aus den Händen glitt und diese auf die Küchenfliesen flog. Zum Glück war sie aus Kunststoff. » Tickst du nicht mehr ganz gesund? «

Ines sah mich erschrocken an. » Mensch Katja, wir müssen unbedingt das Handschuhfach im Auto abschließen. Wenn jemand den Van stiehlt oder wir in eine Verkehrskontrolle geraten, haben wir schlechte Karten und wandern direkt in den Knast. Wir müssen die Knarre aus dem Auto nehmen, aber was heißt wir, du Katja, du musst sie aus dem Auto nehmen, schließlich sind deine Fingerabdrücke bereits drauf registriert. «

» Auch wenn ich dir Recht gebe, musst du nicht dafür sorgen, dass ich einen Herzinfarkt bekomme. Ich nehme sie nachher aus dem Fach und lege sie in den Wandtresor über dem Schreibtisch. Sag mal, hast du nicht irgendein Wundermittel einpackt, der meine Fingerabdrücke entfernt? «

» Witzig Katja, echt witzig. Wenn die Polizei die Waffe entdeckt, bist nicht nur du wegen der registrierten Fingerabdrücke dran, sondern wir anderen als Mitwisser dazu. « Sie spülte ihren Putzlappen aus, drehte sich um und nahm Kurs auf Stuhllehnen und Fensterbänke. Hanna, die sich etwas zu trinken holen wollte, lachte laut los. » Tut mir leid Ines, aber ganz normal ist dein Verhalten wirklich nicht! Fehlt nur noch, dass du die Fußbodenleisten abwischst und Bodenvasen von innen polierst! «

Ines fand es gar nicht lustig. » Von meinem Wahn profitiert ihr doch alle mit! «

Ich stapelte wortlos die Teller in den Schrank und erwähnte nicht, dass die Fußleisten bereits fachmännisch und skeptisch von Ines kontrolliert wurden, als Hanna sich kopfschüttelnd eine Flasche Wasser, Handy sowie ein Handtuch nahm und damit immer noch grinsend in den Garten verschwand. Ich räumte noch das abgewaschene Geschirr in den Schrank, folgte dann Hanna und ließ Ines mit ihrer Jagd nach Wollmäusen und Staubkörner allein.

* * *

Hanna lag unter einer Palme und genoss den Ausblick. » Ach Katja, wer so eine Finca besitzt, braucht doch keinen Urlaub. Wenn ich Sven nachher die Bilder schicke, wird er bestimmt neidisch. Und die vielen Schmetterlinge, die hier so herumfliegen. Einer schöner als der andere, aber ich kann ja nicht jeden fotografieren. «

Ich polierte meine Sonnenbrille. » Das stimmt, da sind wirklich schöne Exemplare bei. Einige, die ich bei uns in Westeuropa noch nie gesehen haben, aber wahrscheinlich haben die hier auch das optimale Klima. Schau da vorne auf der Liege sitzt auch so ein ausgefallender. «

Hanna zückte ihr Handy. » Oja, guck mal wie der leuchtet! «

Ich setzte mir die Sonnenbrille auf. » Weißt du was Hanna, ich muss ehrlich zugeben, dass ich von der Existenz der Finca nicht überzeugt war und mich ständig frage, wer so ein Anwesen ohne Gegenleistung einer relativ unbekannten Person, wie es Jana selbst ausdrückt, überlässt. Was für eine Rolle hat Madame gespielt, um sich die Woche hier zu ergattern? «

Hanna setzte sich auf. » Katja, Katja, das geht uns nichts an, aber woher weißt du, dass der Inhaber Bolle heißt? «

Ich schaute irritiert zu ihr. » Bolle? «

Hanna nickte. » Ja, du fragtest doch, was Bolle mit Madame gespielt hat? «

» Rolle habe ich gesagt. Mich würde ihre Rolle interessieren, mit der sie an dieses Objekt hier gelangt ist. «

» Wer denn? «

» Na Jana! Mensch Hanna! «

» Ach so, stimmt. Ich habe meine Hörhilfe nicht eingelegt damit sie durch das Poolwasser nicht kaputtgeht. Du musst vielleicht etwas lauter reden, wenn das okay ist? «

» Was soll an deiner kaputten Hilfe denn noch kaputter gehen? « Ines schien mit dem Desinfizieren fertig zu sein, verscheuchte zwei Schmetterlinge von der Liege und breitete ihr Handtuch drauf aus. » Wer sagt denn, dass sich Jana und dieser Joan nicht gut kennen? Ich will ihr nichts unterstellen, aber wir kennen ja alle ihren Persönlichkeitswahn in der Männerwelt. «

Hanna setzte sich neugierig auf. » Meint Ihr wirklich, sie betrügt Henning mit dem Finca- Besitzer? «

Ich wollte nicht zu viel sagen, deshalb zuckte ich nur mit den Schultern. » Keine Ahnung, aber ich erinnere mich noch gut an die letzte Geschichte mit Bernd, Hennings Chef. «

Hanna schüttelte den Kopf. » Jau, das war der Hammer! So etwas von abgebrüht! Da betrügt sie ihren Lebensgefährten mit seinem Chef und der Trottel nimmt sie hinterher wieder mit offenen Armen zurück. Schön doof, obwohl es für einen Geschäftsmann ja auch kein feiner Zug war die Affäre zu veröffentlichen, als Jana ein zusammenziehen ablehnte.

Henning hatte einen richtigen Schock. Ich weiß noch, wie stolz er uns erzählte, dass er von seinem Chef persönlich in ein Nobelrestaurant eingeladen wurde und dort auf eine Gehaltserhöhung hoffte, schließlich hatte er seinen Boss die letzten Monate immer vertreten, wenn er ständig dienstlich unterwegs war. « Hanna war immer noch fassungslos. » Dass die Affäre da noch nicht aufgefallen war, ist mir bis heute ein Rätsel. Jana hatte rein zufällig doch auch immer an diesen Tagen frei oder angebliche Auswärtstermine und Henning hat sie teilweise noch zum Alibi-Treffpunkt Hauptbahnhof gefahren und übernahm anschießend stolz und selbstverständlich die Mehrarbeit von seinem Chef. « Sie schüttelte den Kopf. » Hätte er da bereits gewusst, dass sein Chef mit Jana Hotelbettentester spielte, würde Bernd jetzt bestimmt nicht mehr unter den lebenden verweilen! Und dann ist der Kerl noch so dreist und lädt seinen besten Mitarbeiter Henning in das feinste Restaurant unserer Stadt ein und serviert ihm anstelle einer Gehaltserhöhung eine Beichte über die Liebe und Affäre zu Jana. Der arme Henning muss einen Schock vom Feinsten bekommen haben! Stellt euch mal vor, die Chefin von euren Männern klingelt mittags bei euch zuhause an und sagt ganz beiläufig, dass ihr das Verhältnis nicht mehr reicht und sie ab jetzt mit deinem Partner zusammenleben möchte! «

Ines tippte sich Zigarettenasche ab. » Ich hätte nichts dagegen und ein Problem weniger! «

» Er ist immer noch, nach all den Jahren, blind vor Liebe zu ihr und das spielt sie aus. Manch einer sagt ja, dass sie ihn so lange warmhält, bis sie was Anderes, Besseres oder Schöneres gefunden hat, obwohl ich

Henning schon sehr nett finde. Vom Wesen und vom Aussehen. «

Ich stimmte Hanna zu, denn so sah ich unser ungleiches Pärchen auch. Jana hätte vom Sternzeichen ein Zwilling sein müssen. Eine Seite war nett, hilfsbereit, lustig, absolut gastfreundlich, unterhaltsam, familiär und tatsächlich allzeit zum Pferdestehlen bereit und die andere Seite war ihre dominante Art. Sie stand gerne im Mittelpunkt, liebte Extraauftritte, stand auf reife Männer und setzte alles in Bewegung, damit sie angesprochen wurde, um sich dann im Selbstwertgefühl zu rühmen. Jana war eben, wie sie war, aber kein schlechter Mensch. Sie lebte nur manchmal in einer Scheinwelt, was man spätestens auf Feiern beobachten konnte. Sobald ein Tony Marshall Schöne Maid sang, fühlte sie sich persönlich angesprochen und wenn die Münchener Freiheit ihr 'Ohne dich schlaf ich heut Nacht` nicht ein trällerte, wusste man nie, an wen sie dabei gerade dachte. Jana war speziell, aber ebenso ein Kumpel, den man Tag und Nacht anrufen konnte und solche Eigenschaften schätzte ich persönlich sehr. Was in ihren privaten vier Wänden passierte, sollte uns allen eigentlich egal sein, doch leider hieß ihr Lebenspartner Henning, den wir alle sehr mochten.

Aufheulende Motorengeräusche holten mich in die Realität zurück und kurz darauf setzte sich das Tor in Bewegung. Wir drei Liegenbesetzer sprangen sofort auf, um beim Entladen und Verstauen der Einkäufe zu helfen. Anke wirkte zufrieden. » Wir haben spontan entschlossen, heute Abend einfach nur Hot Dogs mit einem großen Salat zuzubereiten und morgen vielleicht im Ort Essen zu gehen. Für morgen früh haben wir Weißbrot, etwas Wurst und Käse, Eier, Bacon und Nuss-Nougatcreme gekauft. Seid ihr damit einverstanden? «

Ines guckte etwas seltsam. » Wenn ihr Tomaten und Zwiebeln in den Salat packt, dann möchte ich keinen. Weißbrot? Gibt es hier kein Vollkornbrot und was ist mit Marmelade für morgen früh? « Alle vier verdrehten wir zeitgleich die Augen. Typisch wieder Ines, unsere Nörglerin! Zum Glück nahm Jana es mit Humor. » Meine liebe Ines, wie wäre es denn, wenn du den nächsten Einkauf planst und erledigst. Ich begleite dich auch gerne, werde dir aber nur beim Tragen helfen, ansonsten halte ich mich komplett raus. Wenn dir unser Salat nicht schmeckt, dann kannst du dir gerne einen eigenen zaubern. Wir haben zu Tomate und Zwiebel noch Gurke, Mais und Paprika im Angebot. «

» Ihhh, Paprika! «

» Au Mann, ich gebe es auf, du bist ja schlimmer als der Struwwelpeter. « Und so starteten wir mit unserer Abendbrotzubereitung.

Anke, dessen Küche die zweite Heimat war, fing gleich an Zwiebeln in einer Pfanne zu schmoren und die Bockwürstchen zu braten. Hanna und ich leisteten ihr dabei Gesellschaft und machte uns daran, für den Salat alles abzuwaschen und klein zu schneiden. Anke erzählte in einer Tour, wo der Supermarkt lag, was für großartige Sachen angeboten wurden, natürlich inclusive sehr ausgiebig über die überladene Käse- und Fischtheke, die bunten Gebäckteilchen, die ausgefallenden Süßwaren und endete erst, als Hanna und ich laut loslachen mussten. Anke schaute auf, schmollte und konnte über unser Gegacker nicht lachen. »Ihr seid doof! Nur weil ich mal von Lebensmitteln schwärme…!«

* * *

Gemütlich und hungrig nahmen wir auf der eingedeckten Terrasse Platz. Mein Magen machte Ankes mittlerweile Konkurrenz und meldete sich lautstark. Zufrieden schaute ich über die Auswahl auf dem Tisch, baute mir mit vielen Zwiebeln einen Hotdog zurecht und biss in dem Moment genießerisch hinein, als sich die Außenbeleuchtung am Haus und Garten automatisch einschaltete und Palmen sowie Garten paradiesisch beleuchtete. Wir kamen uns wie im Garten Eden vor. Hanna klatschte begeistert in ihre Hände und machte Fotos von der Riesenpalme. »Ich glaube, ich muss Sven mal bitten, unsere Palme im Garten auch so indirekt zu beleuchten. Wozu habe ich einen Elektriker geheiratet, wenn er das nicht auch so wundervoll hinbekommen kann?«

Jana nahm sich vom Salat. »Wer braucht schon einen Elektriker, wenn man hier im Paradies lebt?« Ihr Henning war ebenfalls Elektriker und Svens Arbeitskollege, deshalb fand Hanna die Antwort unpassend und Ines, die sich nur eine Bockwurst, sowie ein trockenes Brötchen auf den Teller legte, äußerte sich ebenfalls. »Da muss aber das ganze Ambiente wirken. Eure Palme im Garten wirkt gegenüber denen hier doch wie ein Ableger und mit eurem Holzzaun im Hintergrund würde das Gesamtbild mit einer Beleuchtung nicht annähernd mit dieser hier vergleichbar sein. Ich finde immer, alles wirkt da, wo es passt.«

Hanna fühlte sich angegriffen. » Irgendwie passen mir momentan deine ständigen Nörgeleien nicht, Ines. Was ist eigentlich los mit dir? Du hast uns im Vorfeld bereits alles madig gemacht und ziehst es bis jetzt durch, obwohl doch alles perfekt und schön ist. Also wenn dich das Putzen glücklicher macht, als gemütlich mit Freunden unter Palmen zusammen zu sitzen, dann schnapp dir lieber Eimer und Lappen, als ständig nur zu mosern. Ehrlich, so langsam verstehe ich deine Männer und dass sie mal froh sind, eine Woche Ruhe zu haben. «

Oh ha, das saß, aber ich musste Hanna recht geben. Ines war in allem so negativ eingestellt, dass es irgendwann wirklich mal reichte, was ich ihr dann auch sagte, doch sie winkte nur ab. » Und mir geht euer Gehabe wegen meines angeblichen Putzfimmels so langsam auf die Nerven. Lasst mich doch einfach desinfizieren und putzen, wie ich will, es kann doch für euch nur zum Vorteil sein und was meine Männer betrifft, Katja, die stöhnen auf hohem Niveau, aber das geht dich nichts an. «

Ich salutierte und aß meinen Hot Dog weiter, als Anke, die sich ihr leckeres Abendessen nicht vermiesen lassen wollte, Hannas und Janas Hand nahm. » Komm, Katja, nimm mal Janas' und Ines' Hand und jetzt alle zusammen: Komm, Herr Jesus, sei du unser Gast und segne, was du uns bescheret hast. Amen. «

Ich staunte. » Sprecht ihr zuhause immer ein Tischgebet, Anke? «

» Nein nur ich, wenn meine Schwiegermutter selbstgesammelte Pilze mitbringt. « Sie kreierte sich lachend einen Hot Dog und biss herzhaft hinein. » Herrlich Mädels! Das nenne ich Urlaub! Herrlich! «

Recht hatte sie und den sollten wir alle beisammen einfach nur genießen. Auch Ines irgendwann!

* * *

Satt und zufrieden räumten wir das benutzte Geschirr in die Spülmaschine, zogen uns bequeme Sachen an und trafen uns auf der Terrasse. Anke zog ihre Beine an und nippte am Weinglas. » Welch eine Ruhe! Glaubt mir Mädels, manchmal überlegen Peter und ich tatsächlich aus unserem Vorort wegzuziehen und irgendwo ländlich nochmal neu zu starten. Ich finde bei uns hat sich der Straßenverkehr extrem verdoppelt und dann, wenn der Feierabendverkehr durch ist, kommen diese jungen Spinner, um sich die Zeit an der Bushaltestelle zu vertreiben. Jeden Abend ist dort Remmidemmi. Die merken nicht, dass sie mit ihrem Lärm, dem ständigen Geschrei und der lauten Musik einfach nur nerven. Wenn ich die aufheulenden Motoren und quietschenden Reifen täglich auf den Straßen höre, überlege ich echt manchmal, ob wir auch so blöd waren? «

Ich hatte ein paar Teelichter verteilt, die ich im Bücherschrank entdeckt hatte. » Ich fürchte schon. Wir haben uns auch immer mit anderen auf einen Parkplatz getroffen und waren nicht leise. Ich finde es schlimmer, dass mittlerweile jeder Meter mit dem Auto erledigt wird, wovon ich mich nicht freisprechen möchte, aber so unnütz durch die Gegend zu fahren, wie wir es früher gemacht haben, muss doch umweltmäßig nicht sein. Für solche Aktionen finde ich die Spritpreise noch zu günstig. «

>> Wenn ich immer den Müll vor unserer Tür sehe, zweifle ich auch manchmal am Verstand der Menschen <<, Ines zündete sich eine Zigarette an. >> Ich glaube auch, dass es weder unsere noch unsere Vorgenerationen sind, die meint, dass der Müll auf dem Boden allein den Papierkorb findet. <<

Hanna schloss die Augen und lauschte, während ich mich bei diesem Thema zügeln musste. >> Genau und deshalb weigere ich mich auch, mir ein Elektroauto zu kaufen. Warum soll ich für die heutige Jugend und deren Nachkommen für teures Geld ein E-Auto kaufen, wenn die Generation selbst nicht auf ihre Umwelt achtet? Wir sortieren den Müll, nutzen für sperrige Sachen die Mülldeponie, betreiben viel mit Solar, kaufen loses Obst im extra Netz, verzichten auf unnötige Wege mit dem Auto und was trägt die Jugend, die *Last Generation*, dazu bei? Die klebt sich auf Straßen fest und beschmieren Gemälde und Fassaden. Der Hammer ist, dass die selbst nach ihren „Demos" ihre selbst entworfenen Schilder im Gebüsch entsorgen und die Spraydosen gleich dazu. Tolle Umweltschützer sind mir das! Bei uns in der Hecke finden wir oft leere McDonalds-Tüten, Sandwichverpackungen, To go Becher, sowie kleine Schnapsflaschen. Ich kann mir nicht vorstellen, dass normal denkende, erwachsene Menschen solche Sachen achtlos auf den Boden werfen! <<

>> Schnaps? Ihr habt gerufen? << Jana war endlich im Bad mit ihrer Pediküre fertig und stand mit einer Schnapsflasche in der Hand im Türrahmen.

>> Och nö! <<, zierte sich Anke.

>> Na was denn sonst? << Jana zauberte auch gleich fünf Plastik-Pinnchen hervor.

» Gerade noch von Plastik gesprochen, jetzt nutzen wir sie selbst. «

Jana schüttete jedem eins voll. » Jetzt komm du erstmal wieder runter, Katja. Ich habe dich bis ins Bad gehört und ja, ich gebe dir in allen Punkten Recht, aber erstens lässt sich die Nutzung von Plastik manchmal nicht verhindern und zweitens wusste ich nicht, ob der Hausstand Schnapsgläschen besitzt. Die Gesellschaft, die hier sonst schon mal einkehrt, gönnt sich lieber Gin, Whisky oder Old Fashioned. «

Ich schaute zu ihr. » Was ist denn Old Fashioned? «

» Ich bin mir nicht sicher, aber ich meine da wird Bourbon und Rye-Whiskey über einen Zuckerwürfel gegossen und dann mit Bitter und Wasser versetzt So und jetzt muss ich euch noch aufklären, dass im unteren Wohnbereich kein Hausbesetzer haust, sondern ... «

Ines klatschte in die Hände. » Bravo! Ich wusste es! Endlich haben wir den Haken an der Reise gefunden. Wir dürfen uns mit Hausbesetzern rumschlagen. Astrein! «

Hanna nahm ihre Hörhilfe aus den Ohren und verstaute diese in einem Etui; sie hatte keine Lust mehr auf die negative Einstellung. Mich machte sie auch langsam wütend. » Mensch Ines, jetzt hör doch erstmal richtig zu, bevor du uns alle aufschreckst. Jana sagte doch keinen Hausbesetzer. «

» Tja. Wer weiß, wer da haust? Vielleicht irgendein Alm Öhi aus den Bergen oder ein übrig gebliebener Hippie? Gut, dass ich nichts in den Kleiderschrank gehangen habe, somit habe ich schnell meine Sachen gepackt! Koffer zu und fertig. «

Hanna glaubte es nicht. » Warum hast du nichts in den Schrank gehangen? Du hast ihn doch bestimmt eine Stunde geputzt und desinfiziert! «
» Nur so, schließlich schlafe ich doch in den vier Wänden. Im Urlaub lebe ich eigentlich immer aus meinem Koffer, es sei denn, ich habe meine eigenen Kleiderbügel eingepackt, aber die habe ich bei meinem Stress ganz vergessen. «
» Aha «, mehr konnten wir alle nicht sagen, bis auf Jana. » Also kann ich mal kurz zu Ende erzählen oder ist es euch völlig egal, wer im unteren Wohnbereich wohnt? « Wir waren sofort ruhig. » Na geht doch. Also unten wohnt der Perro guardián de la casa. Er heißt Dario. «
» Mario? «
» Dario, Hanna. Dario. «
Anke stellt ihr Weinglas ab. » Perro was? «
» Übersetzt heißt das Hausaufpasser. «
» Und woher weißt du das? Von Joan? Genau, da habe ich später auch noch ein paar Fragen zu, aber erzähl bitte erst mal, wer Dario ist und woher du das weißt? «
» Ich habe ihn im Supermarkt getroffen. «
» Mit Kartoffeln? «
» HANNA! «
» Ja sorry, aber redet doch bitte etwas lauter, dann verstehe ich euch auch. «
» Ich habe ihn getroffen, als du Anke, mit dem Kopf in die Eis-Truhe abgetaucht bist. Dario kennt Joan, hat seinen Van auf den Parkplatz erkannt und ist uns in den Supermarkt gefolgt. Er lebt normalerweise, wenn die Finca an Gäste vermietet ist, in einer chaotischen

WG und in der Casa Mariposa nur, wenn sie leer steht, damit sie von keinem Hausbesetzer eingenommen wird! Als Gegenleistung dafür darf Dario die untere Wohnung gratis bewohnen. «

» Hausbesetzer? Was machen die denn hier? « Ines hatte davon noch nie etwas gehört, deshalb googelte Hanna schnell und las vor. » Hausbesetzer sind in Spanien keine Einzelfälle. Die Zahl der Besetzungen von Immobilien stieg in den vergangenen Jahren rasant an. Im Zuge der Finanzkrise haben viele Spanier ihre Immobilien verloren, nun können sie sich die steigenden Mieten in den beliebten Gegenden oft nicht mehr leisten. Hausbesetzung ist kein Einbruch. Personen, die in eine leere Wohnung eindringen, machen sich in Spanien nicht unbedingt strafbar. Eine Zwangsräumung durch die Polizei ist nur dann möglich, wenn der rechtmäßige Hausbesitzer innerhalb von 72 Stunden Anzeige erstattet. Sobald diese Frist verstrichen ist, ist eine Zwangsräumung nur noch nach einem richterlichen Beschluss möglich. Doch bis dieser wirkt, können Monate, sogar Jahre vergehen. «

Ines schaute hoch. » Wie verrückt ist das denn? Jetzt stellt euch mal vor, ihr besitzt hier Eigentum, könnt aber nicht alle 72 Stunden nach dem Rechten sehen und dann ziehen fremde Menschen ein, die erst gehen, wenn Lösegeld geflossen ist. «

Ich nickte. » Jetzt verstehe ich auch, warum Metallgitter und dicke Schlösser Haus und Hof schützen. «

Darauf Ines » Und ich, warum die Besitzer hier Waffen mit sich führen. Sag mal Katja, hast du eigentlich mittlerweile die Knarre aus dem Handschuhfach genommen? «

» Habe ich vergessen. «

Jana lehnte sich zurück. » Darf ich weitererzählen, oder interessiert euch unser eventueller Nachbar nicht? «

Anke war interessiert. » Wieso eventueller Nachbar? Was meinst du damit? «

» Dario fragte mich, ob er vielleicht als Beschützer in die Anliegerwohnung zurückziehen könnte. In seiner WG gab es einen Wasserschaden und jetzt müssen alle Wohnungen im Haus geräumt werden. Natürlich würde er uns auch aus dem Weg gehen und sich absolut unsichtbar verhalten. Aaaaaaber und jetzt Ankelein, gut aufpassen, er hat angeboten, für uns als Gegenleistung gerne den Koch zu spielen. «

» Von dem rühr ich nichts an «, legte Ines sofort ihr Veto ein. » Wenn der genauso schmuddelig ist, wie er seine Wäsche auf dem Sofa hat liegen gelassen hat, bin ich raus. Der hatte nicht mal sein benutztes Geschirr abspült! «

Jana ließ sich nicht unterbrechen und tat, als überhörte sie Ines` Worte. » Dario ist ein sympathischer junger Mann und seine Berufung ist kochen! «

Anke kam das alles etwas komisch vor. » Wisst ihr was ich gerade überlege. Warum ich noch hier sitze und nicht erfroren bin, denn ich habe gerade mal nachgerechnet und frage mich allen Ernstes, wie lange ich in der Eis-Theke gesteckt haben muss, dass du so viele Infos austauschen konntest. Ich müsste doch mindestens einen Hirnschock haben. Da stimmt doch was nicht und wie habt ihr euch überhaupt verständigt? «

» Deutsch. Dario ist in Deutschland aufgewachsen und erst vor einem Jahr zurück zu seinen Wurzeln gezogen. «

Hanna grinste. » Mario ist bestimmt genau dein Typ, oder Jana? Ich kenne deinen Blick! «

Diese grinste schief. » Dario! Und stimmt, von der Bettkante würde ich ihn nicht schubsen. «

» Der Spruch schon wieder! « Anke lachte auf. » Den hast du das letzte Mal auf unserer Kreuzfahrt gesagt und dann stellte sich heraus, dass der Bordarzt mit einem Mann liiert war. Lass es lieber, Jana. «

» Man darf doch wohl noch träumen, oder nicht? Aber jetzt sagt mal was zu der Sache. Würde es euch stören, wenn Dario im unteren Bereich wohnt und uns vielleicht bekocht, oder möchtet ihr lieber eine männerfreie Woche genießen? «

Mir war es egal. Hauptsache er geht uns nicht auf die Nerven und lässt uns wenigstens tagsüber in Ruhe, sagte ich.

» Das muss er ja, da er zu dieser Zeit als Seniorenbetreuer jobbt. Also er betreut deutsche Senioren, die auf die Kanaren ausgewandert sind und im Alltag Hilfe benötigen. «

Mittlerweile musste ich Ankes Überlegungen recht geben. Bei den ganzen Informationen, die Jana aufzählte, müsste Ankes Haupt Frostbeulen vorweisen. So lange hält niemand freiwillig den Kopf in eine Eis-Truhe, auch nicht Anke! Noch ein Punkt, den ich gerne mit Jana bereden wollte, notierte ich mir im Kopf, als Ines sich laut meldete. » Ein Traumprinz mit vielen Fähigkeiten? Ein Koch und Pfleger in einem! Was kann er denn noch? Autos reparieren, Fliesen legen und Dächer eindecken? «

» Ich hoffe massieren und Getränke mixen «, zischte Jana zurück. Ihr ging Ines Gemecker auch langsam auf die Nerven, das merkte auch Hanna und mischte sich ein. »Also, da ich nicht gerne in der Küche stehe, fände ich einen Koch schon interessant und wenn er in seinem Bereich bleibt, würde mich die Anwesenheit auch nicht stören. Ich meine, dürfen wir überhaupt entscheiden? Wir sind doch selbst nur Gäste und nicht die Inhaber!« Das stimmte, so hatte ich es noch gar nicht gesehen und gab ihr recht.

»Das können wir halten, wie wir möchten. Joan würde sich nicht in unsere Meinung einmischen. Ich kann nur von mir sagen, dass ich einen Mann an Bord immer gut finde, allein schon, um mich vor irgendwelchem Viehzeug retten zu lassen, außerdem fand ich Dario, wie bereits erwähnt, unheimlich sympathisch.« Hanna überlegte. »Bereitet er auch das Frühstück vor?«

Anke lachte auf. »Das schaffen wir doch wohl auch allein aber gegen abendliche Menüs hätte ich tatsächlich nichts einzuwenden. Wie seid ihr denn verblieben, Jana?«

»Ich soll ihn einfach antexten, wenn er sich uns zum Kennenlernen vorstellen darf.«

Ines staunte ironisch. »Ach die Handynummern habt ihr auch schon ausgetauscht?«

»Na wie soll ich ihn denn sonst erreichen? Meinst du hier gibt es noch Dosentelefone, oder was? Also, Hand hoch, wer meint, dass Dario hier nicht stören würde.«

Hanna grinste. »Ein Band für die Ewigkeit? Wenn das dein Henning erfährt!«

Jana stöhnte auf. » HANNA! Hand! Hand hoch, wenn dich Darios Anwesenheit nicht stört. «

Eigentlich hätte ich den Mitbewohner lieber erstmal kennengelernt, als direkt zuzustimmen, aber wir waren selbst Gäste und deshalb hob ich mit allen die Hand, außer Ines, aber sie war überstimmt und nuschelte nur, dass es gut war, dass sie ihre Zimmertür abschließen konnte und nicht verhungern würde. Kekse hatte sie in den Koffer gepackt und plante weitere nicht verderbliche Lebensmittel einzukaufen, die sie in ihrem Zimmer deponieren wollte. Auf einem Zettel schrieb sie schon mal ein Glas eingelegte Gurken, Milchbrötchen, Salzstangen und Bananen, weil diese sättigten.

Kapitel 6

Ich wachte früh auf und schlich aus meinem Zimmer zum Bad. Die Sonne blinzelte zwischen den Vorhängen hindurch und ich freute mich auf den ersten reinen Urlaubstag. Mit einer Tasse Tee, Handy und Zigaretten setzte ich mich auf die Veranda, genoss die Ruhe und den Ausblick auf die Gebirge und freute mich über ein gelbfarbiges Schmetterlingspaar, was tänzelnd an mir vorbeiflog. Ich schaute ihnen zufrieden hinterher und sprang steil auf, als Anke neben mir den Stuhl zurückzog. » Moin Katja. «

» Mensch Anke. Musst du immer so schleichen? «

» Bin ich doch gar nicht! Was kann ich dafür, wenn du so verträumt durch die Gegend schaust und mich nicht wahrnimmst. Nächstes Mal kann ich mir auch eine Kuhglocke umhängen. «

» Ich habe nicht verträumt durch die Gegend geschaut, sondern ein Schmetterlingspaar beobachtet, was spielerisch durch die Luft tänzelte. « Ich holte einen Lappen, um die Teepfütze aufzunehmen, die ich beim Hochspringen verschüttet hatte. Anke saß mit geschlossenen Augen auf den Stuhl und atmete tief ein und aus.

» Geht es dir nicht gut? «

» Hmmm Hmmm. «

Ich überlegte kurz. » Was heißt denn Hmmm Hmmm? Hmmm Hmmm mir geht es ausgezeichnet oder Hmmm Hmmm frag lieber nicht? «

Wieder holte sie tief Luft. » Das erste. «

Na Prima, da war ich ja schon mal beruhigt. Ich ließ Anke noch zwei Minuten wortlos tief durchatmen, dann fragte ich, wie sie geschlafen hatte. Sie reckte sich und gähnte. » Wie ein Stein und du? «

» Ich auch. Ich war aber auch gestern richtig müde. « » Ihr wart ja noch länger wach als ich. Wann habt ihr denn Feierabend gemacht? « » Bei mir war es kurz nach Mitternacht. Bei Ines auch, bei Hanna und Jana weiß ich es nicht. Die beiden haben noch draußen gesessen, als ich um zwei Uhr nochmal zur Toilette musste. « » Die beiden haben aber auch eine Ausdauer! « » Und verschlafen einen schönen Sonnenaufgang und einen halben Urlaubstag. « » Tja, man kann nie alles im Leben haben, sagte einst Albert Einstein. « » Wovon sprecht ihr? « Ines war auch aufgestanden. » Ach, vom Schlafen. Der eine geht gerne früh ins Bett, der andere schläft lieber länger. « » Ich wäre auch noch etwas liegen geblieben, habe aber Rückenschmerzen von der Matratze bekommen. Viel zu weich für mich. Habt ihr schon Kaffee gekocht? « Anke nickte. » Die Maschine läuft gerade, du kannst mir auch gerne einen mitbringen. Mit Milch bitte. «

Ines verschwand in die Küche und Anke beugte sich zu mir herüber. » Sag mal Katja, was stimmt mit ihr nicht? Wenn das Gejammer heute so weiter geht wie gestern, dann kann sie mich bald mal. Ines kann einen ja nicht nur die Laune, sondern den ganzen Urlaub damit versauen. Ob sie Depressionen hat? «

Ich zuckte mit den Schultern. » Das könnte natürlich sein. Da müsste sie mal zu einem Neurologen. «

» Wer muss zu Neurologen? « Ups, da war sie ja schon wieder.

» Ach meine Kollegin «, redete ich mich schnell raus.

» Warum? «

» Wegen Migräne und so. « Mir oder uns allen war bewusst, dass beim Thema Krankheiten Ines immer großes Interesse zeigte. Sie selbst sprach auch viel von ihren. » Leidet sie unter chronischen Migräneattacken? « Ich winke ab. » Lass mal. Ist doch jetzt kein Thema im Urlaub. Ich würde gleich das Frühstück vorbereiten, möchtet jemand ein Spiegelei? «

Ich rechnete bei Ines mit einem iiihhh-Spiegelei und wunderte mich, als sie zusagte

» Tatsächlich? Ein Spiegelei? Also ein ganz normales Spiegelei? «, fragte ich vorsichtshalber nochmal nach.

» Ich heiße nicht Hanna, bei der man alles wiederholen muss und warum fragst du das so komisch? «

» Na, weil die Eier nicht direkt vom Bauern kommen, vielleicht nicht Bio sind, die Pfanne nicht richtig gespült wurde, der Pfannenheber schon bessere Tage gesehen hat, Spiegeleier beim Braten spritzen und so weiter, aber es freut mich und ich brate gerne auch mehr. «

» Aber von beiden Seiten durchgebraten, nicht so wabbelig, okay? «

Ich salutierte. » Ey Ey, Sir. So wie ich es auch am liebsten mag. «

* * *

Frisch gestärkt und eingecremt lagen wir drei faul am Pool, lasen, sonnten und unterhielten uns über Gott und die Welt, als Jana gähnend auftauchte und direkt die Chillout-Lounges ansteuerte. Gegen Mittag erschien dann auch eine ausgeschlafene Hanna. >> Guten Morgen zusammen! <<

Ich lachte auf. >> Guten Morgen? Du meinst wohl eher guten Mittag! <<

>> Wieso? Wie spät ist es denn? <<

>> Gleich Mittag. <<

>> In Deinen oder meinen Augen, Katja? <<

Jetzt musste ich auflachen. >> In meinen definitiv. << Hanna zog eine Liege etwas von uns weg. >> Mein langes Schlafen liegt bestimmt an meinem Befinden. <<

>> Wie Befinden? Fühlst du dich nicht gut? <<

Sie fasste sich an die Stirn. >> Nachdem ich gerade die Nachricht von Sven gelesen habe, dass er und Fynn zuhause mit Corona flachliegen, habe ich mich gleich getestet. Zum Glück bin ich negativ. <<

Ines bekam große Augen. >> Ganz toll, Hanna, Bravo. Steck uns bloß nicht an und komm uns auch bitte nicht so nahe, denn auch wenn du es nicht bekommst, kannst du der Überträger sein. Also wenn du mich jetzt angesteckt hast und ich in Quarantäne muss, dann ... <<

Da war es wieder, das Thema Krankheiten! Ich versuchte Ines zu beruhigen. >> Mensch Ines, jetzt reg dich doch nicht so auf! Du hast doch keine Symptome, oder? <<

Hanna schaute etwas irritiert. >> Hätte ich gewusst, dass du so panisch reagierst, hätte ich gar nichts erwähnt. Ihr könnt aber vorsichtshalber auch einen Test machen. Zwei Pakete habe ich noch im Koffer, aber ich kann mir auch vorstellen, dass wir hier in einer Drogerie ebenfalls Tester kaufen können. <<

Ines schaute uns grimmig an. » Die brauchen wir nicht kaufen, denn ich habe für jeden zwei in meinem Koffer eingepackt. «

Jana schaute kurz von ihrer Lounge auf und zog sich die Sonnenbrille ins Gesicht. » Perfekt vorbereitet. Hast du vorsichtshalber auch an ein Fieberthermometer, Tabletten und genug Infusionen gedacht? «

» Sehr witzig, Jana. «

» Na ist doch so. Corona ist vorbei! Du bist doch selbst froh, keine Maske mehr tragen zu müssen, oder nicht? «

» Es kommt darauf an, wo ich mich aufhalte. Wenn ich zum Arzt muss, setzte ich mir freiwillig eine auf, damit ich mich nicht anstecke. Wenn ich meine Eltern besuchen fahre, nutze ich auch noch eine. «

Anke cremte sich das Gesicht ein. » Aber bestimmt nur, damit du nicht so viel Reden musst. Du sagst doch selbst, dass du die Besuche nur als Pflichtbesuche siehst. Übrigens eine gute Idee. Da hätte ich auch mal selbst draufkommen können. «

» Worauf? «

» Na immer, wenn sich meine Schwiegermutter anmeldet, sie mit einer Maske zu empfangen. Ich wette, der alte Drachen hätte so viel Angst vor einer Ansteckung, dass sie freiwillig in ihre Residenz geflüchtet wäre. «

* * *

Den ganzen Tag lagen wir mittlerweile alle um den Pool und genossen die Ruhe. Ines hatte ihre Liege etwas abseits von uns gestellt, da sie angeblich mehr in den Schatten wollte und daddelte ebenso im Handy herum, wie Jana. Diese schaute zu ihr. » Sag mal,

Schwester Ines, hast du auch so einen schlechten Empfang? «

» Witzig Jana, echt witzig und nein, mein Empfang ist ausnahmsweise gut. «

» Komisch, mein Handy ist manchmal offline, aber apropos offline. Hanna? Hanna hörst du mich? «

» Ich bin doch nicht taub und außerdem liege ich direkt hinter dir. «

» Das heißt bei dir nichts. Du musst gleich für genug Öl im Getriebe sorgen und online bleiben, denn Dario kommt gleich vorbei. «

» Wie bitte? « Anke schaute auf.

» Brauchst du jetzt auch eine Hörhilfe? Dario kommt gleich vorbei. Ich hatte ihn gestern Abend noch angeschrieben und angeboten, dass er sich euch allen einmal vorstellt und wenn er euch sympathisch ist und euren Segen bekommt, er wieder zurückziehen kann. «

Mir war das unangenehm. » Wisst ihr was? Mir ist das echt zu blöd. Wie soll sich der junge Mann denn vor uns fühlen? Wir sollten mal alle nicht vergessen, dass er hier lebt und wir nur die Gäste sind. Mir ist es jedenfalls absolut unangenehm, ihn wie bei einem Vorstellungsgespräch oder einer Musterung zu filzen. Ich finde, man kann ja schauen, ob die Chemie zwischen uns passt, aber sollte das nicht der Fall sein, müssten wir eigentlich Platz machen und Dario das Anwesen überlassen. Er hat wohl mehr Anrechte hier zu sein, wie wir. «

Hanna stimmte mir zu. » Es wäre natürlich super schade, wenn die Chemie nicht stimmt, aber ich sehe es genauso wie Katja. «

Anke überlegte. » Das wäre jetzt aber sehr sehr schade, ich fühle mich nämlich richtig wohl hier. Vielleicht könnten wir uns einigen, dass wir uns dann für die paar Tage aus dem Weg gehen. Ich meine, bei dem Grundstück sollte es kein Problem sein und jeder hat seine eigene Haustür. «

Ines lachte hämisch auf. » Ich sag euch was, vor den Typen sollten wir uns in Acht nehmen. Das wird bestimmt der Haken sein. Mir kam deine Story von wegen Hausbesetzern und Wasserschaden gleich komisch vor, Jana. «

Jana stand langsam von ihrer Liege auf. » Ach, Schwester Ines, was oder wer ist in deinen Augen nicht komisch? Ich hoffe und denke, dass wir uns mit ihm einigen, da er echt ein sehr sympathischer Mensch ist und ich, liebe Ines, ich berufsbedingt Menschenkenntnisse besitze. Genau aus diesem Grund werde ich nun schon mal die Sektgläser füllen, damit wir auf gute Nachbarschaft anstoßen können. «

» Musst du immer ans Trinken denken? « Anke schloss genervt die Augen.

Jana haute sich eine Mücke am Bein weg. » Es dient doch nur als Schutz. «

Ines horchte auf. » Vor Dario? «

» Quatsch. Vor zum Beispiel Moskitos. Man hat erst genug Alkohol getrunken, wenn sich Mücken an der Einstichstelle übergeben. « Wir mussten alle laut auflachen und einen Siegespunkt an Jana verteilen.

Ich ging ein paar Bahnen schwimmen und legte mich anschließend wieder auf meine Liege. Es war einfach herrlich so abschalten zu können. Keiner von uns hatte

Lust zu erzählen, alle waren wir ruhig. Wieder beobachtete ich ein Schmetterlingspaar, diesmal ein nachtblaues, welches zu einem der Schmetterlingsbäume flog. Ich hatte mir über diese Tiere noch nie viele Gedanken gemacht, dachte ich. Klar sehen sie hübsch aus, aber im Großen und Ganzen habe ich mir weder Gedanken gemacht, wie lange sie leben, noch was sie essen. Ein laut knatterndes Geräusch schallte den Berg hinauf und lenkte mich von den Faltern ab. Jana sprang auf, zupfte ihre Strandtunika zurecht und legte noch etwas Lipgloss auf. Ein Blick auf die Armbanduhr zeigte kurz vor vierzehn Uhr an. Exakt pünktlich. » Übrigens, wenn ihr den hübschen Burschen seht, könnt ihr euch in etwa vorstellen, wie Joan aussieht. Die beiden haben überraschend viel Ähnlichkeit, aber das haben ja viele Südländer. Beides lecker Sahneschnittchens, sag ich euch. « Per Fernbedienung öffnete sie das Tor.

Dario stellte seinen Roller etwas aufgeregt ab, fuhr sich mit beiden Händen durch die Haare und kam langsam auf uns zu. Der erste Eindruck zählte meistens und der war mir gleich sympathisch. Ich schätzte ihn auf Ende zwanzig und winkte ihm lächelnd zu. » Hola, Buenas tardes und Hallo. Ich bin der angekündigte Untermieter. Mein Name ist Dario, ich bin 29 Jahre alt, komme wie ihr gebürtig aus Deutschland und wenn ich euch so relaxt am Pool sehe, fällt mir der Spruch meiner Ur-Großmutter ein, die hier leben durfte. Dario, hat sie immer gesagt, Dario, no cuentes los días, haz que los días cuenten. «

» Und was heißt das? «, fragte ich neugierig.

» Zähle nicht die Tage, mach dass die Tage zählen. « Er ging zu jedem von uns und reichte allen freundlich die Hand. » Ich denke, Jana hat euch bereits von meinem Problem namens Wasserschaden erzählt. Mir ist die Situation, in der ich gerade stecke, echt unangehm, aber für den ganzen Schlamassel ist allein mein Mitbewohner schuld. Er hat den Ablaufschlauch der Waschmaschine nicht richtig in die Toilette eingehangen und somit lief das ganze Wasser, was die Maschine abpumpt, durch die halbe Wohung. Jetzt können wir nur hoffen, dass die Versicherung wenigsten einen Teil des Schadens übernimmt!!! « Dario hielt die gefalteten Hände gen Himmel. » Ich weiß, ich falle gleich mit der Tür ins Haus und wir wollen uns ja auch erstmal etwas kennenlernen, aber ich verspreche euch jetzt schon hoch und heilig, dass ihr mich gar nicht als Mitbewohner bemerken werdet. Wenn ihr morgens aufsteht, bin ich schon lange arbeiten und ich werde auch immer erst gegen Abend zurück sein, was alleine schon meine momentan berufliche Tätigkeit mit sich bringt, denn zur Zeit bin ich Altenpfleger einer Seniorenresidenz für deutsche Auswanderer und liebe diese Arbeit. Alle zu betreuenden Senioren geben einem so viel Zuneigung und Dankbarkeit zurück, dass ich mich jeden Tag auf meine Arbeit freue, obwohl mein gelernter Beruf allerdings Koch ist und ja, ich würde gerne wieder im Gastronomiebedarf arbeiten, aber es ist nicht einfach, hier in Espana eine gute Arbeitsstelle zu finden, die auch noch einigermaßen bezahlt wird. Ansprüche stelle ich nicht viele, trotzdem würde ich lieber in einem Restaurant Menüs zubereiten und nicht in einer

Hotelgroßraumküche, wo ich allerdings eher eine Anstellung finden würde, denn die Kanaren habe ja immer Sasion. Ich glaube, mir würde einfach das Menschliche fehlen, der Kontakt zu den Gästen. Ich mag es, den Gästen ins Gesicht zu schauen. Zu sehen, ob ihnen mein Essen schmeckt. Überhaupt schaue ich gerne in Gesichter, daraus kann man viel lesen. Mein größter Traum wäre die Selbstständigkeit. Ein eigenes Restaurant wäre der Hammer! «

Hanna schaute ihn mit großen Augen an, sie hatte mit Sicherheit nur die Hälfte verstanden und kam gar nicht dazu, ihn um ein langsameres und lauteres Reden zu bitten. Anke schenkte ein Glas Wasser ein und überreichte es ihm. » Du kannst ja reden wie ein Wasserfall! Jetzt hole doch erstmal Luft! « Sie wandte sich an Jana. » Jetzt glaube ich doch, dass dir Dario im Supermarkt innerhalb von ein paar Sekunden seinen ganzen Lebenslauf erzählt hat. « Wir lachten auf und Dario mit, obwohl er eigentlich gar nicht wusste, warum, und das machte ihn noch sympthischer.

Ganz natürlich zog er seine Sneakers aus, krempelte seine Jeans hoch und setzte sich zu uns an den Pool. » Darf ich nach euren Namen fragen? «

Jana blinzelte ihn an. » Mich hast du ja bereits kennengelernt. Ich bin Jana, 47 Jahre jung, lebe noch in einer zerbrochenen Beziehung, bin sowohl Kinder- als auch Tierlos, beruflich in einer Branche der Weiterbildung tätig und habe dort auch die Bekanntschaft mit Joan gemacht. Ich bin sehr flexibel, mag Partys, probiere gerne neue Getränke aus und behaupte selbst von mir, dass man mit mir Pferde stehlen kann. «

Anke verdrehte wieder mal die Augen und machte weiter. »Ich bin Anke, verheiratet, kinderlos, habe eine furchtbare Schwiegermutter, arbeite beim Zahnarzt, meine Hobbys sind Kochen, Essen, Kräuter, Kuchenbacken und mein Garten. «

Hanna lachte. »Genau, am liebsten die EC-Karte. «

Jana ging steil. »HANNA! Garten! Nicht Karte! Mensch schubber mal deine Ohren. «

»Das nutzt nichts, denn ich habe keine Hilfe eingesetzt. Soll ich jetzt übernehmen? Also, Hallo Mario, ich bin Hanna. «

»Dario«, zischte Jana von der Seite. »D! Dario! «

Hanna zuckte mit den Schultern. »Sag ich doch. Also Mario, ich bin Hanna, gerade Anfang fünfzig, verheiratet und Mutter von einem Sohn namens Fynn. Wie du bestimmt mitbekommen hast, benötige ich eine Hörhilfe, die ich aber nicht immer tragen möchte, schließlich sollen meine Ohren auch mal Urlaub haben. «

Jana nickte. »Genau, mal! Du musst wissen, Dario, dass unsere Hanna extra das neuste Modell unter den Hörhilfen besitz, sogar den Benz unter den Hörhilfen und diese vergisst sie grundsätzlich auf unseren Reisen und trägt dann immer die alten Batteriefresser mit dem Wackelkontakt. «

Hanna tippte sich an die Stirn. »Das stimmt nur halb. Ich habe die alten Hilfen eingepackt, weil mir die neuen zu schade für Wasser und Sand sind und wenn ihr alle einfach eine Oktave lauter sprechen würdet, verstehe ich auch alles. Also, wo bin ich stehen geblieben? Beruflich bin ich durch meine Krankheit berentet, halte dafür unsere Wohnung sauber und habe einen kleinen wilden Hund namens Bella, die mich auf Trab hält. « Sie schaute auffordernd zu mir.

» Ähm, ja ich bin Katja, ebenfalls Anfang fünfzig, verheiratet, kinderlos, arbeite in einem Büro, kämpfe zurzeit mit den Hitzewellen, liebe alles, was süß ist, mag Lesen, Puzzeln, Ruhe, meine Landschildkröten und übergebe links weiter an Ines. «

Diese schaute uns alle etwas fassungslos an und ich dachte, sie springt jeden Moment auf, weil sie das alles für einen Kinderkram hielt, doch tief einatmend stellte sie sich ebenfalls *kurz* vor. » Ich bin Ines, die älteste der Runde, meistens unzufrieden verheiratet und Mutter von einem verzogenen Jungen. «

Ich schaute sie überrascht an. » Und weiter? «

» Wie weiter? «

» Ja, da fehlt doch noch ein bisschen. Das du in einer Verpackungsfirma tätig bist, Haus und Hof sauber hältst, ... «

Jana klatschte sich auf die Beine. » Sauber hält ist gut! Du musst wissen, Dario, Ines hat eine Phobie und diese Phobie heißt Putzzwang. «

Dario zuckte mit den Schultern. » Was ist daran so schlimm? Ich fände es andersherum schlimmer. Ich bin auch sehr pingelig, obwohl ich gestern früh durch einen Notruf für eine meiner Senioren alles stehen und liegen gelassen habe, deshalb würde ich gleich mal eben für etwas Ordnung in der unteren Behausung sorgen. «

Aha, dachte ich, dass erklärte die Unordentlichkeit, die wir bei ihm entdeckten und dann erzählte uns Dario aus seinem Leben. Er war bei seiner alleinerziehenden Mutter aufgewachsen und habe leider seinen leiblichen Vater nie kennenlernen dürfen. Die Mutter nannte den Vater immer nur einen anonymen Urlaubsflirt und sorgte all die Jahre allein für den Unterhalt. Durch ihre volle Berufstätigkeit musste Dario viel im Haushalt helfen, lernte dadurch Kochen und fand Interesse dran. Später wurde aus seinem Hobby dann der Beruf und er liebte es, mit Kräutern und Gewürzen zu hantieren. Rückblickend gab es immer mal schöne und unschöne Zeiten in seiner Jugend, aber eines war immer schön und wichtig; der Urlaub! Seine Mutter verzichtete dafür auf so manchen Luxus wie ein Auto oder Keramikfüllungen beim Zahnarzt. Beide versuchten sehr sparsam zu leben, um sich einmal im Jahr den Flug nach Gran Canaria leisten zu können. Hier konnten sie Zeit miteinander verbringen, hier fühlten sie sich wohl und hier fand er nach einem Sommerurlaub eine Lehrstelle zum Koch. » Jetzt, nach fünf großartigen Jahren, hat uns der Chef aber leider mitgeteilt, dass er das Lokal aus persönlichen Gründen verkaufen muss und wir waren, und sind alle schockiert. Aber selbst, wenn wir solidarisch alle unser Geld zusammenwerfen, können wir dieses Restaurant weder kaufen, noch weiterbetreiben, deshalb bin ich bisher vergebens auf der Suche nach einem passenden Lokal. Zentral, bezahlbar und keine Kaschemme, wo noch viel investiert, werden muss «, endete er sein Gespräch.

» Na das wird bestimmt nicht einfach. Worauf spezialisierst du dich denn beim Kochen? « Anke wurde neugierig.

» Natürlich auf Fisch. Aber ich probiere auch gerne Neues aus und finde es spannend, wenn man mir irgendwelche Lebensmittel vorgibt, aus denen ich ein

Menü zusammenstellen darf. Da kennt meine Kochfantasie keine Grenzen, übrigens auch nicht bei Cocktails, falls ihr so etwas überhaupt trinkt? Ich habe öfters in einer Stranddisco als Keeper gejobbt und ein paar großartige selbstkreierte Drinks drauf. «

Hanna war der junge Mann sehr sympathisch » Sag mal Mario, wenn ich das richtig verstanden habe, was bei mir ja schon etwas heißen soll, brauchst du ein Dach über den Kopf, weil deine Wohnung überflutet ist und du als Schutz vor Hausbesetzern sowieso eigentlich die untere Wohnung hier in der Finca bewohnst? «

» Ja, aber nur am Wochenende. Alltags lebe ich in meiner Wohnung im Ort, doch dieses ist, wie du richtig sagst, leider im Moment nicht möglich. «

» Auch wenn du nur an den Wochenenden hier lebst, ist es doch wie dein zweites zuhause und deshalb finde ich, hatte Katja vorhin mit ihren Worten nicht unrecht. Wir sind die Gäste hier, zwar überaus dankbare aber immerhin nur Gäste, weil Jana irgendeinen Deal mit dem Besitzer ausgehandelt hat. Du, Mario, du hast doch viel mehr Rechte wie wir, deshalb sollten wir dich fragen, ob wir hier weiter wohnen dürfen. «

Dario unterbrach sie leise. » Ähm, Dario, nicht Mario «, doch Hanna hörte nichts. » Ich fände es einfach nur großartig, wenn wir auf einen Nenner kämen. «

Anke meldete sich. » Genau und dieser Nenner nennt sich kochen. Also ich fände es genial, wenn du mal für uns kochen würdest. Wir würden uns auch um sämtliche Zutaten kümmern. «

Dario nickte begeistert. » Absolut gerne und das Ganze sogar mit großem Vergnügen. Ich würde auch die Lebensmittel beschaffen, wenn ihr mir sagt, worauf ihr Appetit habt. Wie ihr möchtet, ich bin tagsüber sowieso mit meinen älteren Herrschaften unterwegs, habe nachmittags Feierabend und fahre auf meinem Rückweg an einigen Supermärkten vorbei. « Anke klatschte freudig in die Hände. » Mädels? Das ist die Zusatzzahl zu unserem Sechser im Lotto. Also ich gehe den Deal sofort ein « und schaute uns lachend an. Hanna brauchte eigentlich nicht gefragt werden. Sie kochte nicht gerne und stellte auch so keine großen Ansprüche an die Küche, es sei denn es war Fisch, aber da wäre Dario flexibel, wie er ihr versprach.

» Also wenn wir dich als Retter bei Tierbesuchen mit mehr als vier Beinen rufen dürfen, würde ich mich freuen, wenn du wieder zurückziehst. « Ich hielt ihm zum Abklatsch meine Hand hin.

Jana gluckste vor Freude und fixierte Ines an. » Na was? Mir ist es egal, obwohl ich mich auf eine Woche männerfrei eingestellt hatte, aber das wäre für dich, Jana, eh undenkbar gewesen. Allerdings fände ich es angenehmer, wenn du wenigstens dein dreckiges Geschirr abspülen würdest, bevor sich Kakerlaken durch die Decke einen Weg suchen. «

Jana war die Antwort unangenehm, deshalb hakte sie sich bei Dario unter. » Nimm es nicht persönlich. Ines nörgelt an Allem und Jedem herum, aber eigentlich hat sie irgendwo dazwischen auch etwas wie ein Herz, es dauert eben, dieses zu gewinnen, 'ne Ineslein? «

Diese tippte sich an die Stirn. » Du tickst doch nicht richtig! Nur weil ich skeptisch bin, bin ich doch noch lange keine Pessimistin! «

» NEIN! «, kam es synchron aus uns heraus.

* * *

Wir stießen noch mit Dario auf eine gemeinsame
Woche an und er erzählte uns, dass der Bauherr der
Finca damals an der Spanischen Grippe erkrankte und
leider qualvoll starb. Ja die Seuche hat vielen Manschen
das Leben gekostet, aber zum Glück der hinterbliebe-
nen Frau, gab es noch Emilio. » Emilio war lange als
Gastarbeiter in Deutschland unterwegs, doch sein
Heimweh nach seiner Insel war so groß, dass er zu-
rückreiste und dankbar hier den Job als Dienstbote und
Handlanger annahm. Er kümmerte sich nicht nur um
die Finca und den Garten, sondern auch bis zur letzten
Sekunde um seinen Arbeitgeber, obwohl er sich der
Ansteckung bewusst war. Emilio war Tag und Nacht
bei ihm und nach dem Tod seines Arbeitsgebers kümmerte er sich noch Jahre um die bis dahin kinderlose
Witwe. Er musste ein sehr guter und auch ein sehr flei-
ßiger Mensch gewesen sein, denn als die Nachfrage
von frischem Obst gerade hier auf Gran Canaria stieg,
vergrößerte er nach Absprache die Plantage und
pflanzte neben den Zitrus- und Mangobäumen für die
hinterbliebene Lady viele Schmetterlingsbäume. Josefine liebte Schmetterlinge und fand vielleicht dadurch
langsam zum Leben zurück. « Dario ließ seine Füße im
Wasser kreisen. » Seitdem nannten sie das Haus auch
immer nur Casa Mariposa. Haus Schmetterling und ob
es nun an den Faltern lag oder es Schicksal war, wurden aus Josefine und Emilio später noch ein Paar die
trotz, für damalige Zeiten, im höheren Alter noch einen
gesundem Jungen bekamen, den sie liebevoll Felipe

tauften. Felipe hieß der verstorbene Exmann von Josefine. « Er stellte sein halb leeres Glas auf einem Beistelltisch ab.

Anke war gerührt. » Und woher kennst du die Geschichte? «

» Von Joan. Er ist der Sohn von Felipe und Enkel von Josefine und Emilio. «

» Traurig, aber wenigstens mit einem Happy End. «

Dario schaute zu Anke. » Das stimmt und dadurch, dass Joans Eltern mit ihm nach Deutschland ausgewandert waren, sind er und meine Mutter Arbeitskollegen geworden und ich zog dadurch das große Los und bekam das Angebot die Wochenenden hier leben zu dürfen, um bei Leerstand auf Haus und Hof aufzupassen und finde es absolut nett von euch, dass ihr mir Asyl gebt. Wenn es euch recht ist, würde ich dann gleich noch in den Ort fahren, um noch ein paar Anziehsachen aus der überschwemmten Wohnung zu retten und freue mich total, in meine Wochenendbehausung zurückzuziehen. Naja, bei den netten Nachbarinnen ja auch kein Wunder! « Er kniff uns spielerisch ein Auge zu und Jana pustete sich eine Strähne aus dem Gesicht.

» Möchtest du noch etwas trinkst? «

» Nein, danke - so geübt bin ich darin leider nicht. Ich habe vorhin schon euer Leergut am Mülleimer gesehen und Respekt, ihr scheint trinkfest zu sein. «

Jana grinste. » Das ist mein Beitrag zum Umweltschutz; ich trenne Alkohol von Glas. «

Erneut lachten wir auf, sogar Ines schien aufzutauen, deshalb füllte ihr Jana direkt das Glas nochmal auf und nachdem Dario verschwand, verbrachten wir den ganzen Tag faul unter den Palmen, alberten mit einem Ball im Pool, hörten über die Bluetooth-Box spanische Musik, spielten Karten, kreierten Sangria und faulenzten auch wieder. Mir fiel das ruhige Abhängen echt schwer, deshalb stand ich nach knapp zwanzig Minuten schon wieder von meiner Liege auf, holte mir den Reiseführer über Gran Canaria aus dem Bücherschrank, drehte meine Liege in den Schatten und schaute überrascht auf, als ich ein eigenartiges Geräusch hörte. » Kommt Dario etwa schon wieder zurück? «

Jana schüttelte den Kopf. » Das ist nicht Dario, das ist Hanna. Sie schläft. «

Jetzt konnte ich das Geräusch auch zuordnen und staunte, da ich dachte, ich sei schon schlimm mit dem Schnarchen. Na gut, dafür hatte Hanna auch ein Schlafgerät verschrieben bekommen.

Anke war die Geräusche von Peter gewohnt. » Ich gehe mal auf Fotosafari. Kommt jemand mit? «

» Hast du Angst dich zu verlaufen? «

» Ne, Ines, ich dachte einfach nur, dass es dem Kreislauf guttut, sich mal ein bisschen zu bewegen. « Anke war immer noch von Ines Laune genervt, deshalb bot ich mich spontan als Begleitperson an.

Meine Freundin fotografierte fast jede Pflanze und da auf dem Grundstück viele außergewöhnlich blühten, dauerte unser Rundgang auch dementsprechend. Hätte ich das gewusst, hätte ich mir einen Klappstuhl mitgenommen, aber so begutachtete ich eben die blühenden Kakteen. Gerade die alten Kakteen, die in der Steinmauer eingewachsen waren, fand ich sehr interessant und zückte ebenfalls mein Handy hervor, um ein paar Aufnahmen zu machen. Als wir hinter der Finca den Abhang zwischen den Mangobäumen herschlichen, entdeckten wir viele witzige Geckos, die bei unserem Anblick schnell zwischen den Steinen verschwanden. » Das muss ich gleich Hanna erzählen, sie mag die kleinen Echsen doch so sehr. « Anke fotografierte einen Schmetterling. » Hanna und ihre Tiere! Es wundert mich, dass sie nicht die ganze Zeit mit dem Kescher in der Hand Fliegen aus dem Pool rettet. Wenn die Welt nur halb so tierlieb wäre, wie sie es ist, dann wäre sie schon einen großen Schritt besser, Katja. «

» Das stimmt. « Ich setzte mich in den Schatten auf einen Mauersims und sah den Schmetterlingen nach. > Die Flügel eines Schmetterlings mögen zart sein, doch ihr Wille zum Fliegen ist unerschütterlich. < Dieses Zitat hing neben dem Bücherschrank und irgendwie gefiel es mir. Ich streckte meinen rechten Arm lang aus und wartete, ob sich vielleicht ein Schmetterling bei mir niederließ, doch es war Anke, die sich neben mir platzierte. » Sag mal Katja, jetzt mal unter uns, was ist eigentlich mit Ines los? Ich finde sie völlig anstrengend. Sie nörgelt in einer Tour und wird immer pingeliger. Dass sie die Dose Desinfektionsmittel nicht als Handtasche bei sich trägt, ist alles. Findest du das Verhalten etwa normal? «

Ich senkte meinen Arm. » Keine Ahnung was in ihrem Kopf vorgeht, aber definitiv keine Freude. Mich nervt ihre ständig negative Einstellung und verstehe ihre Männer, dass sie mal froh sind, wenn der Putzteufel mal eine Woche nicht da ist. «

Anke schaute mich an. » Hat sie dir auch erzählt, dass ihr Sohn über eine Woche nicht mit ihr gesprochen hat? «

» Nein, hat sie nicht. Yannik ist doch erst aus London zurückgekommen. «

» Genau, er war über ein halbes Jahr fort, wurde doch von seinem besten Freund und Kollegen hintergangen und hat es irgendwie geschafft, mit fast nichts mehr in den Taschen nachhause zu kommen. Anstatt sich zu freuen, dass dem Jungen, der unter anderem getrampt war, nichts passiert und er heile wieder zuhause angekommen ist, hat sie ihn gleich bei seiner Ankunft nicht freudig in die Arme geschlossen, sondern ihm wegen den dreckigen Schuhen die Leviten gelesen. Außerdem hat sie ihm direkt klar gemacht, dass er seinen Wäscheberg nicht überall verteilen soll. Die Zeiten hätten sich in seiner Abwesenheit verändert und er müsse mit diesen Veränderungen leben oder ausziehen. «

Ich staunte. » Klare Worte und Mutterliebe pur! Yannik hat doch seine eigene Wohnung im Haus, warum interessiert es sie dann, ob er seinen Fußboden mit Wäsche auslegt. Solange er sich noch durch die Wohnung bewegen kann und sich wohlfühlt, würde ich den Jaus lassen. Kein Wunder, dass er am liebsten in London geblieben wäre. «

Anke zuckte mit den Schultern. » Tja, das passiert mit den verwöhnten Gören heutzutage. Meine Nichten und Neffen hatten auch eine schöne Kindheit, mussten aber immer zuhause mit anpacken und sogar heute, wo alle ihr eigenes Leben führen, ist das Verhältnis zu ihren Eltern einfach nur zu beneiden. Vielleicht sollten wir Ines noch ein oder zwei Tage zum Herunterkommen geben? Eines sag ich dir Katja, von ihrer Laune und den komischen Essgewohnheiten lasse ich mich nicht anstecken. Ich kann da gar nicht hingucken, wenn sie mit dem Essen auf ihrem Teller spielt, als wäre es vergiftet. Das könnte mir nicht passieren. Schon recht schwierig, die Person, aber, was solls´, wir sind nun mal alle anders. Schau mal Katja, sind das dort hinten auch Berghöhlen? « Anke machte ein neues Foto und zoomte es heran. » Sieht so aus, oder? «

» Tatsächlich. Ich hatte gerade noch im Reiseführer gelesen, dass es hier noch viele kleine und große Höhlen gibt, wo Menschen nicht nur früher lebten, sondern auch heute noch bewohnen. Manche nur am Wochenende, manche sogar dauerhaft. «

Anke stand auf und fotografierte eine weitere Pflanze, auf der sich ein neonfarbiger Schmetterling in der Sonne wärmte. » Ach wie schön. Hier gibt es unheimlich viele Schmetterlinge, der Name Mariposa passt absolut hierher. « Sie drückte nochmal auf den Auslöser. » Nochmal kurz zurück zu Ines. Wenn sie sich nicht ändert, dann schicken wir sie mal für zwei Tage in so eine Höhle. Da kann sie dann rund um die Uhr so viel putzen, dass sie Lappen und Eimer nicht mehr sehen kann. « Beide bemerkten wir bei unserem Gespräch leider nicht, dass das Küchenfenster auf Kippe stand und Ines, die sich gerade Eiswürfel holen wollte, unser Gespräch verfolgte.

Kapitel 7

Am späten Nachmittag wurden wir laut von Ankes Magen ans Essen erinnert. » Oh, da wird aber jemand böse. Sagt mal Mädels, nachdem wir nun hier den ganzen Tag nur abgehangen haben, ... «
» Veto! Wir haben Ball im Pool gespielt. «
Anke grinste. » Naja, die fünf Minuten gelten nicht. Jetzt mal im Ernst, sollen wir uns nicht langsam etwas frisch machen und uns mal den Ort Mogán anschauen, um dort gemütlich zu essen? «
Ich fand die Idee super, denn mir reichte es auch für heute vom Liegen und freute mich über den Vorschlag, was Hanna gar nicht verstand. » Jetzt wollt ihr euch noch fertigmachen und losfahren? «
» Warum denn nicht? Wir haben jetzt siebzehn Uhr. Wenn wir uns beeilen können wir um spätestens achtzehn Uhr starten. Das ist doch eine gute Zeit. «
Jana sah das Praktische. » Dann können wir direkt noch im Supermarkt anhalten und Getränkenachschub holen. «
Anke staunte. » Wir haben doch noch zwei achter Pack Wasser vorrätig. «
» Wasser Anke, Wasser! Davon rede ich nicht. «

* * *

Mogán, eine Gemeinde auf der Kanarischen Insel Gran Canaria, besaß circa 20.000 Einwohner. Die Marina Puerto de Mogán ist eine attraktive, lebhafte Marina mit einer architektonisch ansprechend gestalteten Anlage, die vornehmlich aus weißen kubischen Häusern mit bunten Rändern besteht. Mehrere künstliche Kanäle waren um die Häuser angelegt und wurden mit vielen Pflanzen begrünt, was dem Ort auch den Spitznamen ʼKlein Venedigˋ einbrachte.

Wir fanden sofort einen Parkplatz am Hafen und bestaunten die wunderschönen, bunten Häuser mit den lila Ranken. Während Anke wieder mit ihrem Handy alles fotografierte und Hanna den ersten Ledertaschenshop mit Jana besuchte, hakte ich Ines unter. » Und? Wie gefällt dir der Ort? «

» Hm, geht so. «

» Echt? Ich finde ihn wunderschön. Die Häuser mit den farbigen Pflanzen sehen doch großartig aus. Es ist alles so hell und sauber! «

» Dafür riecht es hier nach Fisch. «

» Naja, was am Hafen üblich ist, wäre auch blöd, wenn es nach altem Öl riechen würde. Du müsstest doch mit dem Geruch vertraut sein, wenn dein Thomas vom Angeln nachhause kommt und seinen Fang mitbringt. «

» Thomas säubert den Fisch nur in seiner Ecke im Garten und friert ihn in der Kühltruhe im Keller ein. Mir kommt so ein Müll nicht ins Haus. «

» Und warum nicht? «

» Was meinst du, wie das stinkt. Und dann der ganze Dreck! «

» Den man wegwischen kann! «

» Was man aber nicht müsste, wenn man gar nicht erst angelt. «

» Du hast ihn jetzt aber nicht verboten zu angeln, weil es für dich dreckig ist und stinkt, oder? «

» Verboten nicht, aber erwähnt, dass es auch andere Hobbys gibt, die keinen Dreck machen, aber falls du jetzt meinst, mein Mann lässt sich von mir etwas sagen, dann « sie holte ihr Handy hervor und zeigte ein Foto vom grinsenden Thomas und Yannik an einem Küchentisch, auf dem ein Riesenfisch lag, » ist das seine Antwort. Ich will nicht wissen, wie es jetzt zuhause aussieht! «

» Darüber brauchst du dir ja jetzt auch keine Gedanken machen. Gönne deinen Männern doch das Hobby. Lecker gegrillt lässt du dir doch auch den Fisch schmecken, oder etwas nicht? «

» Manchmal, aber nicht immer. «

Ich schubste sie kameradschaftlich an. » Ach Ines, du bist aber auch schwer zu knacken. «

» Wieso? Lasst mich und meine Essgewohnheiten doch einfach mein Problem sein und noch was Katja, wenn Yannik in London geblieben wäre, wäre es mir auch recht gewesen, dann müsste ich mich weniger ärgern und würde seine Wohnung selbst nutzen, damit ich Thomas aus dem Weg gehen könnte. «

Ich schluckte und wurde etwas rot. » Wer hat denn was wegen Yannik gesagt? «

Ines schaute mich an und winkte dann ab. » Egal, lass uns versuchen einen schönen Abend zu verbringen und fertig. «

Mir wurde warm. Hatte sie Anke und mich reden hören? Aber wie denn? Ich meine, wir waren doch an der hinteren Hausrückseite und sie vorne am Pool! Das wäre mir jetzt aber peinlich. Ich überspielte die Antwort, indem ich sagte » lass uns mal gucken, was Hanna sich gekauft hat. «

» Bestimmt eine Schultertasche, davon hat sie doch erst zehn! Ich würde mir hier nichts kaufen. Was ist, wenn dein Andenken zuhause kaputtgeht? Willst du mal eben hierher fliegen, um es zu reklamieren? «

Für heute hatte ich genug negative Auren mitbekommen, deshalb ging ich zu Hanna, bestaunte ihr neues Zigarettenetui aus Kork und dann suchten wir uns hungrig ein nettes Lokal aus, was wir direkt am Hafen fanden, mit einem freien Blick auf Yachten und Ausflugsboote. Wir gaben unsere Essenbestellung auf und erhielten ein Artemi als Aperitif. Jana stieß mit uns an und erkundigte sich sofort, wo man das edle Getränk erwerben konnte. Juandro, wie sich unser Kellner vorgestellte, erklärte im gebrochenen Deutsch, dass es sich um eine kanarische Likörspezialität handelte, die mit Wodka und unterschiedlich stark karamellisierten Zuckerzusätzen hergestellt wurde. » Wenn ihr mochtet, ihr könne kaufen hier eine gute Flasche. «

Jana freute sich. » Warum nicht? Ich nehme gerne eine. «

Ines stieß sie unterm Tisch an. » Bist du Jecke? Weißt du, was die kostet? Guck doch erstmal im Supermarkt! «

» Was ich habe, das habe ich. Ah, da kommt ja schon unser Menü. Anke? Möchtest du wieder ein Tischgebet aufsagen? «

Anke starrte gebannt auf ihren Fischteller. » Wow «, schnell legte sie sich eine Serviette auf die Beine und rückte näher an den Tisch. » Das sieht so göttlich aus, dass ich das Gebet heute dir überlasse. «

Jana überlegte kurz und stand auf. » Alkohol unser, der du bist im Glase, trinke ich viel, drückt mir schnell die Blase. Unseren täglichen Durst gib uns heute, und vergib uns unser Benehmen, wie auch wir vergeben unserem Kater. Und führe uns weiter in Versuchung, denn es gibt noch viel zu probieren. Amen und guten Appetit, Mädels. « Wir schauten Jana mit großen Augen an und bekamen dann einen Lachkrampf. Am Nachbartisch saß ein älteres Ehepaar, was mitlachte und ihre Gläser auf Jana hob.

* * *

Mein Adlerfisch mit den kanarischen Kartoffeln und der roten Mojo-Sauce war einfach nur fantastisch. Anke probierte sich bei uns durch und kam am Ende zu der Feststellung, dass wirklich alle Menüs perfekt schmeckten und wir dieses Lokal unbedingt noch einmal besuchen müssten. Hanna, die sich aus Fisch nichts machte, hatte sich einen großen gemischten Salat mit ebenfalls leckeren Kartoffeln bestellt und zeigte zufrieden auf die untergehende Sonne. » Herrlich Mädels, das gibt gleich einen fantastischen Sonnenuntergang. «

Wir verweilten noch etwas im Ort, fuhren dann noch zum Supermarkt und als wir in der Finca zurückkamen, war es auch schon ziemlich dämmerig.

» Sollen wir noch etwas Spielen? Ich habe extra ein Kartenspiel eingepackt. « Hanna zog ihre Flipflops aus und setzte sich auf die Terrasse.

Warum nicht, dachte ich. » Von mir aus gerne, ich würde mir nur gerne bequeme Sachen anziehen. «

» Meinst du das passt nicht? «

» Bitte? «

Hanna bückte sich. » Geht doch gar nicht. «

» Was denn, Hanna? «

» Du wolltest doch den Tisch ausziehen. «

» Ich? « Ich musste erstmal selbst kurz überlegen, was ich gesagt hatte, doch dann fiel es mir wieder ein.

>> Ich wollte nichts ausziehen, sondern mir meine Jogginghose anziehen. <<

Hanna lachte auf. >> Ach so, da habe ich dich wohl falsch verstanden. <<

Jana kam zu uns. >> Das kann ja mal passieren, HANNA! Sag mal mein Fräulein, ich spiele nur mit dir, wenn du deine Hörhilfe einlegst. Ist das ein Deal? <<

>> Aber warum denn? Ihr könnt doch auch etwas lauter reden. <<

>> Schon, aber das geht so auf die Kehle. <<

>> Deine oder meine? <<

>> Was? <<

>> Seele? <<

>> HANNA! <<

>> Scherz! Kehle! Ich habe es verstanden. <<

>> Grrr, ich muss was trinken, sonst ertrage ich solche Scherze nicht. <<

Ines gesellte sich mit einem Becher zu uns. >> Was trinkst du denn da? <<

>> Das ist Tee. <<

Jana glaubte sich verhört zu haben und fragte ungläubig nach. >> Habe ich jetzt richtig gehört? Tee? Was denn für einen? Einen Entspannungstee, Gute-Nacht oder vielleicht doch einen Gute-Laune-Tee? <<

>> Tee…quila! << Ines lachte auf. Über ihren eigenen Witz! Und wir staunten und lachten mit, da wir uns für sie freuten, dass sie auch mal kurz Spaß hatte. Jana klatschte sich sogar mit ihr ab. >> Okay Ines, dieser Punkt geht an dich und bitte versprich mir, dass du so weitermachst. Du bist mir gleich sympathischer. <<

Anke wollte sich eigentlich noch einen Film angucken und sich ins Zimmer zurückziehen, doch es brannte auf ihrer Seele, etwas mehr über das Verhältnis zwischen Joan und Jana zu erfahren und sprach das Thema direkt an. » Jetzt mal Butter bei den Fischen Jana. Erzähl uns mal, wer Joan genau ist, womit er sein Geld verdient und woher du ihn kennst. Ich glaube, das interessiert nicht nur mich, sondern alle hier. « Hanna meldete sich. » Aber bitte schön laut reden, sonst muss ich meine Hörhilfe einlegen und da habe ich gerade keine Lust zu. « Jana schaute uns alle an. » Wie? Die ganze Geschichte? « Wir nickten alle.

» Ohne Wenn und Aber? «

Erneut nickten wir.

» Dann wird es für dich bestimmt zu spät, Anke. «

» Ich kann morgen ausschlafen. «

» Aber die Geschichte ist nicht wirklich interessant. «

» Fang doch erstmal an. «

» Aber sie ist auch recht lang. «

» Mensch Jana, wir haben Zeit und jetzt starte mal und bitte eine Oktave höher für Hanna. «

Jana schaute auf ihre Hände. » Ähm, ja wo fange ich an. Ihr wisst ja, dass meine berufliche Hauptaufgabe darin besteht, maßgeschneiderte Firmenschulungen, Teamentwicklungstrainings und Einzelcoachings vom praxiserprobten Seminar aus bis hin zum individuell zugeschnittenen Training anbiete und... «

» Das wissen wir. Komm auf den Punkt. «

» Ja, wo fange ich an? «

Irgendwie hatte ich plötzlich das Gefühl, dass das, was Jana uns Versuchte mitzuteilen, unangenehm für sie war und es vermutlich mit Henning zu tun hatte und nippte an meiner Cola. Ich war gespannt. » Natürlich gehören zu den ganzen Schulungen ja auch Dozenten, die so ihre Ansprüche an uns stellen. Da gibt es welche, die nur vor maximal zwanzig Personen reden möchten, welche, die den Schulungsraum Richtung Westen ausgerichtet haben müssen und eben auch welche, wie Joan. Joan ist ein sehr erfolgreicher Business Developer. «

Anke verschluckte sich am Wein. » Was ist der? «

Hanna schaute ebenfalls überrascht. » Bei der Oper? «

» Developer, Hanna. Ein Business Developer, zu Deutsch Geschäftsfeldentwicklung. Er leitet Kurse, um Interessenten beizubringen, ein Unternehmen kontinuierlich weiterzuentwickeln. Die Aufgabe eines Business Development ManagerInnen besteht darin, Strategien zu entwickeln, mit denen neue Kunden gewonnen und höhere Firmenumsätze erreicht werden. Vor allem große Unternehmen stellen immer häufiger Business Development Manager oder Managerinnen ein, damit diese mögliche Entwicklungspotenziale im Auge behalten und verfolgen. Aufgrund des digitalen Wandels und der Globalisierung wird es für Unternehmen zunehmend wichtiger, den Fokus auf aktuelle Trends zu setzen und bestehende Strategien gegebenenfalls an Veränderungen anzupassen. Insbesondere in Branchen, in denen Innovationen so wichtig sind, braucht es Business Development, um wettbewerbsfähig zu bleiben. «

Ines war wenig beeindruckt. » Und als so ein Loper verdient Joan sein Geld, indem er bei euch Seminare unterrichtet? «

Jana band sich einen Pferdeschwanz. >> Nicht nur bei uns, davon könnte er wohl nicht so ein Leben führen, wie er es gerne macht. Nein, Joan unterrichtet bereits europaweit. <<

Anke wurde langsam ungeduldig. >> Gut, nachdem wir jetzt wissen, was Joan beruflich macht, vermute ich einfach mal, dass du ihm bei einem der Seminare kennengelernt hast. <<

>> Exakt. <<

>> Ja und weiter? <<

Jana holte tief Luft. >> Joan ist ein sehr positiv auffallender Mann und das in allen Lagen. Er ist selbstbewusst, verständnis- sowie humorvoll, immer adrett gekleidet, kurzum, ein Mann alter Schule, der weiß, wie man mit Menschen und vor allem Frauen umgeht. Ein rundum Sorglospaket, dieser Joan! Naja, auf unserem letzten Dozentenfest ist er mir tatsächlich etwas nähergekommen. <<

Ines lachte auf. >> Du meinst, du ihm! <<

>> Was spielt das für eine Rolle? Dann sind wir *uns* eben etwas nähergekommen, aber nur, weil er gestalkt wurde. <<

>> Also Verhältnisse sind das bei euch im Betrieb! <<, Anke schüttelte den Kopf. Ich hielt mich still zurück und wartete erstmal die Geschichte ab.

>> Um eines vorab klarzustellen, ICH bin und war nicht die Stalkerin. Die Person, die Joan das Leben schwer macht, heißt Maren Hallmann. Sie ist die Stalkerin und schon seit Jahren von Kopf bis Fuß in Joan verliebt. Er hatte wohl in jungen Jahren mal den Fehler gemacht und sich mit ihr privat getroffen und seitdem läuft sie ihm wohl ständig hinterher. Er sagte,

sie hätte schon so manche Tricks ausprobiert, um ihm näher zu kommen und mittlerweile auch schon polizeiliche Verweise im Lebenslauf eingetragen. Maren fährt ihm mit dem Auto hinterher, sie harrt stur vor seiner Villa aus, wohnt jetzt sogar in seiner Nähe und muss ihm auch schon öfters in den Urlaub gefolgt sein. Täglich hat sie ihm Briefe geschrieben und einmal war sie wohl so dreist und ist in sein Haus eingedrungen. Ich sag euch, Mädels, die Alte ist völlig durch den Wind. «

» Ich dachte, Stalker sind nur Männer! «

Jana zündete sich eine Zigarette an. » Von wegen, Ines, da gibt es mittlerweile genug Frauen, die irgendwelchen Kerlen hinterherlaufen. Verstehe ich selbst nicht, denn so etwas könnte mir nie passieren. Ich sage immer, ich bin keine Frau für eine Nacht, sondern ich möchte erobert werden. «

Anke stöhnte auf. » JANA! Wie geht die Geschichte mit Frau Hallmann weiter? «

» Ach so, ja, also auf dem besagten Dozentenfest hatte sich Maren extra in Schale geworfen und Joan auf Schritt und Tritt verfolgt. Seit ihrem heimlichen Hausbesuch durfte sie sich ihm nicht näher als Hundert Meter kommen, trotzdem fing sie ihn rein ´zufällig` am Buffettisch ab. Joan war absolut genervt, wollte kein Aufsehen erregen und war doppelt froh, als ich ihm wirklich zufällig über den Weg lief. Er schnappte meine Hand und bat mich ohrflüsternd, an diesem Abend seine persönliche Begleiterin zu spielen, da seine Frau verhindert war. Naja, ich konnte mir schlimmere Nebentätigkeiten vorstellen, nahm den Job gerne an, durfte aber nicht vergessen, dass Maren ja auch für unseren Betrieb als Empfangsdame tätig war und ich sie nicht verärgern wollte. Ich hang also zwischen zwei Stühlen und bemerkte die bohrenden Blicke von ihr, wie sie mich böse beobachtete, als ich mit Joan am Tresen saß. Wir tranken zwei, drei Gläser, unterhielten uns und langsam merkte ich, dass Joan mit jedem Schluck lockerer wurde. Irgendwann krempelte er seine Hemdärmel hoch und entblößte ein kleines Tattoo am rechten Unterarm. Es war ein japanisches Symbol und da ich zu dieser Zeit selbst mit dem Gedanken haderte, mir ein Tattoo stechen zu lassen, sprach ich ihn darauf an. Kurz schaute er auf seinen Unterarm, krempelte die Ärmel wieder runter und konnte sich angeblich an die Bedeutung des Symbols nicht mehr erinnern, da es sich um eine Jugendsünde handelte. Ich merkte, dass ihm das Thema nicht gefiel und dann machte er mir ganz schnell diesen Vorschlag hier. «

Ines war manchmal etwas begriffsstutzig. » Welchen Vorschlag? «

» Naja, um ihn vor Maren zu schützen, sollte ich den Abend an seiner Seite verweilen; mit ihm lachen und flirten und als Gegenleistung oder Dankeschön versprach er einen Urlaub in seiner Finca. «

Anke grinste schief. » Aber bestimmt mit dir an seiner Seite! «

Jana rollte mit den Augen und schaute zu ihr. » Da muss ich dich leider enttäuschen, liebe Anke, ich sollte mir nämlich mit meinem Mann eine gemeinsame Auszeit gönnen. «

» Ach, dass du liiert bist, hast du ihm gesteckt? «, wunderte sich Hanna.

» Na, zu der Zeit war ich es ja noch ... ach, egal und dass Ende der Geschichte könnt ihr euch sowieso vorstellen. «

Ines hielt sich die Hände vor ihren Augen. » Lieber nicht, sonst bekomme ich Kopfkino. «

» Hör mal Fräuleinchen, wenn du jetzt meinst, ich bin mit ihm auf ein obligatorisches Glas Sekt nachhause gefahren, dann irrst du dich, obwohl ich zugeben muss, dass ich mich in seiner Gesellschaft sehr wohl gefühlt habe. Joan ist nicht nur ein guter Unterhalter, sondern auch ein fantastischer Tänzer und ich habe den Abend mit ihm absolut genossen, dafür wollte ich gar keine Gegenleistung. Maren beobachtete uns auf der Tanzfläche, wo wir uns ausgelassen nach der Musik gehen ließen. Ich merkte ihre Pfeilblicke im Rücken, und ja, ein bisschen tat sie mir auch leid, aber was sollte ich machen? Oder anders gefragt, was hättet ihr gemacht? Jede normal denkende Frau würde den Abend an der Seite eines Traummannes doch wohl genießen. «

Ich lehnte mich zurück und dachte kurz nach. » Naja, wenn er nett ist, die Musik mein Geschmack wäre und es einfach ein netter Abend ist, dann ist eine angenehme Unterhaltung ... «

» ... Mensch Katja, angenehme Unterhaltung! Tanzen, Flirten, die Welt um sich herum einfach vergessen, ja das wollte ich an diesem Abend und irgendwie spornten mich Marens Blicke auch an, mutiger zu werden, bis ich sah, wie sie traurig aussehend vom Tresen-Hocker rutschte, sich bei Herrn Fiedler, einen alleinlebenden Dozenten der Biologiewirtschaft, einhakte und mit ihm das Fest verließ. «

Kurz waren wir alle ruhig und ließen das Erzählte sacken. Ines konnte es nicht lassen. » Dann habt ihr wahrscheinlich auch zusammen das Fest verlassen. «

» Nein, wir haben noch die halbe Nacht getanzt, da seine Frau Christina eine absolute Nichttänzerin war und er es mal wieder genoss, das Tanzbein zu schwingen. «

Jetzt staunte ich. » Ach er ist verheiratet und trotzdem stalkt ihn diese Maren? «

Jana nickte. » Er hat eine wunderschöne Frau. Sie ist Mitte dreißig, immer gut gelaunt und zurzeit hochschwanger. Die beiden erwarten ihren ersten Nachwuchs und sind völlig happy. Ihr hättet mal Joans strahlende Augen sehen müssen, als er von seiner Frau und dem wachsenden Babybauch erzählte. Da bekam sogar ich, als überzeugte Nicht-Mama, Gänsehaut. «

Ich überlegte kurz. » Hat Joan deshalb die Waffe im Handschuhfach liegen? Als Schutz? Für den Fall, dass Maren sich ihm oder sogar seiner Frau nähert? «

Jana nickte erneut. » Genau, aber das wollte ich euch nicht erzählen, da ich Bedenken hatte, dass der ein oder andere während der Fahrt aus dem Auto springt, beziehungsweise im Vorfeld die Reise gar nicht erst angetreten hätte. «

Hanna, unsere Miss Marple, registrierte alles. » Ich habe schon einige Krimis mit Verfolgungsfälle gesehen und manchmal sind die auch nicht wirklich gut ausgegangen, deshalb ist es wichtig, dass wir über die Situation Bescheid wissen und gewappnet sind, falls Maren plötzlich hier vor dem Tor steht. Ist sie denn immer noch sauer auf dich, Jana? «

106

» Gute Frage! Ich habe sie kaum mehr gesehen, da ich meistens unsere Firma betrete, wenn sie zur Frühstückspause ist. Außerdem nutze ich die Tiefgarage und fahre mit dem Lift direkt auf meine Büro-Etage und Jobmäßig haben wir nicht viele Parallelen. «

Hanna ließ die Waffe keine Ruhe. » Wo ist denn der Colt für alle Fälle? Immer noch im Auto? «

Jana griff zu ihren Zigaretten. » Nein, ich habe sie vorhin mit rausgenommen und in meinem Zimmer deponiert. Auch wenn ich nicht ängstlich bin, bin ich überzeugt, dass eifersüchtigen Menschen viele eigenartige Sachen einfallen. Vielleicht sollten wir Dario morgen einweihen? Was meint ihr? « Wir nickten alle zustimmend und ließen die Geschichte erstmal sacken.

* * *

Am nächsten Morgen war ich wieder früh wach. Ich drehte mich zur Seite und schaute aus dem geöffneten Fenster zu einer Palme. Das hatte schon was, musste ich ehrlich zugeben und dachte an gestern Abend. Nach Janas Geschichte war bei uns allen die Luft raus und wir verschwanden alle zeitig in unseren Zimmern. Irgendwas passte mir an der Geschichte nicht und ich überlegte, wie tief doch ein Mensch gefühlsmäßig sinken konnte, bis er endlich mal kapiert, dass der Angebetete nichts von einem wissen möchte. Wie weit geht diese Person, um Anerkennung und Aufmerksamkeit auf sich zu beziehen? Trägt man als Opfer von Stalkern eine Teilschuld und wenn ein Drama passiert, gibt man sich dann auch selbst die Schuld? Irgendwie arbeitete mein Kopf schon mehr, als mein Körper wollte und da ich nicht wusste, wann Dario heute zurückziehen wollte, stand ich auf und schlich leise in die Küche, um mir ein Glas Milch zu holen. Staunend sah ich den bereits eingedeckten Tisch und öffnete leise die angelehnte Terrassentür. Ines saß am Tisch. » Hola Ines, hast du die Nacht durchgemacht? «

» Guten Morgen Katja. Ja so fühle ich mich. Ich glaube es war ein Tequila zu viel. «

» Ist dir übel? «

» Eigentlich nicht, aber, wenn ich einen über den Durst trinke, werde ich oft melancholisch. Ich konnte gar nicht schlafen, habe über vieles nachgedacht. «

» Aha. Und? Hat es dir genutzt? «

Ines war kurz ruhig. » Vielleicht ja, ich arbeite dran. «

» Okay. Dann mal toi toi toi. Hast du denn schon gefrühstückt? «

» Nein, ich wollte auf euch warten. Gemeinsam ist schöner als einsam. «

» Ujujuj, was für Worte aus deinem Munde! Guten Morgen ihr beiden. «

» Moin Anke. Ja da staunst du, was? «

» Ines hat auch schon den Tisch gedeckt. «

» Echt? Was ist los? Welches Geheimnis steckt im Tequila? «

» Schlaflos auf Gran Canaria. «

Anke schaute sich den eingedeckten Tisch an. » Den Film kenne ich zwar nicht, aber wenn dass das Ergebnis ist, gefällt er mir. Ich würde gerne etwas Rührei machen, möchtet ihr auch welches? «

Ich nickte und sogar Ines hatte Appetit darauf. Irgendetwas stimmte da tatsächlich nicht.

Heute stand unser geplanter Strandausflug nach Las Caracolas de Amadores auf dem Programm und damit es nicht zu spät wurde, mussten wir langsam unsere zwei Murmeltiere wecken, auch wenn Ines am liebsten ohne die beiden gefahren wäre, da sie keine Lust mehr aufs Warten hatte, doch was blieb uns übrig? Ohne Auto kamen wir nicht an den Strand und fahren durfte eben nur Jana. Wir überlegten einen Plan, wie wir die beiden am schnellsten wach bekamen, ohne dass sie noch im Schlafdress ganz in Ruhe frühstücken konnten. Anke hatte eine spontane Idee und stellte sich vor Janas Zimmertür. Gekünstelt lachte sie laut auf. » Genau, hier ist Janas Zimmer. « Sie klopfte an der Tür. » Jana? Bist du wach? Du hast Besuch. Joan ist hier. « Sie unterdrückte sich ein Lachen. » Jana? «

Wir hörten hinter der Tür ein panisches Poltern und mussten uns alle drei beherrschen. » Ich wusste gar nicht, dass Sie ebenfalls hier auf der Insel sind, da hat Jana uns gar nichts von erzählt. Dass wir uns mit Dario geeinigt haben, hat sie ihnen aber schon gesagt, richtig? « Anke zeigte Ines an, sie solle die Hupe vom Van mal tätigen. » Jana? Halllllloooo? Bist du wach? « Wieder hörten wir ein Gepolter. » Jana? Du hast Besuch und was für einen, ich muss ehrlich sagen, dass du mit der Optik nicht übertrieben hast! « Laut hallte die Hupe durch das Haus, da der Van direkt vor dem Flurfenster stand. » Ach da ist auch schon Dario, wenn man vom Teufel spricht! « Ines hupte erneut. » Jana? «

» Ja was denn noch alles? Ich komme gleich. Zwei Minuten! «

» Ich verstehe dich nicht. Geht es dir nicht gut? «

» Ich komme gleich. Gleich, Anke, gleich. «

» Joan? Haben Sie Jana verstanden? «

» Eine Minute! «

» Bitte? «

Wütend riss eine verstrubbelte Jana die Zimmertür auf und wir konnten endlich loslachen. Schön war, dass durch den Lärm auch Hanna wach wurde und Anke somit zwei Fliegen mit einer Klappe geschlagen hatte. » Lief besser als gedacht «, schlug ich mich mit Anke und Ines ab.

Das Frühstück wurde im Schnelldurchlauf, bestehend aus zwei langen Gesichtern und einem Pott Kaffee, eingenommen, dann packten wir unsere Strandsachen zusammen und fuhren zum Strand, wo sich unsere Langschläfer erstmal völlig überfordert auf ein Badehandtuch fallen ließen.

* * *

Herrlich! Ines, Anke und ich probierten sofort das Meer aus und ließen uns dann ebenfalls auf unsere Handtücher fallen. Anke erkannte das Geräusch als erstes und schüttelte den Kopf. » Jetzt sagt nicht, dass Hanna schon wieder eingedöst ist. Mensch, sie verschläft noch den ganzen Urlaub. Wann wart ihr denn gestern im Bett, Jana und wieso weckst du Hanna nicht? «

Diese hatte sich ein Handtuch über das Gesicht gelegt. » Habe ich ja versucht, aber Hanna wach zu bekommen ist schwieriger als eine ganze Armee zu wecken. Mir ist ihr Geschnarche so peinlich, dass ich mich unter dem Handtuch verstecke, sonst meinen die anderen Strandbesucher noch, ich bin das. «

» Das werden sie so auch denken, weil sie ja nicht wissen, ob du unterm Turban schläfst. « Anke zog ihr das Handtuch vom Kopf. » Anke! Was soll das? « Jana war durch die Sonne geblendet. » Ich würde es mal

110

abends mit etwas weniger trinken und dafür morgens etwas ausgeschlafener sein probieren. «

Jana sah es anders. » Wenn man Alkohol trinkt, gibt es immer einen schmalen Grat zwischen voll super und super voll. Es ist gar nicht so einfach, den richtigen Zeitpunkt zu wählen und jetzt, Mädels, schaut mal nach rechts, die beiden Damen da vorne bekommen einen Cocktail geliefert! Wie großartig ist das denn? Hier gibt es einen Strandservice! Ich will auch! Da kommt bestimmt auch mein Kreislauf wieder in Schwung. «

» Nur, wenn es auch Alkoholfreie gibt. «

Jana richtete sich auf. » Bist du krank? «

» Ich meinte für dich, weil du noch fahren musst. «

» Haha, sehr witzig, aber genau das ist der springende Punkt. Das, was ihr am Tag vertrinkt, hole ich abends selbstverständlich nach, schließlich will ich nicht untervorteilt sein und wenn ich dann loslege, heißt es, ich unterliege dem Alkohol, aber, wenn ich Fanta trinke, sagt komischerweise auch niemand, dass ich fantastisch bin. « Ich, die gerade Hanna erfolgreich weckte, sah zu ihr rüber. » Das ist doch Quatsch. Niemand sagt, dass du eine Alkoholikerin bist. «

Jana schmollte. » Ich unterscheide schon, wann ich was trinken kann, schließlich bin ich erwachsen genug. Im Urlaub gehören für mich sowohl der Cocktail wie abends ein Glas Wein dazu. Das ist ein Prestige, welches man genießt. Wenn ich zuhause mit Henning abends mal ein Gläschen getrunken habe, war es eher Betäubung. « Da war es wieder. Henning in der Vergangenheitsform. Hatte es niemand außer mir wahrgenommen? Ich schaute meine Freundinnen an, die aber nicht reagierten, sondern von der Kellnerin abgelenkt waren, die uns sowohl die Cocktail- wie auch Speise-karte vom Restaurant überreichte. Anke schnappte sich beide, reichte die Cocktailkarte weiter und behielt die andere zufrieden für sich. » Ich werde verrückt! Hier gibt es Paella! «

Hast du schon wieder Hunger? «, lachte Ines, doch Hanna, die nur einen Kaffee zum Frühstück hatte, könnte sich jetzt auch eine Pizza vorstellen.

Anke freute sich. » Mein Vorschlag wäre es, den Tag hier am Strand und Meer zu verbringen und für später würde ich einen Tisch in dem Lokal reservieren. Dann brauchen wir auf dem Rückweg nur noch einkaufen. Ich glaube nicht, dass Dario heute schon für uns kochen möchte. Wer weiß, ob er überhaupt heute zurückzieht? «

Ines stand auf. » Hat er dir nicht geschrieben, Jana? «

» Das weiß ich gar nicht. Ich habe mein Handy seit gestern ausgeschaltet und momentan null Bedarf es zu nutzen. «

» Na, du bist gut. Und wenn sich Joan jetzt mal meldet, um dir etwas Wichtiges mitzuteilen? «

» Was ist in deinen Augen denn wichtig? «

» Na, was weiß ich. Es kann doch sein, dass er hier spontan selbst Urlaub machen möchte, dass irgendwelche Handwerker kommen, dass wir irgendetwas beachten müssen, wo wir für den Fall Maren einen versteckten Panikraum in der Finca finden, wann der Gärtner zum Ernten kommt und so weiter. «

» Aber dafür gibt's doch Dario. «

» Der dich ebenfalls nicht erreichen kann. «

» Mein Gott Ines, beruhige dich. Joan und auch Dario können mich auf meinem Zweithandy erreichen, das andere liegt ausgeschaltet im Zimmer. «

» Du besitzt ein Zweithandy? Dienstlich? «

» Könnte man auch sagen und jetzt hör auf zu fragen und lass uns in die Fluten stürmen. «

Hanna meldete sich. » Erst, wenn ich eine Luftmatratze gekauft habe. «

Anke rollte mit den Augen. » Jetzt geht das noch los. Wofür willst du die denn haben? Für die paar Meerbesuche? Im Pool brauchst du doch wohl keine, oder kannst du nicht schwimmen? «

Hanna stand langsam auf und schaute sich um. » Woher weißt du das? «

» Du kannst nicht schwimmen? « Ich staunte. Das war mir neu.

» Natürlich kann ich schwimmen, dass weißt du doch, Katja. Ich meine den Matratzen Lieferservice. «

Wir schauten uns nur an, so dass Hanna unsicher wurde, lächelnd abwinkte, zum Souvenirshop schlenderte und zufrieden mit einer pinken Matratze zurückkam. » Startklar, Mädels? «

Und wie! Wir zogen alle los und plantschten ausgelassen, wie kleine Kinder im Meer. Hanna und Ines versuchten vergeblich synchron auf der Matratze zu sitzen, Anke ließ sich darauf gleiten und Jana und ich spielten mit einem Springball. Lachend und doch etwas aus der Puste, ließen wir uns trocknen, bevor wir das Restaurant besuchten, um dort zu speisen. Schwimmen machte hungrig, das war schon in der Kindheit so, deshalb waren damals auch die Warteschlangen vor dem Freibad-Kiosk immer gut besucht und mit Hunger eine Speisekarte zu lesen, war keine gute Idee. Ich hätte mir fast alles bestellen können und erschrak, als Jana mir meine Sonnenbrille vom Kopf schnappte. » Bekommst du gleich wieder. «

» Ähm, das ist keine Lesebrille! «

Jana hielt ihre Speisekarte so hoch, dass sie soeben noch drüber linsen konnte. Ich schaute in die gleiche Richtung wie sie und sah nur ein Pärchen, welches an einer aushängenden Speisekarte Interesse zeigte, ansonsten erkannte ich nichts, wovor man sich hätte verstecken müssen, doch Jana starrte wie unter Hypnose das Pärchen an und stieß leise Stoßgebete zum Himmel. » Lass sie weitergehen, bitte lass sie weitergehen, einfach weiter, bitte bitte bitte! «

Ein sympathisches Frauenlachen schallte zu uns herüber, deshalb drehte sich jetzt auch Ines um. » Ines! Nicht gucken und vor allem nicht auffallen, Mädels! «

Hanna bekam zum Glück nichts mit, sonst würden bei unserer Krimiexpertin gleich wieder die Alarmsirenen losheulen. » Die Einzige, die doch gerne auffällt, bist du doch selbst. « Anke probierte von dem kleinen Gruß aus der Küche.

» Aber nicht jetzt. «

» Es schmeckt nicht? «, fragte Hanna, doch Jana reagierte nicht, sondern fixierte das Paar durch meine Sonnenbrille.

Kapitel 8

Ines nippte an ihrer Cola. » Waren das wieder Kollegen oder Dozenten von dir? Ich meine, weil es ein Pärchen war und es in eurer Firma wie Sodom und Gomorra zugeht. «
Jana steckte mir die Sonnenbrille wieder ins Haar und ignorierte den Spruch. » Ich habe euch doch gestern von Maren und Herrn Fiedler erzählt und wenn ich mich jetzt nicht völlig täusche, standen die beiden da gerade vor der Speisekarte. «
Ines klatschte spontan in die Hände. » Applaus Applaus, ich wusste von Anfang an, dass die Reise nicht unter keinem guten Stern stand. Jetzt kommt nämlich der Haken und so langsam verstehe ich auch, warum du Dario wieder einziehen lässt, die Knarre in dein Zimmer legst und ein Zweithandy besitzt! Hätte dich gar nicht so kriminell eingeschätzt! «
» Geil «, freute sich Hanna.
Ich war froh, dass unsere Bestellung serviert wurde, denn ich hatte absolut keine Lust auf Diskussionen und schlug spontan Ines als die nächste vor, die ein Tischgebt aufsagen musste.
» Wir sitzen zusammen, der Tisch ist gedeckt, wir wünschen uns allen, dass es schmeckt! « Stolz schaute sie in die Runde. » Das war aber mal spontan! «
» Prima Ines, prima und jetzt guten Appetit! «
* * *
Es war später Nachmittag, als wir mit dem Auto wieder an unserer Finca ankamen. Zum Glück waren wir alle so pappsatt einkaufen, dass wir fast nur Getränke

besorgen mussten. Ines wollte nicht mit in den Super-markt, rauchte sich lieber draußen eine Zigarette und beobachtete die Einfahrt. Jedes Auto, was auf den Park-platz fuhr, inspizierte sie möglichst unauffällig durch ihre Sonnenbrillengläser. Irgendwie hatte sie ein ungu-tes Gefühl, auch wenn sie nichts Verdächtiges entde-cken konnte. Auf dem Rückweg versuchte sie so gut wie möglich den nachfolgenden Verkehr durch den Außenspiegel zu beobachten und erst als wir an der Finca ankamen, bat sie Jana, die vordere Parkbox zu nutzen und rückwärts einzuparken, damit wir vor-wärts schneller flüchten konnten. Anke, die sonst ei-gentlich auch eher ängstlich und vorsichtig war, stemmte bestimmend die Hände in die Hüften. » Jetzt lassen wir uns von Maren und Co. nicht den Urlaub vermiesen, oder? Ich finde, wir sollten Dario, damit auch er gewappnet ist, gleich das Nötigste erzählen und dann das Thema fallen lassen. Es bringt nichts, wenn wir uns jetzt und unsere nächsten Tage daran hochziehen. «

Ich nickte. » Das finde ich auch. Wenn jemand etwas Verdächtiges bemerkt, dann kann er uns alle darauf aufmerksam machen, aber wir dürfen uns nicht ver-rückt machen und hinter jedem Busch Tretminen und böse Eindringlinge vermuten. «

» Buenas Noches, meine Damen! « Wir sprangen alle Gleichzeit in die Höhe und schauten in Darios freudi-ges Gesicht. » Habe ich was falsch gemacht? «

Jana schüttelte den Kopf. » Nein Dario, wir hatten gerade nur so ein spannendes Thema. Willkommen zu-rück und wenn du nachher noch ein paar Minuten Zeit hast, müssen wir mal mit dir reden. Ist wichtig. «

Dario schaute uns skeptisch an. » Habt ihr es euch mit meinem Rückzug anders überlegt? Kein Problem, ich kann meine Sachen wieder einpacken. Also ich muss auch nicht für euch kochen, wenn ihr nicht möchtet. Ich wollte mich bestimmt nicht aufdrängeln, es war auch nur ein Angebot von mir … «

Jana legte ihm ihre Hand auf seine Schultern. » Alles gut, Dario, wir sind froh, dass du wieder hier bist und genau aus diesem Grund müssen wir gleich mal reden. Es geht um Joan. Ich würde vorschlagen, wir machen uns etwas frisch und dann treffen wir uns so in einer halben Stunde auf der Terrasse? Schaffst du das? «

» Ja natürlich, ich bin da. Soll ich heute noch etwas Nettes für euch kochen? Oder etwas mitbringen? Ich habe noch einen kanarischen Artemi im Kühlschrank und könnte noch schnell etwas Anti Pasti zaubern. « Sobald er unsicher wurde, fing er an wie ein Wasserfall zu reden, was für unsere Hanna Hardcore war, das konnte man an ihrem fragenden Blick sehen.

» Kochen nicht, aber den Rest mach wie du möchtest und Dario, wir freuen uns wirklich, dass du bei uns bist. «

Ines, die hinter uns stand, gab zu » momentan sogar ich. «

* * *

Als ich unter der Dusche stand, dachte ich kurz über Maren und ihren Partner nach. War es Zufall, dass die beiden zur selben Zeit wie Jana auf der Insel urlaubten und waren es überhaupt die beiden? Vielleicht hatte Janas Kopf auch fantasiert und sie sah schon Gespenster? Ich fand, das Pärchen sah mir gar nicht nach heimlichen Stalkern aus, aber wie sahen Stalker eigentlich aus? Irgendwie brummte mein Schädel und ich ärgerte mich, dass ich noch nicht mal im Urlaub kopfmäßig abschalten konnte, deshalb schlüpfte ich wacker in meine bequemen Sachen. Jana saß bereits im Freizeitlook mit ihrem Handy auf einem Sessel in der Chillout-Lounge. Ich sah die Gunst der Stunde und setzte mich neben sie. >> Du, Jana, jetzt wo wir allein sind, muss ich dich mal was fragen, was mich schon eine ganze Zeit beschäftigt! << >> Du kannst mich alles Fragen, Katjalein, aber auf alles werde ich dir keine Antwort geben. Also, schieß los. <<

>> Schießen? Ist Maren aufgetaucht? << Ines kam mit großen Augen durch die Hintertür und hatte die letzten Worte mitbekommen. >> Quatsch, außerdem haben wir doch das Tor als Schutzwall. So schnell kommt hier niemand auf das Grundstück. Was wolltest du mich fragen Katja? <<

>> Ach nichts, schon gut. <<

Ines schaute mich eingeschnappt an. >> Störe ich? <<

>> Auch das nicht. Setzt dich doch einfach zu uns. <<

>> Aber ich merke doch, dass ich gerade unpassend gekommen bin. Also eins sag ich euch! Wenn ihr doch jemanden bemerkt habt, der hier rumschnüffelt, dann müsst ihr es uns sagen. Das ist kein Spaß mit so einer durchgeknallten Frau. <<

>> Wer knallt hier wen ab? Ist Maren da? << Anke kam als nächstes durch die Tür. Ich gab es auf und wollte mir eine Zigarette anzünden, hatte aber mein Feuerzeug im Zimmer vergessen. Ich zeigte auf Ines ihres. >> Könntest du mir mal bitte dein Feuer geben? <<

>> Geht's los? << Hanna erschien ebenfalls aufgeregt.

Ich schaute sie erstaunt an. » Mit was? «

» Mit *lasst Feuer regnen*. Ich dachte, dass wäre unser Geheimcode, wenn eine Gefahr lauert. «

Hanna sorgte mit ihrem Verhören mal wieder für einen Lacher und bei Dario, der uns fröhlich beisammensitzen sah, für Entspannung. Er goss uns allen ein Gläschen Artemi ein und Jana roch genießerisch dran. » Ein Tag ohne Alkohol ist wie, haha, woher soll ich das wissen. Also Prost, auf einen schönen Abend, auch wenn wir erst noch kurz reden müssen. « Sie setzte sich im Schneidersitz hin und wiederholte die gesamte Geschichte, die wir gestern Abend erst erfahren hatten. Dario unterbrach sie nicht, sondern hörte gespannt und aufmerksam bis zum Ende zu. » Und deswegen haben wir beschlossen, dich natürlich mit einzuweihen. Man behauptet immer wieder, dass jeder Mensch irgendwo auf der Welt einen Zwilling herumlaufen hat, aber ich fände es schon recht außerirdisch, wenn sich die von Maren und Herrn Fiedler zusammen auf Gran Canaria befinden. Ich habe gerade nochmal nach Karsten Fiedler gegoogelt und ja, es gibt einen Zusammenhang mit ihm und der Insel. Im Nachhinein hat es mich schon manchmal gewundert, dass aus ihm und Maren ein Paar wurde, aber jetzt wird langsam ein Schuh draus. Herr Fiedler forscht hier auf Gran Canaria an einem Projekt, welches sich ´Atrapanieblas` nennt; zu Deutsch Nebelfänger. «

Hanna meldete sich. » Könnt ihr etwas lauter reden, ich habe meine Hörhilfe im Zimmer gelassen und keine Lust sie jetzt zu holen. «

Jana nahm ihr Handy zur Hand und las uns einen Artikel bei Facebook vor, den sie herausgesucht hatte.

119

» Also, hier steht, dass sich das Projekt vor drei Jahren am Pico de las Nieves gegründet hat, um Wasser biologisch aus Nebel zu gewinnen. Herr Fiedler aus Germany teilte dem Umwelt- und Planungsbüro der Inselregierung mit, dass die Trockenheit und Dürre bereits 1200 Meter über dem Atlantik ein Problem werden und mehr als 90 Prozent der Fläche Gran Canarias bedroht ist, zur Wüste zu werden. Besiedlungen haben den Bergregenwald vernichtet, immer häufiger wird die Insel von Starkregen bedroht, was fruchtbares Erdreich wegschwemmt. Seit Tausenden von Jahren funktioniert ein Kreislauf. Pflanzen wie die kanarische Kiefer kämmen Feuchtigkeit aus Passatwinden, die über die Inseln ziehen. Das Wasser kondensiert an den Blättern und Nadeln, tropft ab, versickert im Boden. Kontinuierlich füllen sich so immer wieder die Grundwasserspeicher der Insel, die auf geografischer Höhe der Sahara liegen. Ohne Passatwinde würde Gran Canaria zur Wüstenlandschaft. Forscher, wie Herr Karsten Fiedler aus Deutschland, versuchten mit technischen Mitteln das Prinzip der Wassergewinnung nachzuahmen. Das Prinzip heißt Nebelfänger. «

Dario äußerte sich zuerst. » Ein schlauer Mann. «

» Schon, aber zu blöd, um Maren zu durchschauen. Sie hat sich ihn doch mit Sicherheit nur geschnappt, damit sie ihn gratis begleiten kann. Als Empfangsdame verdient man nicht das meiste bei uns, schon mal gar nicht so viel, dass man davon öfters im Jahr nach Gran Canaria fliegen kann. « Jana wandte sich an Dario. » Bitte Dario, erzähle Joan nicht, dass du von der Geschichte erfahren hast. «

120

Dario legte seine Hand aufs Herz. » Mein Ehrenwort, ich werde schweigen, mir nichts anmerken lassen und Danke euch, dass ihr mir Bescheid gegeben habt. «

Ines räusperte sich. » Aber ist es nicht komisch, dass Maren jetzt hier auf der Insel und nicht zuhause bei ihrem Traummann ist? «

Jana schüttelte den Kopf. » Das habe ich auch erst gedacht, aber mir ist eingefallen, dass Joan eigentlich zu dieser Zeit auch hier urlauben wollte, doch da seine Frau bald das Kind erwartet, sind sie zuhause geblieben. «

Anke wunderte sich dennoch. » Woher weiß diese Maren eigentlich, wann Joan sich wo aufhält? «

Jana vermutete, dass sie durch den Einblick im EDV-System herausfinden konnte, wann welcher Dozent verfügbar oder eben auch abwesend war. Abwesend waren sie meistens, wenn Urlaub anstand.

» Weiß seine Frau von Maren? «

Jana nickt. » Er musste es ihr erzählen, damit sie sich schützt, schließlich kann er Christina nicht rund um die Uhr bewachen. «

Dario stimmte ihr zu. » Sie ist eine wunderbare Frau. Ich liebe sie und freue mich wahnsinnig auf das kleine Baby. Joan möchte mich zum Paten machen und das macht mich sehr glücklich. Er ist ein guter Mensch, der immer für mich da ist. Meine Mutter, die zufällig auch Maren heißt, hat mir zwar alles mit auf den Weg gegeben, doch ein Geschwisterchen leider nicht, von daher werde ich jetzt stolzer Pate. « Erneut legte er seine Hand aufs Herz. » Nochmals vielen Dank, dass ihr mir Bescheid gegeben habt. Ich werde jetzt etwas mehr auf Haus und Grundstück aufpassen und natürlich auf euch. Über das Haustelefon an der Küchenwand sind unsere Wohnungen miteinander verbunden. «

Ines nickte dankbar. » Das ist beruhigend. Ich habe zwar keine Angst, aber man weiß ja heutzutage nie, was in so einem Menschen vorgeht. «

Ich schüttete mir noch ein Glas Wasser nach. » Wenn Maren über den Zaun sieht, dass zurzeit fünf Frauen anstelle von Joan hier urlauben, wird sie bestimmt sofort wieder umkehren und gar nichts machen. «

Jana sprang auf. » Es sei denn, sie sieht mich, aber, dass bekommen wir schon gewuppt. «

Anke haute sich die flache Hand vor die Stirn. » Mensch Dario, jetzt hätte ich es fast vergessen. Ich hole mal wacker mein Handy. «

» Mandy? Wer ist das schon wieder? «

Jana verdrehte die Augen. » Anke, bringst du bitte auch Hannas Hörhilfe mit? «

Sie hob den Daumen hoch und kam nach ein paar Minuten zurück und scrollte schnell durch ihre Galerie. » Ich muss es nur noch finden. «

» Na bei deinen tausend Bildern kann es dauern. « Ines nahm sich eine Handvoll Chips.

» Ah da ist es ja. « Anke zeigte Dario ein Foto von einem leerstehenden Lokal. Interessiert schaute er es sich an und fragte, wo sie das entdeckt hatte. » Heute am Strand, als ich die Öffentlichen gesucht habe. Das Lokal ist fast dort, wo wir später gegessen haben. «

Dario fragte nach, wo dies genau gewesen war und schüttelte dann traurig den Kopf. » Das ist eine Top-Lage, das stimmt, aber ihr dürft nicht vergessen, dass viele Urlauber, die den Strand nutzen, Halbpension oder All Inn gebucht haben und nicht bei mir dinieren werden. «

Das sah ich anders. » Wenn ich mich aber richtig erinnere, lagen die Hotels alle etwas höher an einer Hauptstraße. Ich kann mir nicht vorstellen, dass man wegen einer Cola, einem Eis oder einem Mittagssnack die steilen Treppen zum Hotel hinaufmarschiert. Mir würde es im Traum nicht einfallen. «

Hanna nuschelte. » Niemals. «

> Deshalb kann ich es mir schon vorstellen, dass gerade in der Mittagszeit einige Strandbesucher Appetit bekommen. Ob auf Snacks, Menüs oder Kuchen und Eis. Schwimmen macht immer hungrig und im Hochsommer tut es gut, mal vor der Sonne zu fliehen und im Schatten etwas Kaltes zu genießen. Mir würde die Ecke als Ladenlokal gut gefallen, allein schon wegen der überdachten Außenterrasse. «

Dario schaute mich skeptisch an. » Hm, ich weiß nicht. Viele Hotels haben schon Lokale durch All Inn Angebote vernichtet, aber danke dir Anke, dass du an mich gedacht hast. «

» Natürlich musst du auch Cocktails anbieten und diese am besten am Strand verteilen. So wie es andere Restaurants auch anbieten. «

» Da ist der erste Ärger mit den benachbarten Lokalbesitzern ja direkt vorprogrammiert. « Er schüttelte den Kopf. » No, no, das Lokal, wo ich gearbeitet hatte, das wäre mein Traum. Nicht zu groß, perfekt eingerichtet, nette Stammgäste, Top-Lage und, ja einfach perfekt. Doch leider zu teuer. «

Er zeigte uns auf seinem Smartphone Bilder von einem netten typischen Lokal, welches nur eine große

Außenterrasse und passend eine offene Küche besaß.
» Hier habe ich gerne gearbeitet, aber jetzt? Wenn ich im Lotto gewinnen würde, dann würde ich es sofort kaufen. Verändern bräuchte ich nichts, außer Barbecue in die Speisekarte aufnehmen. Apropos Barbecue. Wenn ihr möchtet, dann kann ich euch morgen gerne ein paar Kostproben aus meinem Programm kreieren? «
» Hört sich interessant an. Machst du so etwas zu Halloween? «

Jana schaute Hanna an. Sie hat doch gesehen, wie sie sich die Hörhilfe eingesetzt hat und wunderte sich über die Hörschwäche, also beugte sie sich vor, um Hannas Ohren zu schubbern und als es hörbar Plöpp machte, musste sie einfach fragen. » Hast du etwa schon wieder das alte kaputte Gerät mit dem Wackelkontakt eingelegt? «
» Das, was Anke mir aus dem Zimmer gegeben hat. «
Diese schaute unschuldig. » Ich kenne mich doch mit deinen Gerätschaften nicht aus und habe einfach eins genommen. «
» Und das war das alte mit dem Wackelkontakt. «
Jana bekam eine Krise. » Aber wieso packst du das alte Gerät immer wieder ein und vernichtest es nicht irgendwann? «
» Na du bist gut. Wenn mein Gutes kaputt geht, muss ich doch Ersatz haben. «
» Das ist aber kein Ersatz, das ist nervig. «
Dario grinste über die beiden und fragte noch mal etwas lauter nach, ob er uns am nächsten Tag bekochen dürfte. Hanna bat zu berücksichtigen, dass sie Vegetarierin war, Ines, dass sie keine gesunden Sachen

mochte, und Anke rieb sich freudig die Hände. » Ich bin Meganer. «

Dario blickte auf. » Meganer? Aha und worauf muss da geachtet werden? «

» Auf nichts, ich esse alles, was mega-gut-schmeckt. «

Kapitel 9

Den Abend hatten wir noch viel über Darios Traumrestaurant gesprochen und auch noch hier und da eine Idee vorgeschlagen, was für uns als Urlauber bei einem gemütlichen Restaurantbesuch nicht fehlen dürfte. Dario notierte sich hier und da ein paar Einfälle und dann verriegelten wir alle Türen und Fenster und jeder verschwand in seinem Zimmer, um am nächsten Morgen zum ersten Mal alle gemeinsam auf der Terrasse zu frühstücken. Dario hatte uns eine Notiz auf den Terrassentisch hinterlassen.

„Guten Morgen meine lieben Mitbewohner. Ich freue mich, euch heute Abend zu bekochen und wünsche allen einen erholsamen Urlaubstag".

» Ach wie nett von Mario «, fand Hanna.

Jana stöhnte auf. » DARIO! «

» Sag ich doch! Dafür, dass er allein bei seiner Mutter großgeworden ist, finde ich ihn unheimlich selbstständig und gut erzogen. «

Anke nickte. » Das ist es wahrscheinlich. Seine Mutter hatte keine Zeit, ihr Kind zu verziehen. Er musste mit anpacken, wenn sie sich etwas erlauben wollten und das hat wohl gefruchtet. Ich finde ihn unheimlich sympathisch und wünsche ihm, dass er ein geeignetes Lokal findet, welches bezahlbar ist. «

Ines schaute in die Ferne. » Sag mal, Jana, welche Haarfarbe trägt deine Maren eigentlich? «

Sie spülte ihr Toast mit einem Schluck Kaffee hinunter. » Du hast sie doch gestern gesehen. «

» Ich habe sie nur von hinten gesehen und durch den Strohhut war die Haarfarbe leider nicht zu erkennen. «

126

» Blond. Fast schon Platinblond. Warum? «
» Ich meine gerade eine Hellhaarige Person erblickt
zuhaben. Bob-Haarschnitt? «
Anke sprang sofort auf. » Wo? «
» Na, da vorne hinter dem Gebüsch. «
» Witzig, Ines, hier sind hunderte von Gebüschen. «
» Ich kenne doch den Namen der Pflanze nicht.
Rechts neben dem rotleuchtenden Baum. « Sie zeigte
in eine Richtung und wir alle starrten suchend hin.
» Ich sehe nichts. « Hanna, die sich sofort mit dem
Brötchenmesser bewaffnete, sah richtig enttäuscht aus.
» Wahrscheinlich war da auch gar nichts. Vielleicht se-
hen wir auch schon alle Gespenster «, ich drehte das
Thema. » Was steht denn heute auf dem Programm? «
› Welchen Damm? «
» HANNA! «
» Was denn? Dann redet doch auch mal lauter! «
» Ich habe gefragt, was für heute geplant ist? «
» Ach so. Also ich wäre für Chillen. « Sie liebte es,
einfach nur faul abzuhängen. » Und ihr? «
Anke war es gleich. » Können wir machen, aber
morgen würde ich gerne nochmal ans Meer fahren. «
Ines erhob sich freiwillig. » Na gut, dann gehe ich
mal den Pool säubern. «

* * *

Völlig entspannt lagen wir fünf Liege an Liege nebeneinander. Es herrschte eine angenehme Ruhe.
Während der eine mit seinem Handy spielte, vertiefte
sich der andere in ein Buch, döste vor sich hin, machte
etwas Musik oder, so wie ich, lag einfach faul auf der

Luftmatratze im Pool und schaute zu den Riesenpalmenblättern hoch. Hier, auf dieser Höhe des Berges, schallte weder Straßenlärm noch sonstige tagtäglichen Geräusche hinauf; hier war es einfach nur ruhig. Ein bunter Schmetterling flog knapp über dem Wasser zu einer Blüte und ich verstand, warum man das Haus Casa Mariposa taufte. Mariposa hieß übersetzt Schmetterling und es gab hier viele wunderbare Exemplare, die ich aus unserer Heimat Westeuropa noch nicht kannte. Ich hatte mich vorhin auf der Liege noch etwas mit Herrn Google beschäftigt und über die verschiedenen bunten Falter einiges nachgelesen und sehr gestaunt, dass es laut Forscher mehr als 150.000 Schmetterlingsarten geben soll. Viele Arten habe ich hier schon herumfliegen gesehen, aber dass es so viele verschiedene gab, war schon verrückt. Ich war so in Gedanken versunken, dass ich nicht mitbekam, wie Anke an den Rand des Pools trat und mich mit einer gelungenen Arschbombe von der Luftmatratze warf. Hanna hatte alles per Video festgehalten. Na wartet, dachte ich, Rache konnte süß sein. So schnell ich konnte schnappte ich mir Hanna und zog sie mit zum Pool. >> Mein Handy, mein Handy! << schrie sie und ich nahm es ihr aus der Hand. >> Du kommst jetzt mit ins Wasser. <<
>> Aber das ist doch kalt. <<
>> Kalt? Es ist badewannenwarm. <<
>> Aber ich habe meine Hörhilfe noch im Ohr. <<
>> Glaube ich dir nicht? <<
>> Ein Wicht? <<
Ich lachte. >> Sag ich doch! << und zog sie weiter zu den Stufen des Pools und dann ganz rein.

Wie kleine Kinder tobten wir drei im Wasser, machten ein Wettschwimmen und Anke versuchte sich sogar am Handstand. Jana, die ihre Musikbox einschaltete, untermalte diese Momente noch mit Fräulein Menkes Tretboot-Lied und Terra Titanic von Peter Schilling.

Etwas erschöpft, aber zufrieden, ließen wir uns auf die Liegen fallen und von Sonne und Wind trocknen. Ich, immer noch grinsend, da ich es toll fand, dass wir auch mit über fünfzig noch wie Kinder rumalbern konnten, musste zugegeben, das mein Herz ordentlich pumpte und auch mein Puls etwas raste, aber jedes schnelle Klopfen war den Spaß wert.

Jana suchte unterdessen Hits aus den 80ern, welche bei uns immer ankamen. Ein ABBA-Song ließ Anke schwelgen. Er erinnerte sie an ihre Schwestern, die damals behaupteten, die größten Abba-Fans der Welt zu sein und spielten ihre Musik rauf und runter. » Was für eine heile schöne Welt wir damals hatten! Wir haben so gerne draußen gespielt und mussten keine Angst haben. Kennt ihr noch Himmel und Hölle oder Gummitwist? Das haben wir Geschwister täglich gespielt. Am besten noch mit Klotschen, da wurde mein Vater dann immer sauer. « Sie lachte kurz auf. » Die Mischung aus Abba und Klotschen konnte ihn wahnsinnig machen. «

Hanna bat uns etwas lauter zu reden und ich nickte. » Wir haben viel Fischer Fischer oder Ebbe und Flut gespielt. «

» Fischer Fischer? Das sagt mir jetzt im Moment gar nichts. «

>> Das hast du mit Sicherheit auch gespielt. Es war ein Klassiker! Der Fischer stand auf der einen Seite des Feldes, seine Mitspieler ihm gegenüber. Die Mitspieler riefen dann im Duett Fischer Fischer , wie tief ist das Waaaaaaasssssser? Der Fischer nannte eine Zahl, sagen wir mal 5 Meter. Dann rief wieder die Gruppe `Wie kommen wir darüüüüüüüber`? Und jetzt musste sich der Fischer etwas ausdenken. Entweder er rief im Rückwärtslaufen, im Entenschritt, hüpfend und so weiter und dann musste er und seine Opfer, also die gegenüberstehende Gruppe, seine Anweisung befolgen und eben zum Beispiel im Entenschritt die Seite wechseln. Der Fischer musste sich ebenfalls in dieser Schrittart einen seiner Mitspieler schnappen, bevor dieser gekonnt die Seite gewechselt hatte und auf der Startseite des Fischers ankam. <<

>> Aha. Und dann? <<

>> Naja, der Fischer musste so lange den Fischer spielen, bis er jemanden fing, dann wurde die Rolle getauscht und es gab einen neuen Fischer. <<

Ines schüttelte den Kopf. >> Das Spiel kenne ich aber nicht. <<

Anke grinste. >> Dafür hast du ja jetzt einen Fischer zuhause. <<

Jana kannte das Spiel. >> Ich hatte meine Mitspieler immer aufgefordert, in Büchsenschuhen die Seite zu wechseln. Darin war ich die Nummer Eins. << Diesmal bat Hanna um eine Erklärung. >> Es wurden zwei Konservendosen ausgespült, ein Band rechts und links durchgezogen und damit sind wir schön über den Asphalt gelaufen. <<

Hanna lachte auf. » Ach, das meinst du. Stimmt, daran kann ich mich auch noch erinnern. Oje, so leise waren wir als Kinder wohl auch nicht und ich habe mit Fynn immer geschimpft, wenn er wieder mal so einen Lärm machen musste. Mir fällt gerade auch noch Katz und Maus ein. « Diesmal schaute ich fragend auf, was Hanna wunderte. » Wie, du hast das Spiel vergessen, Katja? Das haben wir doch so oft auf den Parkplatz hinter dem Haus gespielt! « Ich konnte mich echt nicht dran erinnern, obwohl ich sonst behaupten würde, dass ich mich an vieles erinnerte, aber auch als Hanna das Spiel erklärte, klingelte es nicht bei mir. » Die Spieler bilden einen Kreis und halten sich dabei an den Händen fest. Ein Spieler wird als Maus und ein Spieler als Katze bestimmt. Die Katze versucht nun, die Maus zu fangen. Die Maus kann durch den Kreis entkommen, während die Kinder im Kreis versuchen, die Katze am Passieren zu hindern. Ich habe immer gerne die Maus gespielt. Naja, für uns war das Wort Gesellschaftsspiel ja auch kein Fremdwort. «

Ines setzte sich gerade auf und schob ihre Sonnenbrille hoch. » Ich sehe was, was ihr nicht seht, und das ist aus Stroh. «

» Ja, das haben wir auch gespielt, aber das war nie … aus was? Aus Stroh? « Ich setzte mich ebenfalls auf. » Wo? « In diesem Moment gab es einen Ruck und das Tor setzte sich in Bewegung.

Anke sprang von der Liege und versteckte sich hinter einem Palmenstamm, Jana machte die Musik aus, Ines starrte gebannt zum Tor, Hanna nahm ihr Handy zur Hand und betätigte die Kamera und ich überlegte, zurück ins Wasser zu springen, um abzutauchen.

>> Hola, soy Paco el jardinero. No quiero molestarte y quedarte muy callado. Lo siento y que tengas un buen día. << Ein älterer Mann in Latzhose winkte uns höflich zu, verschwand mit seinem Strohhut in dem Geräteschuppen hinter der Außenküche, um uns anschließend mit Eimer, Schwämmen und zwei frisch gepflückten Zitronen noch etwas fragte. >> Disculpe, ¿podría conseguir un poco de pasta de dientes? << Wir schauten uns fragend an. >> Sorry, we don't understand. << Anke schaute verzweifelt, doch Paco wusste sich zu helfen. >> Pasta. Dentífrico? <<
>> Pasta? Spaghetti? <<
Paco lachte auf. >> No, no. << Er machte eine Bewegung, als würde er sich seine Zähne putzen. >> Dentífrico. <<
Ich überlegte. >> Zahnpasta vielleicht? << Und tat, als würde ich eine Tube öffnen, den Inhalt auf meinen Finger geben und mir die Zähne putzte. Paco klatschte kurz in die Hände. >> Si, Si. <<
Okay, dachte ich und machte mich auf den Weg, meine Zahnpaste zu holen. Was er damit wohl vorhatte? Ich übergab sie ihm und mit einer leichten Verbeugung verschwand er hinter der Toreinfahrt.
>> Was macht er denn jetzt mit der Zahnpasta? <<
Jana, immer noch cool. >> Vielleicht hat er uns gehört und malt uns draußen auf den Steinen damit Hinkel Kästchen auf?! <<
Als wir ein schabendes Geräusch vernahmen, gingen Anke und ich vorsichtig zum Tor und sahen das Malheur. Hier hatte jemand das Tor farblich mit dem Wort Remache beschmiert.

» Das glaube ich jetzt nicht. Wer macht denn sowas? « Anke stoppte Paco, der kopfschüttelnd Mama Mia schimpfend den Schriftzug entfernen wollte. » Moment, uno Momento, ich muss holen meine Freundin Jana «, verschwand und kam mit allen anderen zurück.

Hanna, alias Miss Marple, vermutete sofort Maren hinter der Sache. Sofort zog sie ihr Handy hervor, machte von allen Seiten Beweisaufnahmen und anschließend nahm sie ein paar Schwämme von Paco, verteilte sie an uns und wie selbstverständlich halfen wir ihm beim Entfernen. Zum Glück war die Farbe noch nicht ins Mauerwerk eingezogen und ließ sich gut abwaschen.

» Was bedeutet das Wort Remache eigentlich? «

» Keine Ahnung, das Googlen wir gleich mal. «

» Es war doch bestimmt diese verrückte Maren! Wen meinte sie denn wohl mit dem Wort, Jana? «

» Keine Ahnung. Wer sagt denn, dass sie es überhaupt war? «

Ines wusch ihren Schwamm aus. » Natürlich war sie das! «

Jana zuckte gleichgültig mit den Schultern. » Wenn sie Spaß daran hat … ich meine, es ist ja nicht mein Zaun, den sie beschädigt. Es ist aber nicht verkehrt, dass sie weiß, dass wir hier urlauben und nicht Joan mit seiner Frau. «

» Oder Joan mit dir! «

» Nette Vorstellung, aber leider nur virtuell. «

» Remache heißt übersetzt Niete! « Ich hielt mein Handy hoch.

* * *

Nach diesem Schrecken wurde erstmal etwas für den Kreislauf besorgt und Jana kreierte für jeden eine Sangria mit vielen Früchten. Ich, die auf dem Schreck erstmal meine Blasen leere musste, traf sie allein in der Küche an. » Mensch, was für einen Schrecken. In dem Moment, als Ines das Wort Stroh aussprach, wurde mir schon anders, aber als sich dann das Tor öffnete, habe ich echt die Luft angehalten. «

Jana nickte mir zu. » Ich aber auch. Ich weiß gar nicht wie ich reagiert hätte, wenn die Trulla tatsächlich vor uns gestanden hätte. Also mein Adrenalinkick für heute ist gesättigt. « Ich wusste nicht, wie ich jetzt das Thema auf Henning bringen sollte, doch da kam mir Jana selbst entgegen. » Wenn ich das Henning erzähle, lacht der sich wahrscheinlich kaputt. Er ist doch oft so schadenfroh. «

» Du, apropos Henning, darf ich dich mal etwas fragen? «

» Alles, Katja, aber nicht auf alles gibt es eine Antwort! « Sie lachte mich augenzwinkernd an.

» Mir ist aufgefallen, dass du die letzten Male über deinen Henning in der Vergangenheitsform gesprochen hast, und da wollte ich nur gerne wissen, ob bei euch beiden alles gut ist? «

Jana schüttelte den Kopf. » Eigentlich wollte ich im Urlaub abschalten und über die letzten Wochen nicht nachdenken und schon mal gar nicht … «

Anke kam herein. » Wir verdursten langsam. Kann ich dir helfen, Jana? «

Mist, jetzt war ich so nahe an der Antwort meiner Frage! » Nein, ich bin schon fertig. « Sie zuckte mit den Schultern und flüsterte mir ein › später ‹ zu.

Den ganzen Tag nur faul abzuhängen, war für mich ein touch zu faul. Nicht, dass ich rund um die Uhr wie ein Flummi durch die Gegend hüpfen muss, aber mir fehlt immer die innere Geduld, abzuschalten. Mein Kopf war ständig am Arbeiten, sogar nachts, wenn ich wach lag. Am schlimmsten, wenn ich mich über jemanden oder etwas sehr aufgeregt habe. Dann liege ich manchmal bis zu zwei Stunden wach, diktiere bis zum freundlichen Gruß den besten Beschwerdebrief und schlafe anschließend wieder beruhigt ein. Manchmal nervt es mich selbst und ich bewunderte Menschen, die zum Beispiel bei der Kosmetik oder beim Friseur völlig abschalten und alles genießen, wo ich schon beim Betreten des Salons mit einem auffälligen Blick auf die Uhr signalisiere, dass ich keine Lust auf langes Warten habe. Eigentlich bin ich ein sehr ungeduldiger Mensch, was ich im Alltag selbst bemerke und unbedingt ändern muss. Fährt zum Bespiel mein Vordermann nicht schon beim Ampelumschalten von Rot auf Gelb langsam an, könnte ich schon Hupen und wenn ich spätnachmittags beim Einkauf diejenigen vor mir im Gang und an der Kasse stehen habe, die bis mittags genug Zeit hätten einzukaufen, grummelt es in mir, wie bei Anke, wenn sie Kohldampf schob. Mir war gar nicht bewusst, dass diese innere Ungeduld auch schon äußerlich auffiel, denn meine Freundinnen hatten hinter meinem Rücken untereinander gewettet, wie lange ich diesmal unter der Palme ruhig liegen blieb. Unbewusst machte ich die Wette wohl spannend, was mir aber überhaupt nicht bewusst war. Während ich da so lag, wurde ich von vier Augenpaaren beobachtet, wie ich mir mal eben die Nase putzte,

135

auf mein Handy schaute, mein Buch aufnahm, etwas trank, die Beine übereinanderschlug, mein Handtuch in den Nacken stopfte, mir eine Zigarette anzündete, mich eincremte oder auch Kekse aß. Ich fühlte mich absolut unbeobachtet und schaute deshalb erstaunt auf, als ich ganz vertieft beim Fingernägel feilen, alle laut loslachten. Im Nachhinein habe ich auch mitgelacht, aber auch gleich den Tagesplan für den nächsten Tag vorgestellt, der mir gerade noch durch den Kopf schwirrte. >> Eure Ruhe hätte ich gerne, Mädels! Ich könnte echt nicht jeden Tag nur abhängen, deshalb würde ich morgen gerne nach dem Frühstück nach Maspalomas fahren und dort den Strand besuchen. Im Ort gibt es auch ein paar Geschäfte und wer Wellen mag, hat dort bestimmt viel Spaß. <<

Hanna, die die Wette gewann, freute sich. >> Also ich finde Villen toll. Gerade die mit viel Stuck. <<

>> HANNA! <<

>> Falsch? <<

>> Etwas, aber das Wichtigste hast du ja verstanden. <<

Jana fing sofort an zu singen. >> Am Strand von Maspalomas, auf Gran Canaria; am Strand von Maspalomas, da sehen wir uns wie jedes Jahr; wir treffen uns im Süden, dort unten bei den Dünen von Maspalomas auf Gran Canaria! <<

Ines schüttelte nur den Kopf. >> Du bist echt ein geborener Schlagerfuzzi. <<

>> Genau das können wir gerne machen, wer weiß, vielleicht treffen wir dort wirklich auf jemanden, … << kaum ausgesprochen, erschien der Gärtner Paco mit drei Mangos in der Hand. Er steuerte direkt auf Ines

zu. >> Hola, ¿puedo molestar un momento? Los mangos son tan dulces como el azúcar. Que tengas un buen día. Volveré el jueves, hasta entonces, todos los mejores y aún agradables días en Mariposa. << Der ältere Herr verneigte sich höflich, stellte seine Gartenutensilien zurück in den Schuppen und verschwand winkend durch das quietschende Tor.

Ines schaute sich die Mangos an. >> Ich habe zwar nichts verstanden, aber ich lege die Früchte mal lieber in den Kühlschrank damit sie nicht schlecht werden. Tiere, wie Würmer, werden doch wohl nicht in Mangos hausen, oder was meint ihr? <<

>> Das würde man schon außen erkennen. << Anke nahm sie Ines aus der Hand. >> Die sehen gut aus und falls sich doch jemand drin verirrt hat, bleibt er im Kühlschrank wenigstens frisch. <<

>> Ohne mich, ihr wisst doch, dass ich keinen Fisch esse. << Hanna schaute von ihrem Buch auf, aber keiner reagierte. Anke ignorierte sie sogar. >> Apropos Essen, speisen wir denn morgen irgendwo unterwegs oder sollen wir uns von Dario Spaghetti Bolognese wünschen? <<

Ich überlegte kurz. >> Von mir aus können wir morgen auch gerne nochmal essen gehen. Bestimmt finden wir unterwegs etwas, was uns allen zusagt, oder? <<

Ines nickte. >> Das finde ich auch. Wie wäre es mit einer Pizzeria? <<

Hanna setzte sich auf. >> Au ja, gerne. <<

Jana wunderte sich. >> Das hörst du, ne? Komisch, manchmal meine ich du willst uns nur foppen. <<

>> Warum sollte ich euch mobben? <<

>> HANNAAAAAA! <<

» Das war Spaß, ich hatte dich schon verstanden! «

* * *

Scheinbar wurde Anke das Faulenzen auch zu langweilig. » Ich habe eine Idee, Mädels. Sollen wir aus Jux Schilder basteln und damit heute das Essen bewerten? « Ich setzte mich sofort auf. » Von eins bis zehn? Klar, ich mach mit. Was brauchen wir denn dafür? « » Komm, wir schauen uns mal auf dem Grundstück um, was wir so finden. DINA4 Blätter habe ich auf dem Schreibtisch in der Diele gesehen, fehlen nur Stöcke oder Äste. «

» Nehmt mich bitte mit, ich brauche auch etwas Bewegung « schloss sich Ines an und schon marschierten wir etwas über das Grundstück und sammelten schon mal 10 kleinere Äste ein. » Damit könnten wir die beschrifteten Zettel doch schon ganz gut anbringen «, fand Anke.

Ich überlegte. » Aber wie sollen wir die Zettel befestigen? Hast du im Haus so etwas wie Klebeband gefunden? «

» Na mit Kaugummi! Davon hat Hanna doch genug eingepackt und mal eben zehn Gummis kauen, macht sie bestimmt. «

Ines bekam Gänsehaut. » Ihhh, da bin ich dann aber raus. «

Anke lachte. » War doch nur ein Scherz. Ich wusste doch, dass du so reagierst. Wir schlitzen oben und unten einfach kleine Löcher ins Papier und schieben dann je Blatt einen Ast durch. Es muss nicht schön werden, sondern nur den Zweck erfüllen. «

Ines schlitze Löcher in die Zettel, ich beschriftete diese mit Zahlen und Anke schob vorsichtig den Ast durch. » Schon fertig. «
» Und jetzt? « Ich war über die Ablenkung echt froh.
» Jetzt, Katja, jetzt fordere ich dich oder euch beide zu einer Spielrunde Krokett auf. «
» Krokett? Das schafft meine Schulter nicht «, damit wollte sich Ines ausklinken, doch bevor jetzt ein Prolog über Schulterschmerzen, Arthrose und Tennisarm folgte, stand Anke wacker auf. » Klar, kann deine Schulter das. Du musst doch keinen Super Bowl schlagen! « Sie drehte sich ab. » Jana? Ich hatte vorhin ein Krokett Spiel im Schuppen gefunden. Meinst du, wir werden es mal spielen dürfen? «
Jana, die mit Handy und Musik beschäftigt war, hörte ihren Namen. » Was ist mit mir? «
» Ich fragte, ob wir wohl das Krokett-Spiel, was ich gefunden habe, nutzen dürfen. «
Jana zuckte mit den Schultern. »Warum nicht? Wir machen es doch nicht kaputt, oder? «
» Wir? Spielst du auch mit? «
» Ja klar, darin war ich früher Weltmeisterin drin. «
» Ich dachte im Büchsenschuhlaufen? «
» Na, da auch! «
Anke katschte vor Freude in die Hände. » Das wird bestimmt lustig. Hanna? Spielst du auch mit? Hannaaa? « Keine Reaktion. » HANNA? « Wieder nichts. Jana drehte sich zu uns. » Sie schläft. Tief und fest. Hört ihr das nicht? «
» Ach, und ich dachte es sei Dario, der mit seinem Moped nach Hause kommt. « Anke lachte über ihren Witz, holte das Spiel aus dem Schuppen und stellte die

Metalltore mit großem Abstand zum Startholz etwas kurvig zu einem Parcours auf, den Zielpflock stellte sie dann mit einer etwas größeren Distanz auf, um somit den Schwierigkeitsgrad zu erhöhen und verteilte anschließend die farblich markierten Schläger mit der dazugehörigen Kugel. Jana bestand auf rot wie die Liebe, Ines wollte grün wie die Hoffnung, ich nahm mir gelb für Licht und Anke schließlich blau. » Genau meine Farbe. Blau hilft den inneren und äußeren Frieden zu finden sowie Stress und Hektik zu verringern. Ihr werdet sehen, ihr habt gegen mich keine Chance. « Sie war im Spielmodus. Kampflustig erklärte sie uns noch schnell die Regeln. » Der erste Spieler legt seine Kugel direkt an den Startpflock und versucht durch das erste Metalltor zu zielen. Geschossen wird dabei immer mit der flachen Seite des Schlägers. Gelingt es dem Teilnehmer das Tor zu passieren, darf er weiterspielen und muss auf das nächste Tor zielen. Schafft er den Durchschuss nicht, so ist der nächste Spieler an der Reihe. Hat ein Spieler alle Tore hinter sich gebracht, muss er den Zielpflock anpeilen und diesen treffen. Ist auch dies geschafft, geht es für ihn durch den Parcours zurück in Richtung Startpflock. Derjenige, der den Startpflock zuerst trifft, hat gewonnen. «

» Das schaff ich nie. «

Jana schubste Ines an. » Na klar, mit der Hoffnung in der Hand wirst du uns fertig machen. Um was spielen wir eigentlich? Gibt es einen Einsatz? «

» Um einen großen Eisbecher im Ort? «, machte ich den Vorschlag?

Anke hielt uns die Hand hin. » Gute Idee, darauf müssen wir einschlagen. Zicke Zacke, Zicke Zacke! «

Und wir drei antworteten laut ›Heu, Heu, Heu! ‹
***
Ich hätte nicht gedacht, dass das Spiel so interessant sein konnte und bis zum Ende auch spannend. Janas Ehrgeiz zahlte sich aus, denn am Ende durfte sie sich über den gewonnenen Eisbecher freuen und wie abgesprochen, hörten wir passend zum Spielende das Geknatter eines Motorrades, was Darios Rückkehr ankündigte. Während Hanna auch langsam wieder anwesend war, öffnete Jana das Tor, welches sich wieder quietschend in Bewegung setzte und ließ somit unseren Mitbewohner auf den Hof fahren. An jeder Lenkradseite baumelte eine Tüte, der Rucksack schien auch bis zur Oberkante gefüllt zu sein und auf dem Gepäckträger war noch eine volle Kiste befestigt. Dario fuhr hupend auf den Hof und drehte dort zwei Ehrenrunden. Er schien sich sichtbar zu freuen, aber ich mich auch, denn ich hatte wieder einen Grund von der Liege aufzustehen, um ihm beim Tragen zu helfen. Viel zu schnell waren die Einkäufe verstaut und Dario mit einer Küchenschürze 'Hier kocht der Chef` erschienen, denn nun musste ich leider sein Revier, wie er in dem Moment die Küche nannte, verlassen. Meinen Versuch, ihm als Handlanger beim Gewürze anreichen oder Soße rühren zu helfen, wurde von ihm freundlich abgewiesen. Also blieb mir nichts anderes übrig, als ein Tablett mit Geschirr zu bestücken und die Küche zu verlassen.

›› Ach Mensch Katja, darfst du Dario nicht helfen? ‹‹
›› Witzig Anke. Eure Ruhe hätte ich echt gerne. Ich verstehe nicht, wie man einen halben Tag einfach so Luftschlösser in die Luft schauen kann. Nicht dass du

mich falsch verstehst, ich bewundere deine oder eure Art abzuschalten, aber das ist nicht meine, ich muss immer irgendetwas tun und deshalb werde ich schon mal den Tisch eindecken, anschließend gehe ich dann auch gleich duschen. Für heute habe ich genug Sonne getankt. «

Ines tat es mir gleich. » Ich auch, mir ist gerade schon der Hintern eingeschlafen. «

Jana lachte laut auf. » Wie geht das denn? «

» Das geht! Bei mir auf jeden Fall. Zuwenig Bewegung, zu viel gesessen. «

Hanna verstand uns nicht. » Deshalb liege ich ja auch. «

» Du tust deinen Körper damit aber nichts Gutes. Du musst dich doch auch mal bewegen. Mit ein bisschen Bewegung bleibt die Funktion des Bewegungsapparates und vieler lebenswichtiger Organe erhalten. «

Hanna setzte sich auf und schob sich die Sonnenbrille aus dem Gesicht. » Liebe Ines, wenn du jetzt klugscheißen möchtest, dann stelle ich mich taub. Das kann ich gut, wie du weißt und wenn ich meine Auszeit auch den ganzen Tag auf dieser Liege verbringe, ist ganz allein meine Entscheidung. «

Anke klatschte Beifall. » Prima, dann ist das auch geklärt. Ich gehe auch duschen und dann «, jetzt rieb sie sich die Hände. » Dann wird gespeist wie Juan Carlos. «

» Wer ist das denn? «

» Na der ehemalige spanische König, du Kulturbanause. «

Kapitel 10

Voller Vorfreude saßen wir am gedeckten Tisch und warteten gespannt auf das versprochene Essen. Als die Terrassentür endlich aufging und Dario, noch immer in Schürze, mit einem ersten Happen zum Probieren auf uns zusteuerte, klatschten wir Beifall. Anke lief allein bei dem Geruch, der sich köstlich verteilte, das Wasser im Mund zusammen. Ich zündete noch wacker die Tischkerzen an und schaute in die hungrigen Gesichter. Dario wirkte irritiert. » Fehlt noch etwas? «

» Das Tischgebet. Hanna? Möchtest du heute etwas Vortragen? «

» Ja klar. Was denn? Essen oder Getränke? «

» HANNA? «

» Falsch? Wie oft soll ich euch noch bitten, etwas lauter zu sprechen! «

Jana grunzte. » Nur, weil du zu bequem bist deine Hörhilfe zu tragen, müssen wir uns den ganzen Abend anbrüllen. Findest du das fair? «

Ich übernahm dann das heutige Tischgebet. » Ich bin die Raupe Nimmersatt, die immer, immer Hunger hat, und wenn sie was zu essen sieht, dann ruft sie laut « und alle zusammen riefen wir „Guten Appetit", dann endlich ließen wir uns die Vorspeise, die aus Mozzarella-Sticks, kleinen Wraps, frischem Baguette und leckerem Dip bestand, schmecken.

» Köstlich! « Anke schwebte wie auf Wolke sieben und leckte sich genüsslich ihre Finger ab, was Ines widerlich fand.

» Das macht man nicht, Anke. «

» Ach, stell dich nicht immer so an. «

>> Ich finde es trotzdem nicht appetitlich. <<

>> Mein Gott Ines. Was meinst du, wenn Peter kocht! Glaubst du etwa, dass er bei jedem Abschmecken einen neuen Löffel nimmt? Du bist echt pingeliger als pingelig. <<

>> Ich nenne es hygienisch. <<

>> Steril! <<

>> Also jetzt mal im Ernst Anke. Macht Peter das wirklich? <<

>> Ja, natürlich. Ich habe ihn sogar schon erwischt, wenn er mit seinem Finger Soßen abschmeckt. <<

Ines bekam große Augen. >> NEIN! Das ist ein Scherz, oder? << Anke verstand sie gar nicht und wir anderen schauten von rechts nach links wie bei einem Tennisspiel zu. >> Meiner Meinung nach gehört es sich nicht, man probiert doch auch kein Nutella oder keine Marmelade direkt aus dem Glas. <<

Anke schnappte sich noch einen Mozzarella-Stick. >> Aha, und warum nicht? <<

Dario kam aus der Küche zu uns zurück. >> Und? Schmeckt es euch? <<

>> Fantastisch <<, rief Anke begeistert und wir anderen klopften anerkennend auf den Tisch. Ich konnte in Ines Gesicht erkennen, dass sie mit Sicherheit kurz davor war, Dario zu fragen, wie er Suppen und Soßen abschmeckte, doch wahrscheinlich wollte sie ihn nicht gleich am ersten Abend verärgern und verbiss es sich.

Die nächsten Gänge bestanden aus Flammkuchen, Mini Burger, mariniertem Hähnchenfleisch, Gemüsespieße, Chicken Wings, Salaten und zur Krönung noch selbstgemachten Pommes.

Anke leckte sich am Ende erneut die Finger. » Also ganz ehrlich, Dario, mein Mann und ich leben gutes Essen und nutzen im Sommer täglich unsere Außen-küche oder unsere Grillstation, aber so ein buntes, nahrhaftes und geschmacklich einwandfreies Barbe-cue, habe ich noch nie gehabt. Toll! Einfach nur toll. «

Dario lächelte vorsichtig. » Das freut mich, vielen Dank. «

Auch ich bedankte mich. » Eigentlich bin ich gar nicht so ein großer Fan von Barbecue, das ist ja auch alles Geschmacksache, aber dein Essen hier war bom-bastisch. Also wäre ich jetzt Gast in deinem Restau-rant, würde ich dich glatt weiterempfehlen. «

Jana fielen die gebastelten Schilder ein, die wir unter dem Tisch versteckt hatten. » Lieber Dario, die Jury würde sich gerne auf eine Verdauungszigarette zu-rückziehen. «

Dario schaute uns skeptisch an. » Welche Jury. «

Jana grinste. » Mädels? Sollen wir? «

Wir nickten alle und schickten unseren Koch für fünf Minuten aus unserer gemütlichen Ecke, dann rief Jana ihn zurück. » So Dario, du darfst wieder kommen! Wir sind fertig! Setzt dich am besten mal hier vor Kopf an den Tisch. «

Hanna meldete sich kurz. » Bitte schön laut, sonst verstehe ich nichts. «

» Natürlich, only for you! Wie schon gesagt und an den leeren Tellern zu sehen, hat uns dein Menü sehr gut geschmeckt. Sogar Ines hat alles probiert und das soll bei ihr etwas heißen! Wir können uns gut vorstel-len, dass der Rest deiner Küchenzauberei genauso vielversprechend ist, deshalb hier unsere Bewertung. Ines fängt an, sie ist zuständig für die Zubereitung. «

» Ja, Dario, dass das hier ein Spiel ist und wir dich nicht durch die Mangel nehmen möchten, ist dir bestimmt bewusst, aber mit unserer Meinung der Menü-Zubereitung, meinen wir es ernst und vergeben dir ... «, sie holte das zehn Punkte Schild hervor und hielt es hoch. » Zehn Punkte! «

Alle klatschten und Dario lachte freudig und erleichtert auf.

» Darf ich dich trotz der zehn Punkte mal fragen, ob ihr als angehende Köche, also in der Lehrzeit, bereits lernt, einen Probierlöffel zu benutzt? «

Dario wurde etwas verlegen. » Ist die Frage jetzt ernst gemeint? « Ines nickte. » Aber die Frage stellt sich einem Koch doch gar nicht, denn jeder Koch hat in seiner Ausrüstung ein Probierbesteck dabei. Dabei handelt es sich um verschiedene Werkzeuge, die zum Probieren, Verkosten und Bewerten von Speisen und Getränken verwendet werden. Diese Utensilien sind in der Küche unverzichtbar und werden von Profiköchen, Hobbyköchen und Lebensmittelkritikern verwendet, um die Qualität und den Geschmack ihrer Gerichte zu beurteilen. Der Hauptzweck von Probierbesteck besteht darin, eine saubere, sichere und hygienische Methode zur Beurteilung von Lebensmitteln zu bieten, ohne deren Geschmack oder Aussehen zu beeinträchtigen. Es gibt die Tasting spoons in verschiedenen Materialien und Ausführungen. Eine Probiergabel, auch Degustationsgabel, ist eine meist kleine Gabel, die zum Probieren von Lebensmitteln verwendet wird, insbesondere von festen Lebensmitteln wie Fleisch, Gemüse und Obst. Wie der Probierlöffel ist auch die Degustationsgabel so konzipiert, dass sie leicht zu handhaben und zu benutzen ist, was sie zu einem nützlichen Werkzeug für die Beurteilung der Qualität und des Geschmacks von festen Lebensmitteln macht. Die Zinken einer Degustationsgabel sind in der Regel viel kürzer und feiner als die einer normalen Gabel, so dass kleine Lebensmittelstücke leichter aufgenommen werden können, ohne das Aussehen des Gerichts zu beeinträchtigen. Eine Degustationsgabel ist auch ein nützliches Werkzeug, um die Würze und die Gewürze eines Gerichts zu beurteilen. Mit den feinen Zinken der Gabel können Sie kleine Stücke von Lebensmitteln probieren, was für die Bestimmung des richtigen Gleichgewichts der Aromen von entscheidender Bedeutung sein kann. Dies ist besonders wichtig bei delikaten und komplexen Gerichten, bei denen eine kleine Anpassung der Gewürze den Unterschied ausmachen kann. Mit einem Probierlöffel kann man zum Beispiel Kaffee oder Tee verkosten, um sicherzustellen, dass er die richtige Balance von Geschmack und Süße hat. Bei Nudelgerichten ist eine kleine Probiergabel ein hervorragendes Hilfsmittel, um die Textur und Zartheit der Nudeln zu beurteilen. Mit einer Gabel mit feinen Zinken lassen sich kleine Nudelstücke leichter aufnehmen, was für die Feststellung, ob die Nudeln in der richtigen Konsistenz gekocht sind, von entscheidender Bedeutung sein kann. Aber warum fragst du? Meinst du, ein Koch darf einfach so wie er möchte alles abschmecken ohne Hygienevorschriften einzuhalten? «

Ines schüttelte den Kopf, mit so einer ausführlichen Beschreibung hatte sie gar nicht gerechnet. » Nein,

nein, nicht falsch verstehen, dass war eher eine persönliche Frage «, schielte kurz zu Anke und bat Hanna mit der Beurteilung fortzufahren. » Ich bin für die Zusammenstellung des Menüs verantwortlich. Da ich selbst nicht gerne koche, fehlt mir dafür auch die Fantasie, aber genauso, wie du das heute Abend hier angerichtet hast, würde ich es immer wieder essen wollen. Also von mir auch glatte zehn Punkte. «

Ich war für die Frische zuständig. » Ich muss ganz ehrlich gestehen, dass ich absolut kein Gourmet bin. Mir fehlt das Feinschmeckersyndrom, denn bei mir gibt es nur ein schmeckt oder schmeckt nicht. Dass du frische Zutaten benutzt hast, konnte ich ja an deinem Einkauf sehen, aber dass ich die Frische auch herausgeschmeckt habe, ist wirklich selten. Mein Highlight war das Brot mit dem Meersalz und die Pommes! Also da kommen die Niederlande mit ihren Fritten nicht mit. Von mir, glatte Diez Puntos! «

Anke klatschte laut Beifall, bevor sie jetzt bewerten durfte. » Es gibt Dinge, die wachsen nicht auf Bäumen, die lernen wir nicht in Schulen und die gibt es nirgendwo zu kaufen. Es ist die Fähigkeit, die in einem steckt. Deine Fähigkeit, lieber Dario, ist mit zehn Punkten pure Geschmackssache. «

Erneut klatschten wir in die Hände. Dario, der Spaß verstand, tat, als müsse er sich Freudentränen wegwischen.

Jana stand auf. » Ja, ich habe das große Los, Schlussworte für dieses einmalige Menü zu finden. Also, da ich durch meinen Job an vielen Seminaren teilnehme und wir unsere Dozenten auch öfter durch Caterer beliefern lassen, kann ich, glaube ich, schon Vergleiche stellen. Um es in wenigen Sätzen zu formulieren, möchte ich nur sagen, wenn deine Küche in unserer Region liegen würde, hätte ich niemals das Problem, ein passendes Menü für alle zu avisieren. « Sie kniff ihm aus Spaß ein Auge zu. » Auch von mir aus voller Überzeugung, Chapeau und absolut verdiente ten Points an den Koch! « Auch sie hielt das zehn Punkte Schild in die Höhe und wieder klatschten wir alle Beifall.

* * *

» So ihr Lieben, wenn ihr jetzt meint, hier wird faul nach dem Essen mal wieder abgehangen, dann habt ihr euch getäuscht. Ich habe ein Spiel mit Animation, Fragen, Trinken, und vielen Überraschungen vorbereitet. « Ich legte ein großes einlaminiertes DINA3 Blatt auf die Tischmitte, stellte sechs Plastikpüppchen und Würfel dazu, holte eine Flasche Sambuca und Pinnchen aus meiner Badetasche sowie einen Umschlag mit der Aufschrift Hop oder Top.

» Ein Spielabend. Das finde ich eine gute Idee und was ist das? Sambuca? «

» Ein Anislikör «, übernahm Jana die Antwort.

» Oje, dann hoffe ich, dass ich nicht so viel trinken muss, ich muss ja morgen arbeiten. Habt ihr eigentlich auch was Alkoholfreies im Haus? «

Jana grinste. » Schau mal im Wasserhahn nach, da müsste noch was drin sein. «

Anke rieb sich die Hände und ich setzte mich an den Tisch und erklärte die Spielregeln. » Ihr seht hier viele nebeneinander folgende Felder, die verschiedene Fragen oder Symbole beinhalten. Folgt mit eurer Spielfigur einfach der angegebenen Reihenfolge und trefft als erster im Ziel ein. Ihr dürft nur so viele Schritte vorwärts ziehen, wie ihr würfelt. Bei einer sechs, dürft ihr nicht nochmal würfeln. «

Hanna schaute mich erschrocken an. » Bei sexistischen Spielen bin ich raus. «

» HANNA! «, ich zeigte auf den Würfel. » Bei einer sechs, also die Zahl sechs, ist trotzdem der nächste Spieler dran. «

Anke wippte mit ihrem Stuhl. » Wer fängt an? «

Ines grinste. » Du kannst es gar nicht abwarten zu verlieren, oder? «

» Von wegen, ich habe Durst! « Und zeigte auf den Sambuca, der bereits nach einer Spielstunde geleert war und ich ärgerte mich, dass ich nicht zwei Flaschen mitgenommen hatte, aber dank Jana, die immer irgendwo Proviant vorrätig hatte, dauerte das Spiel bis zum Ziel bald zwei Stunden und selbstverständlich waren die Trinkfelder am beliebtesten. Hier durfte oder musste der Spielende entweder allein zum Ansporn trinken oder mit Freude in Gesellschaft, womit dieser mit allen Blondinen, Brillenträgern, allen Geschwisterkindern und so weiter anstoßen durfte. Das wir dann bereits ab der Mitte des Spieles gute Laune hatten, wunderte einen nicht, was man deutlich bei den Animationsfeldern bemerkte. Dario zog die erste Karte, stand auf, ging zum Pool und ehe wir uns versahen, präsentierte er uns in voller Montur die schönste Arschbombe Spaniens. Wir applaudierten lachend, ließen unseren Spielkameraden kurz trocknen und dann folgten noch einige Darbietungen. Wir bekamen vor Lachen kaum noch Luft, als Jana eine Spielrunde lang den Schuhplattler tanzen musste und Anke sich am Limbo versuchte. Hanna war sehr ruhig geworden, da sie nach jedem Wort „Hossa" rufen musste und das so lange, bis ein anderer sie durch eine weitere Animationskarte erlöste. Vergaß sie das Wort in einem Satz, musste natürlich wieder getrunken werden und eine weitere Hossa-Runde fiel an. Ich hatte Glück und zog nur zwei Karten; einmal durfte ich aussetzen und dann zog ich die Aufgabe, beim nächsten Strandbesuch einen Seestern aus Sand zu bauen. Das sollte ich hinbekommen und schaute zu Ines, die uns mal wieder mit einem langen Gesicht versuchte, pantomimisch etwas zu erklären. Den Beruf Schornsteinfeger, sowie Sängerin Cher hatten wir erraten, doch auf das Sprichwort 'Ein blindes Huhn findet auch mal einen Korn` kamen wir alle nicht und ließen sie mit zugehaltenen Augen durch den Garten watscheln. Anke hatte viel Glück und durfte uns Zeichnungen präsentieren. Sie skizzierte uns einen Brokkoli Salat, eine Klimaanlage und wurde etwas ungehalten, als wir ihr Sprichwort 'Wer anderen eine Grube gräbt, fällt selbst hinein` nicht errieten! Aber jetzt mal ehrlich, so etwas auf einem Blatt Papier zu zaubern, ist aber auch eine Herausforderung, da gaben wir ihr nicht nur recht, sondern ließen sie gleich nochmal würfeln. Ich glaube, wir waren am Ende alle froh, als alle Zielfelder von jedem erreicht wurden.

Dario lächelte vor sich hin. >> Ich hätte nie gedacht, dass Gesellschaftsspiele so unterhaltsam und auch lustig sein können. Leider hatte meine Mutter beruflich nie die Zeit mit mir zu spielen, aber ich muss sagen, es hat mir richtig Spaß gemacht. Ich danke euch für diesen sehr unterhaltsamen Abend <<, er schaute erstaunt auf seine Armbanduhr und stand auf. » Oje, ich glaube, so langsam wird es Zeit, dass ich mich für heute verabschiede. Ich wünsche euch noch einen schönen Abend und lasst es euch noch gut gehen. «

Anke war in Tanzlaune, ging zu Dario, hang sich an seinen Schultern und sang laut › mir fliegen gleich, die Löcher aus dem Käse, denn jetzt bringen wiiir dich ins Bettchen ‹ und tatsächlich begleiteten wir unseren Mitbewohner bis zu seiner Wohnung im Polonaise-Stil. Was für ein toller Abend! Ich hatte vor Lachen noch Bauchweh, als ich im Bett lag und versuchte aufgewühlt noch ein paar Stunden Nachtschlaf zu ergattern. Wäre das Leben doch schön, wenn man jeden Abend mit einem Lächeln im Gesicht einschlafen würde.

Kapitel 11

Ein etwas brummender Schädel weckte mich bereits um sechs Uhr. Ich rechnete meine Schlafstunden und kam gerade mal auf vier, was sogar für mich, als nicht Viel-Schläferin, zu wenig war. Vorsichtig stand ich auf, bemerkte, dass ich noch etwas schwankte, öffnete das Fenster im Zimmer, schlurfte zur Toilette und erst als ich wieder ins Bett kroch, merkte ich, dass etwas nicht stimmte. Schnell setzte ich mich auf und starrte auf das Tor! Das Tor! Wo war das Tor? Schlagartig war ich wach. Mein Blutdruck stieg nicht nur von 0 auf 180, sondern wurde direkt von einer Hitzewelle begleitet. Erneut stand ich auf, ging zum Fenster und erkannte beruhigt, dass der Van noch unter dem Carport stand, genauso wie Darios Motorrad. Kurz überlegte ich, ob der Gärtner eventuell das Tor geöffnet haben könnte, doch dann erinnerte ich mich an das Wort Jueves, was Donnerstag hieß, und heute war Mittwoch. Ich schlüpfte in meine Schlappen, ging in den Flur, sah dass noch alle Zimmertüren geschlossen waren, und schlich leise durch das Haus. Vorsichtig spähte ich durch die Scheibe auf die Terrasse, doch die sah genauso aus wie wir sie heute Nacht verlassen hatten, dass einzige Lebendige war die Ameisenstraße, die sich zufrieden um eine Sambuca Pfütze gesammelt hatte, um ebenfalls eine torkelige Polonaise zu vollführen. Na, die werden heute einen spaßigen Tag haben, dachte ich, als ich vom Küchenfenster aus einem Schatten durch die Plantage huschen sah. Wer war das denn? Der Gärtner definitiv nicht. Ich erkannte, dass die Person eine Baseballkappe trug, Jeans und ein rotes

Oberteil und verfluchte meine Kurzsichtigkeit. Mein Handy! Ich musste zurück ins Zimmer, mein Handy holen und dann die Person durch ein Foto näher zoomen. Schnell flitze ich los, schnappte mir mein Handy und erschrak fast zu Tode, als Anke verschlafen vor mir stand. » Mensch Anke! Was machst du denn hier mitten in der Nacht? «

» Ich wollte mir nur etwas zu trinken holen. Und du? Hast du wieder Schlafstörungen? Das ist auch nicht normal, Katja. Ich würde da mal mit einem Arzt drüber reden. « Sie gähnte.

» Na du bist gut. Das Einfahrtstor steht offen und hinten zwischen den Mangos läuft jemand herum. Wie soll ich da beruhigt schlafen? «

» Paco? «

» Definitiv nicht. Die Person ist jünger. «

Wir gingen zum Fenster, doch konnten wir niemanden mehr sehen. » Mist. Ich wollte eigentlich ein Foto machen. «

» Und warum hast du nicht? «

» Na, weil du dich mir in den Weg gestellt hast. «

» Wo genau war die Person denn? «

» So ungefähr da an der Seite, wo die Weidenkörbe stehen. «

Anke drehte sich um und ging zur Terrassentür. » Da ist sie! «

Wir sahen nur noch so eben, wie jemand durch das offene Tor huschte und dieses anschließend quietschend zufuhr.

» So ein Mist. Was meinst du? Ob es Maren war? «

Anke überlegte. » Gute Frage. Durch die tief gezogene Baseballkappe konnte man nicht viel erkennen.

Eigentlich sah die Person wie Super Mario aus. « Bei dem Vergleich musste ich doch etwas grinsen. » Und jetzt? «

» Jetzt trinke ich etwas und lege mich noch eine Stunde aufs Ohr. «

Ich wusste, dass ich keinen Schlaf mehr finden würde und schloss die noch verriegelte Haustür auf, um mir auf der Terrasse eine Zigarette zu rauchen. Erst jetzt sah ich über dem Zaun eine kleine Staubwolke aufsteigen und hörte leise Motorengeräusche, was hieß, dass die Person mit einem Auto verschwand. Anke setzte sich kurz zu mir und gähnte erneut, als sich das Tor erneut in Bewegung setzte. Wir starrten gespannt auf das, was jetzt kommen würde, doch es war nur Dario, der zur Arbeit musste. » Buenos días señoras. Jetzt sagt mir nicht, dass ihr die Nacht durchgefeiert habt und immer noch hier sitzt. « Er lächelte uns an.

Anke rieb sich die Augen. » Guten Morgen Dario und keine Sorge, in unserem Alter schafft man eine durchzechte Nacht nicht mehr, die Zeiten sind vorbei. Wir haben vor ein paar Minuten eine Person durch den Garten laufen sehen, die mit einem Auto den Berg hinuntergefahren ist. «

» Was für eine Person? «

Ich zuckte die Schultern. » Wenn wir das mal wüssten. Ich wollte schnell ein Foto von ihr machen, aber da war sie bereits verschwunden. Sie ging durch die Plantage, durch das Tor wieder heraus, schloss es und fuhr mit einem Auto davon. «

» Aber ich habe das Tor doch gerade über Funk geöffnet «, wunderte sich Dario.

Anke gähnte erneut. » Das ist es ja. Super Mario muss einen Schlüssel haben, wie sollte er oder sie das Tor in Bewegung setzen? «

» Super Mario? «

» Na die Person trug eine Kappe, Jeans und ein rotes Oberteil. Ob männlich oder weiblich konnte man nicht erkennen. «

» Männlich. «

» Wie Männlich? Hast du die Person doch gesehen? «

» Nein, aber mittwochs kommt immer der Markteinkäufer, der die reifen Mangos erntet. Vor Sonnenaufgang werden stichprobenartig die Früchte nach ihrer Reife geprüft und dann gepflückt. Ich hatte es vergessen, euch zu sagen. Sorry dafür. Es kann also sein, dass vormittags ein paar Helfer auf dem Grundstück sind, die reife Mangos pflücken. Die Hilfsarbeiter werden euch aber nicht stören, da sie den Zauneingang am Grundstücksende nutzen und sich hier, in dem Wohnbereich, nicht aufhalten dürfen. Der Chef, Señor Gomez, nutzt in der Früh immer die Toreinfahrt, da Joan ein Langschläfer ist und selten Gäste um diese Zeit draußen auf der Terrasse sitzen sieht. « Dario schaute auf seine Uhr. » Sorry, aber ich muss los. Wie sieht es heute mit dem Essen aus? Habt ihr einen bestimmten Wunsch? «

Anke nickte. » Bolognese, einfach nur einen Riesen Pott Spaghetti Bolognese. Was meinst du, Katja? «

Also leicht verkatert auf der Terrasse diese Frage gestellt zu bekommen, löste in mir nur ein Kopfnicken aus.

» Prima. Wir wollen heute den Tag in Maspalomas verbringen und können im Anschluss gerne alles besorgen. «

Dario ging zu seinem Motorrad. » Dafür möchte ich gerne sorgen. Ihr habt mir gestern so einen geselligen Abend geschenkt, dass ich mich heute gerne revanchieren möchte. Ich werde alles besorgen, für euch kochen und jetzt drückt mir die Daumen, dass mich keine Polizei anhält und ich Pusten muss. Ich glaube so hundertprozentig auf null sind meine Promille noch nicht. Bis später, einen schönen Tag und Que te diviertas. Adiós! « Er schob sein Motorrad zur Ausfahrt, ließ sich, um unsere Schläfer mit dem Geknatter nicht aufzuwecken, den Berg hinunterrollen und ließ eine müde Anke und mich auf der Terrasse sitzen.

» Und jetzt? « Die Kirchenglocken aus dem Dorf erklangen.

» Jetzt ist es sieben Uhr und ich verkriech mich wieder ins Bett. «

» Kannst du jetzt etwa noch schlafen? «

» Ich denke ja. « Anke stand auf. » Ich versuche es zumindest. Machst du das Tor wieder zu, Katja? «

Irgendwie war mir komisch zumute. Wahrscheinlich zu wenig Schlaf, gemischt mit der vorherigen Aufregung und dem Restalkohol im Blut ergaben bei mir Magengrummeln, deshalb schlug ich Anke ein Angebot vor. » Was hältst du davon, hier auf der Liege im Freien zu schlafen? Wann hat man im Leben die Chance unter Palmen zu schlafen und die Luft wird dem Kreislauf und Restalkohol bestimmt guttun! «

Anke schaute mich grinsend an. >> Keine dumme Idee, Katja. Ich hol eben mein Kissen und die Decke, dann ist es kuscheliger. <<

>> Dem schließe ich mich gerne an. <<

* * *

Jana und Ines lachten sich über Anke und mich kaputt, als sie uns entdeckten, fotografierten uns und betitelten das Bild mit ʹBIOmetrischʹ gegen den Katerʹ. Die Sonne blendete und ich hielt meine Augen durch meine Hände geschützt. >> Was lacht ihr denn so blöd? <<

Jana schaute auf ihr Handy. >> Habt ihr etwa die ganze Nacht draußen geschlafen? Also hätte ich das gewusst, hätte ich mit Euch unter den Palmen geträumt. Anke, dass du so mutig bist, hätte ich gar nicht gedacht, aber ja ja, der böse Alkohol! Aber das macht nichts, ich dachte auch wir wären gestern zusammen ins Haus gewankt, dabei war ich das wohl allein, sonst wärt ihr ja auch im Bett gelandet. << Jana schien ausgeschlafen zu haben.

Ines schnaubte sich die Nase. >> Ich würde die Nacht nicht draußen verbringen. Wer weiß, was oder wer hier so alles durch die Gegend kreucht und fleucht, außerdem wäre ich übersät mit Mückenstichen. Kommt ihr Frühstücken? Wir haben alles eingedeckt und der Kaffee ist auch fertig, sogar Hanna! <<

Anke rieb sich ungläubig die Augen. >> Hanna ist schon wach? Wie habt ihr das denn angestellt? <<

>> Ob ihr es glaubt oder nicht, sie kam ganz allein aus ihrem Zimmer gekrochen. <<

Ich staunte. >> Und ihr seid sicher, dass sie das jetzt auch noch ist? <<

» Ich denke schon. Sie saß gerade noch mit uns am Tisch und frühstückt. Es gibt Rührei mit Bacon! «

Wir standen beide stocksteif von unseren Liegen auf und als wir den lecker eingedeckten Frühstückstisch sahen, überkam uns doch langsam das Hungergefühl. Die drei Stunden Schlaf an der Luft haben Sinne und Leben geweckt. Anke trank einen großen Schluck Kaffee. » Heute Abend gibt es Spaghetti Bolognese. Seid ihr damit einverstanden? «

Hanna lachte auf. » Ja daran kann ich mich noch erinnern, aber irgendwann hatte ich einen Filmriss. «

» An was kannst du dich erinnern? «

» Na an die Polonaise. «

Jana schaute Hanna an. » HANNA! Bitte nicht so früh. Also, auch wenn ich wach erscheine, sind noch ein paar der Zellen im Schädel am Schlummern. Spaghetti Bolognese! «

» Gerne! Heute Abend? Gehen wir essen oder kocht Mario wieder? «

Anke belegte ihr Toastbrot mit Käse. » Dario! Er kauft alles ein und kocht. Wir hatten angeboten, dass wir alles besorgen, aber ihm scheint es tatsächlich Freude zu machen. Viele Grüße sollen wir euch ausrichten. «

Ines schenkte sich Kaffee nach. » Wann habt ihr ihn denn getroffen? «

Ich nahm mir eine Scheibe Käse. » Heute morgen, gegen halb sieben hier auf der Terrasse. «

» So früh warst du noch wach? Jetzt verstehe ich gar nichts mehr. «

Nachvollziehbar, deshalb erzählte ich kurz unsere morgendliche Aktion.

» Ach herrje, das wäre ja was für mich gewesen. Schade für dich, Hanna, du hättest wieder Miss Marple spielen können! Man erkennt doch, ob es ein Mann oder eine Frau ist! «

Ich schüttelte den Kopf. » Aus der Entfernung und mit Kopfbedeckung nicht. Hätte die Person einen Rock getragen, wäre es einfacher. «

Anke erinnerte sich. » Außerdem musst gerade du das sagen, die einen Strohhut mit einer blonden Damenfrisur verwechselt! «

» Punkt für Anke! « Jana klatschte in die Hände und fing an zu singen. Sie schien heute ausgeschlafen zu sein. » Am Strand von Maspalomas, auf Gran Canaria; am Strand von Maspalomas, da sehen wir uns wie jedes Jahr; wir treffen uns im Süden, dort unten bei den Dünen von Maspalomas auf Gran Canaria «

* * *

Als auch noch die Luftmatratze im Auto verstaut war, ging unsere Fahrt los. Trotz des Schlafmangels fühlte ich mich fit und freute mich schon auf das Meer und die Wellen. Wir parkten den Van in einer Tiefgarage und folgten gutgelaunt einem Weidenweg in Richtung Strand. Hanna entdeckte einen Sightseeing-Zug. » Schaut mal, die Lok fährt doch bestimmt zum Strand. Sollen wir vielleicht mitfahren? «

Ines tippte sich an die Stirn. » Na klar, für die paar Meter zahle ich eine ganze Rundtour durch Maspalomas. Die paar Schritte werden wir wohl laufen können. «

» Du musst ja auch nicht die Luftmatratze tragen! «
Ich lachte auf. » So schwer kann sie ja nicht sein. «
» Das nicht, aber unhandlich. «

Anke stampfte voraus. » Du hättest sie ja nicht mitnehmen müssen. «

Hanna fühlte sich angegriffen. » Aber nachher wollt ihr euch damit alle in die Wellen stürzen. Dann seid ihr froh, dass ich sie kilometerweit für euch getragen habe. «

» Ohhhhh «, kam es mitleidig und synchron von uns zurück.

Der Strandweg führte uns an Straßenhändlern vorbei, die imitierte Taschen, Sonnenbrillen und Käppis verkauften. Ein Muss für uns, kurz einen Stopp einzulegen und einen Blick auf die angebotenen Artikel zu werfen. Anke griff zu einer weißen Baseballkappe. » Steht mir die? « und bevor wir antworten konnte, stand auch schon der dunkelhäutige Verkäufer neben ihr. » Was soll die denn kosten? «

» Fünfzehn Euro. «

» Fünfzehn? Das ist mir zu teuer. «

» Teuer? Isse echte Kappe von Karl Lagerfeld. «

Ines lachte auf. » Ja klar. «

» Ja, ist wirklich. Wir haben auch Boss, Lacoste, Gucci. Möchtest du Gucci haben? «

Jana reagierte geschickt. » Das Einkommen von ihm hätte ich schon gerne, aber keine Fake-Klamotten. «

» Alles echt. «

Ich drehte mich lächelnd ab, erlöste Hanna von ihrer schweren Luftmatratze damit sie nach Taschen stöbern konnte und als Anke die Mütze dann endlich auf acht Euro herunterhandelte, zogen wir weiter und bauten unsere Strandutensilien am Wasser auf.

* * *

Ich staunte über den Strand, denn ich sah nur Sand. In meinem Reiseführer hatte ich zwar gelesen, dass Maspalomas einen 10 km langen feinen Sandstrand bot, aber hier kam man sich ja vor wie in einer Wüste. Beim Handtuchausbreiten hoffte ich, dass uns bitte keine Böen panieren würden, denn davor war ich echt fies. Ich schaute mich um und wunderte mich, dass für so viel Strand so wenig Liegen angeboten wurden. Ines sah es ebenfalls. » Ach herrje, die paar Liegen, die hier stehen, sind alle besetzt. Also wenn ich den ganzen Tag auf dem Handtuch liege, werde ich mich mindestens heute, wenn nicht auch noch morgen nicht mehr bewegen können. «

Ich nickte ihr zu, denn darin sah ich auch mein Problem. » Mein Gedanke, Ines, aber jetzt nutzt es alles nichts. Dann gehen wir eben öfters im Meer schwimmen. « Ich drehte mich zum Wasser. » Wenn ich die Wellen sehen, könnte ich auch schon direkt starten. « Und das machte ich auch, zusammen mit Ines und Anke und es war herrlich. Das Meerwasser gab mir die Energie zurück, die mir heute Morgen fehlte. Zusammen versuchten wir gegen die Wellen bis zu einer Boje zu schwimmen und uns zurück mit den Wellen gleiten zu lassen. Wir hatten richtig Spaß, als die größeren Wellen uns zu Boden rissen und mussten aufpassen, dass wir uns an den vereinzelten Felsplatten im Wasser nicht verletzten. Irgendwie verlässt einem im Wasser das Zeitgefühl und erst als unsere Haut schrumpelte, kehrten wir zu unseren Handtüchern zurück und sahen Jana mit einem Tuchverkäufer reden. Hanna schien wieder eingeschlummert zu sein. »

Hola, mein Name is Avan, bitte, gucke hier, ich habe echte Cashmere. Angenehme Cashmere for alle. «
» Cashmere? « Anke lachte auf. » Echtes Cashmere? Mann, Mann, Mann, ihr seit´se. Von deinem Kollegen habe ich eine echte Kappe von Lagerfeld gekauft und jetzt kommst du mit echtem Cashmere. Was kommt denn als nächstes? Echte Sonnenbrillen von Ray Bayn, original Converse oder sogar ein echter Pelz? « Gut, dass Hanna wieder schlief, beim Wort Pelz wurde sie nämlich fuchsteufelswild.

Ines, die sich immer noch abtrocknete, fühlte sich etwas belästigt. » Echter Cashmere?! Für wie blöd haltet ihr uns eigentlich? «

Avan zuckte die Schultern. » Ich machen gute Preis. 20 Euro. Bitte, Ladies, bitte! «

» Ein Tuch für 20 Euro? «

» Ja, ist gute Preis. Bitte, ich muss dos Frauen unde five Kinder versorgen. Kostet viele Geld. «

» Warum hast du denn auch so viele Kinder? Zwei hätten doch auch gereicht. « Ines mochte diese Art des Verkaufs nicht.

Ich drehte mich zu ihr. » Sei lieber nicht so frech zu ihm, sonst haben wir gleich die ganze Mafia hier. «

» Ich lass mich nicht gerne veralbern, auch wenn die Tücher ganz schön aussehen. «

Ich drehte mich wieder um und musste ihr recht geben. Einige Tücher waren sehr farbenfroh, andere chic, aber auch schlicht. Avan demonstrierte uns, was man mit so einem Tuch alles anstellen konnte. Er bastelte einen Rock, ein Haarband, ein Halstuch, eine Stola und breitete es anschließend liebevoll auf dem Sand aus.

Mein Interesse hatte er nun geweckt, die Verkaufsaktion fruchtete. » Was ist denn dein letzter Preis? «

» 18 Euro. «

» Ne, zu teuer. «

» Noch zu teuer? «

» Ja. «

» Mag God my help! 16 Euro! «

» Nein. « Auch wenn es mir schwerfiel, drehte ich mich etwas von ihm ab.

» Señora? Bitte. Was ist deine letzte Preis? «

» Meiner liegt bei 10 Euro. Nicht mehr und nicht weniger «

» 10 Euro! Oh no no no, bitte, denk an my Family! «

Wenn es einen Flickflack im Sand gab, dann vollführte ihn Jana gerade. Sie drehte sich so schnell auf den Bauch, dass Ines vor Schreck ihr Feuerzeug in den Sand fiel. » Was hat dich denn gestochen? «

Statt zu antworten, drückte sie ihr Gesicht ins Handtuch und nuschelte etwas, was keiner von uns verstand. Ich meinte, das Wort Baum rausgehört zu haben und fragte mich, wo sie den hier mitten in der Wüste entdeckt hatte!

Avan schien nichts mitbekommen zu haben und schaute mich flehend an. » Okay, Señora, 14 Euro. «

Ich ging auf 11 Euro, als Jana wieder etwas nuschelte.

» Brrrr. «

Anke schüttelte den Kopf. » Entweder hat sie Entzugserscheinung oder einen Sonnenstich. Jana? Wir verstehen dich nicht, wenn du dich mit deinem Handtuch unterhältst. «

Jana drehte sich um, hob den Kopf und schielte vorsichtig nach links. >> Scheiße. Jetzt hat sie mich entdeckt. << Schnell schnappte sie sich gleich zwei Tücher und versteckte sich dahinter. >> Ich nehme alle beide. << >> Gerne Madame. Wenn alle uno Scarf nehmen, mache ich Preis auf 12 Euro pro Tuch. Nichte vergessen, isse echte Cashmere. << Ich war gerade etwas irritiert und nahm die Frau, die auf uns zusteuerte, erst wahr, als sie im braunen Bikini mit einem goldigen Tuch locker um die Hüften gebunden vor uns stand und Avan freundlich grüßte. >> Hello my Friend. << Er grüßte lächelnd zurück, als sich die Frau an uns wandte. >> Sind die Tücher nicht wunderschön? Ich liebe sie und sie sind so vielseitig einsetzbar! Ich kaufe mir mindestens immer drei bis vier neue, wenn ich auf Gran Canaria bin. Im Sommer trage ich diese gerne als Hüftrock und im Winter als Halswärmer. Die Qualität ist absolut hochwertig und ihr dürft nicht vergessen, dass Menschen wie Avan von dem Verkauf der Tücher nicht nur selbst leben, sondern viele miternähren müssen. Allein die Schulbildung für Kinder wird von solch einem Verkauf bezahlt und gefördert. << Sie tätschelte Avans Arm. >> Er ist echt sehr ehrgeizig und fleißig. Täglich läuft er hier durch den heißen Sand am Strand, um seine hochwertigen Tücher zu verkaufen. Vielleicht hilft es zur Kaufentscheidung, wenn ich Ihnen erzähle, dass Avan von den Einnahmen nicht nur seine Familie ernährt und seinen Kindern eine Schulbildung ermöglicht, sondern auch einen Teil dem Kinderkrankenhaus spendet. << Die Frau schaute zu Ines. >> Ja, ich gebe zu, dass man immer skeptisch auf Straßenverkäufer reagiert, aber ich habe selbst einmal das Krankenhaus

165

besuchen dürfen und dort einen glücklichen Avan an-
getroffen, der gerade einen Teil seines Verkaufs an die
Einrichtung überreichte. Ich finde es schon unglaublich lobenswert, was er für andere macht, und denke
da gibt es andere Halunken, die einen leichteren Weg
als Avan gehen. Na, kommen Sie, meine Damen, geben Sie sich einen Ruck, gönnen Sie sich eins der schönen Tücher und nehmen Sie es als nettes Andenken
mit nachhause. « Sie lächelte Avan aufmuntert zu,
wünschte uns allen einen schönen Tag und ging am
Strand weiter.

Jana ließ die Tücher sinken und schaute der Dame
hinterher. » Maren! «

Avan nickte. » Si, si, Maren. «

Ich staunte. » Das war Maren? «

Wieder nickte Avan. » Si, si. «

Auch wenn ich nicht wusste, was ich mit den Tüchern anfangen sollte, hatten mich Marens Worte um-
gestimmt und ich zahlte freiwillig 40 Euro für zwei.
Avan wollte mir Wechselgeld geben, doch ich lehnte
es ab. Ich fühlte mich nach den Worten unwohl und
mein Verhalten zu handeln echt dumm, aber manchmal dachte man über die Menschen, die den ganzen
Tag bepackt mit Tüchern und Holzartikeln durch den
heißen Sand liefen, nicht nach. Auch die Leistung der
Obstverkäufer, die mit schwer beladenen Schubkarren
durch den Sand zogen, wurde absolut unterschätzt.
Auch von mir und ich schwor mir, dass ich Obst kaufen würde, sobald jemand auftauchte. Wie schnell
mich Marens Worte überzeugten, wunderte mich zwar
selbst, aber als ich in Avans lächelndes Gesicht sah und
sich mir schiefe und kaputte Zähne zeigten, tat er mir

einfach nur leid. Mein Gott, dachte ich, was für ein armer Mensch. Verbeugend reichte er mir mein ausgesuchtes grünes, sowie petrolfarbiges Tuch und bedankte sich höflich. >> God seën jou. << Als ich bei den Worten in seine Augen sah, bekam ich glatt eine Gänsehaut. Jana, die sich langsam aus ihrem Handtuchgewusel befreite, hielt Avan ebenfalls 40 Euro hin und sowohl Anke als auch Ines, die den Kauf beobachteten, schien es ähnlich zu gehen, denn jeder kauften dem strahlenden Verkäufer ein Tuch ab und zahlten ihm seinen Erstpreis von 20 Euro. Avan bedankte überglücklich bei uns, sammelte seine restlichen Tücher ein, bekreuzigte sich und machte sich auf die Suche, nach weiteren kaufwilligen Strandgäste.

Anke faltete ihr Tuch zusammen. >> Mensch was ein armer Kerl. Aber ich kann mir trotz der ganzen Geschichte nicht vorstellen, dass er die Einnahmen komplett behalten darf. Er muss doch bestimmt Provision an die Vermittler bezahlen. Würde ich hier leben, hätte ich ihm jetzt erstmal eine Zahnprophylaxe geschenkt. <<

>> ANKE! <<

>> Das war kein Scherz und auch nicht böse gemeint. Ich meinte es ernst, Katja. Ich bin nicht so gefühlskalt, wie du oder ihr immer meint, er tat mir echt richtig leid. Und jetzt zu dir, Jana. Was sagtest du gerade, das war Maren? Die besagte Maren? <<

* * *

Jana schien immer noch unter Schock zu stehen und nickte nur. >> Meint ihr, sie hat mich erkannt? <<

Anke glaubte es nicht. >> Dann hätte sie dich doch angesprochen, oder nicht? <<

>> Wer weiß? Vielleicht ignoriert sie mich? <<

Ines verstand Jana nicht. » Was hätte sie denn für einen Grund? Sprecht ihr nicht zusammen? Ich denke, ihr seid Kollegeninnen? «

Jana legte ihre Tücher zusammen. » Früher, aber da war sie auch noch umgänglicher. Die hat mich bestimmt erkannt! «

Ich schüttelte den Kopf. » Vertust du dich vielleicht? Ich meine, der Name Maren ist zwar kein Allerweltsname, aber Zufälle gibt es ja manchmal. «

» Das nenne ich keinen Zufall! «

Ich fand sie eigentlich ganz nett und hätte mir die Maren von der uns Jana erzählte, ganz anders vorgestellt und sagte es ihr auch, doch Jana ließ sich von ihrer Einstellung nicht abbringen. » Glaubt mir, die Frau hat zwei Seiten und ich hoffe für mich und auch für euch, dass sie mich nicht erkannt hat. Ich stufe sie schon als gefährlich ein, denn sie ist absolut versessen und ein Frauenhasser hoch zehn. «

Endlich erwachte auch Hanna aus ihrem Mittagsschlaf. » Wenn ihr zwei Minuten warten würdet, komme ich vielleicht mit. «

Ich drehte erstaunt um. » Wohin? «

» Na ins Wasser. «

Jana verdrehte die Augen. » HANNA! Manchmal ist es einfacher, wenn du schläfst. «

» Im Wasser? «

Wir gaben es auf, erzählten ihr kurz von Maren, führten unsere erworbenen Tücher vor und dann gingen wir uns alle abkühlen. Hanna, die ihre Luftmatratze mitnahm, konnte sich gar nicht drauflegen, da die Wellen viel zu kräftig waren, legte sie am Strand ab und dann sprangen wir fünf händehaltend über die

Wellen, lachten und hatten einfach nur Spaß. Am meisten, als Ines schnell vor einer großen Welle fliehen wollte, dabei aber ausrutschte und die Welle sich über ihr brach. Pustend und mit Spiegeleieraugen tauchte sie wieder auf und marschierte direkt aus dem Meer, gefolgt von Hanna, der es doch zu kalt wurde. Wir drei Übrigen genossen es noch etwas und ließen uns anschließend von der Sonne trocknen. Als ich so da lag, fielen mir wieder meine Spielschulden vom Vorabend ein, also stand ich auf und klopfte mir den Sand ab. Ines bekam eine Brise mit. » Pfui, Katja, kannst du nicht aufpassen? Das ist ekelig. «

» Oh sorry, ich war jetzt in Gedanken. Soll ich dich mit dem Handtuch entpanieren? «

» Schon gut. Sag mal, hast du schon wieder Hummeln in der Furt? Mensch, dass du nicht mal zehn Minuten stillliegen kannst! Du kannst einen auch nervös machen. «

Ich lachte. » Ich kann doch nichts dafür, glaubt mal, manchmal möchte ich auch lieber etwas geduldiger sein, aber mir fiel gerade ein, dass ich noch Spielschulden habe und die doch jetzt versuchen könnte, einzulösen. «

» Ach ja, was war das noch? «

» Ich muss einen Seestern aus Sand bauen. «

» Na da bin ich ja mal gespannt. «

» Ich auch «, murmelte Anke bauchliegend.

» Ihr werdet staunen! «, ich katschte motiviert in die Hände, berieselte dadurch wieder etwas die maunzende Ines und suchte eine Familie am Strand, die mir mit Förmchen und Plastikschüppe aushelfen konnte.

Nach zehn Minuten war mein Seestern bereits fertig und dafür, dass mir die Kreativität nicht so lag, war ich recht zufrieden, als ich die Strandutensilien den Kindern mit etwas Geld für ein Eis als Dankeschön zurückbrachte. » Wisst ihr noch, wann ihr das letzte Mal eine Sandskulptur gebaut habt? Ich frage mich gerade, warum solche Sachen im Alter aufhören. Es macht doch eigentlich Spaß. «

Jana grinste. » Skulptur! Jetzt übertreib mal nicht. Das ist ein kleiner Stern und keine Skyline, aber du hast schon recht, Katja. Es gibt viele Dinge, die man als Kind gerne gemacht hat und im Alter einfach vergisst. Das ist tatsächlich schade. Eigentlich sollten wir uns mal so ein Buch zulegen, wo einige Spiele, Schandtaten oder auch Mutproben von früher wiederholt werden müssen. «

» Wir können so ein Buch doch auch selbst schreiben. Jeder von uns kann sich doch, sagen wir mal, zehn ´to-do` Sachen aus Kindheitstagen ausdenken und dann muss sie einer von uns absolvieren. «

Hanna richtete sich suchend auf. » Wo? «

Jana ahnte Böses und drehte sich gleich augenverdrehend weg.

» Nun sagt schon! «

» Was denn, Hanna? «

» Na, wer obduziert werden muss? «

Ich war mit der gerade erfundenen ´to-do-Liste` bereits kopfmäßig beschäftigt und nahm mir gleich einen Block und Stift aus meiner Strandtasche, um meine ersten Ideen aufzuschreiben. Ich notierte mir Kissenschlacht, Ostereier färben sowie bei Ikea verstecken spielen.

Hanna schaute zu mir. » Schreibst du die Einkaufs-
liste? «

Ich erklärte ihr meine Buch-Idee und notierte mir einen weiteren Punkt. Demo für einen guten Zweck.
» Was steht denn morgen auf dem Plan? Gönnen wir
uns nochmal so einen faulen, chilligen Tag am Pool? «
Anke antwortete sofort. » Nix da. Für morgen habe
ich einen Ausflug in die Berge rausgesucht und für alle
bereits online gebucht, um anschließend den angren-
zenden Kletterpark zu überwinden. « Hanna bekam
große Augen und ich klatschte begeistert in die Hände.
» Gute Idee, Anke. Sollen wir morgen für die Wande-
rung vielleicht auswärts Frühstücken? Ich meine, wir
müssen uns ja vorher stärken! Im Hafen Mogán bieten
sie großartige Buffets an, allerdings müssten wir da
schon um acht Uhr dort aufkreuzen, heißt, round
about mindestens eine halbe Stunde Fahrt, sechs Uhr
aufstehen. «

Ines sprang mit auf. » Das hört sich doch gut an.
Dann gehen wir heute Abend alle spätestens um
einundzwanzig Uhr ins Bett und haben morgen einen
ausgefüllten sportlichen Tag vor uns. «

Hanna schaute unsicher von einem zum anderen
und tippte sich an die Stirn. » Ihr spinnt doch wohl. «

Jana war am Zug. » Lasst uns lieber etwas eher fahren, damit wir uns im Supermarkt noch mit Getränken
versorgen können. So eine Bergtour ist anstrengend
und die Luft da oben sehr dünn! «

Hanna wurde unsicher. » Sagt mal! Wann habt ihr
euch diesen Blödsinn ausgedacht? «

» Ausgedacht haben wir es uns nicht, sondern eher
besprochen und das, als du wieder Schäfchen zähltest. «

171

»Na klar!«

»Wenn du uns nicht glaubst, könntest du Avan fragen, der Typ, der uns die Tücher hier verkauft hat. Er hat uns den Kletterwald empfohlen.« Ich schaute mich um. »Schade, aber jetzt ist er weg.«

Hanna schaute prüfend jeden einzelnen von uns an. »Habt ihr überhaupt die richtige Kleidung für eine Bergwanderung eingepackt? Da könnt ihr nicht mit Flipflops laufen!«

»Wir haben unsere Sneakers dabei. Falls du keine eingepackt hast, kannst du dir ja gleich noch festes Schuhwerk kaufen. Neben dem Parkhaus waren doch ein paar Geschäfte.«

»Das wüsste ich aber.«

»Wie du möchtest.«

Wir ließen Hanna noch etwas schmollen, doch dann musste ich doch irgendwann anfangen zu lachen und die anderen stimmten mit ein; nur Hanna nicht.

Kapitel 12

Wir hatten den Strandtag voll ausgenutzt und kamen am Spätnachmittag in unser Urlaubsdomizil zurück. Wir hangen die nassen Handtücher auf den Wäscheständer, gingen Duschen oder scrollten durch das Handy, denn auch wenn wir, bis auf das bisschen Wassertoben am Strand, faul abgehangen hatten, fühlte ich mich, als hätte ich tatsächlich einen Berg abgewandert. Schwer ließ ich mich draußen auf die nächste Liege nieder und scrollte auch etwas im Handy, bis mich die blöden Kommentare unserer zuhause gebliebenen Männer über Ankes und mein Outdoor-Bettlager nervten. Na warte, Jana, schwor ich mir, dich erwische ich auch noch irgendwo unpassend und apropos, da fiel mir ein, dass ich mit ihr so langsam mal wegen Henning reden wollte. Vielleicht ergab sich heute mal eine günstige Gelegenheit? Das Einzige, was mich an der Sache beruhigte, war dass sie nicht unglücklich aussah, trotzdem wüsste ich gerne, was los war, also ging ich mir auch das Meersalz abduschen, zog anschließend meinen bequemen Jogger an und wollte mich gerade auf die Suche nach Jana machen, als das Haustelefon klingelte. Es war Dario, der nur wissen wollte, für wie viel Uhr er uns das Essen zubereiten durfte und ob jemand ihm beim Tragen helfen könnte. Ich bot mich sofort an, da es mir schon zu blöde war mich so bedienen zu lassen, doch Anke fand es vollkommen in Ordnung. » Eine Hand wäscht doch die andere. Wir haben ihm das Geld für den Einkauf gegeben und wenn er mit uns isst, bekommt er nicht nur das Essen gratis, sondern auch Getränke und Gesellschaft. «

Das sah ich anders. » Aber er steht für uns in der Küche, nachdem er sich den ganzen Tag schon um ältere Menschen gekümmert hat. Ich finde, wir nehmen ihm seinen Feierabend weg und nutzen seine Kochkunst aus. Ich komme mir echt blöd dabei vor. Wir haben doch viel weniger Rechte hier die Woche zu genießen, wie Dario, der hier quasi lebt. «

Anke zuckte die Schulter. » Es war sein Angebot! «

» Egal, ich mag eben nicht gerne bedient werden, aber vielleicht können wir uns wenigstens noch etwas arrangieren und ihn am letzten Tag zu einem schönen Auswärtsessen einladen? «

» Da musst du die Mehrheit fragen. Ich würde schon mitmachen, weil, naja, ein kleines bisschen hast du ja Recht, aber trotzdem musste er uns ja nicht das Angebot des Kochens machen. Vielleicht ist Kochen aber auch sein Feierabend? Denk mal an Hannas Mann. Sven sagt doch auch immer, dass kochen für ihn Entspannung ist. «

Ich nickte. » Das stimmt. Naja, wie auch immer, ich fände es wäre von uns einfach ein netter Zug. Magst du mir beim Tischdecken helfen? «

» Immer. «

Das Haustelefon läutete erneut, als ich gerade die Servietten holte. Ich nahm den Hörer ab. » Villa Kunterbunt auf Gran Canaria, was kann ich für Sie tun? «

Dario fragte, ob er in fünfzehn Minuten auftischen durfte. Durfte? Er musste, wir hatten Hunger! Ich klopfte an Hannas Tür, um ihr Bescheid zu geben. »

Und denk dran, du bist heute für das Tischgebet zuständig. «

Ich hörte sie aufstöhnen. » Uhhhaa, was ein Stress. «

» Genau und wenn du dir vielleicht heute Abend mal die richtige Hörhilfe einsetzten würdest, wäre dir nicht nur Jana dankbar, sondern so ein bisschen wir alle. « Ich meine, ich fand es auch oft sehr lustig, wenn Hanna sich verhörte, doch jeden Abend musste ich das jetzt auch nicht haben.

» Nur, wenn wir morgen wirklich nicht wandern gehen! «

» Ach, das war doch nur Spaß. «

» Selten so gelacht, Katja. «

Also ich hatte meinen Spaß!

Als Dario und ich mit den Töpfen und herrlich duftendem Essen um die Ecke bogen, saßen alle am Tisch, sogar Hanna. » ESSEN! « Anke klopfte laut mit einem Löffel auf den Holztisch. » Wie das duftet! Ich weiß jetzt schon, dass es mir munden wird. «

Jana grinste. » Wäre auch ein Wunder, wenn nicht, aber Spaß beiseite, ich habe auch richtig Appetit. «

Ines, die sich ein Geschirrtuch mit Wäscheklammern an ihrem Shirtkragen befestigte, freute sich auf das, was da kam. » Wer ist denn heute für das Tischgebet zuständig? «

Ich stieß Hanna unter dem Tisch an. » Ja ja ich mach ja schon, kurz und schmerzlos, also aufgepasst: für Spaghetti lang und schlank, sag ich Mario … « Jana zischte ihr nur den Buchstaben D zu. » Ähhh Dario, schönen Dank. Wenn jeder etwas hat, werden alle satt. Amen und … «

» Guten Appetit! «, kam es im Chor zurück.

***

Jana erzählte Dario beim Essen die zufälligen Begegnungen mit Maren. Er war schon etwas verwundert. » Das ist schon echt krass und so klein ist die Insel doch gar nicht, dass man sich zufällig zweimal über den Weg laufen kann. Ich meine, wie weitläufig ist allein schon Maspalomas und wie viele Tücher, Sonnenbrillen und sonstige Verkäufer halten sich dort auf? Irgendetwas zieht euch zwei wohl magisch an. «

Anke drehte ihre Nudeln schwindelig. » Die Magie heißt Joan! «

Jana füllte die Weingläser nach. » Quatsch, auch wenn ich momentan Single bin, aber egal, das ist ein anderes Thema. Ich hoffe jetzt mal, dass es wirklich ein Zufall war und mich die Stalkerin nicht erkannt hat. «

Da war es wieder, die Andeutung von Jana, doch Ines unterbrach meine Gedanken. » Andersherum wäre es gar nicht so schlecht gewesen, denn dann hättet ihr vielleicht die Möglichkeit, die unglückliche Situation aus der Welt zu schaffen. «

Hm, so ganz unrichtig war es nicht, was Ines da vorschlug, doch Jana sah es anders. » Ich möchte mich nicht mit einer kriminellen unterhalten, die aus Vernarrtheit andere Ehen kaputt macht. «

Anke verschluckte sich und hüstelte. » Na das sagt die richtige. So ohne bist du doch selbst nicht «

Hanna fand es sehr schade, dass sie die Stalkerin nicht gesehen hat, denn solche Personen kannte sie bisher nur aus Filmen und Büchern, doch Dario sah es anders. » Man muss solche Menschen auch nicht unbedingt kennen, es ist doch viel wichtiger, aufrichtigen Menschen zu begegnen und denen Zeit zu schenken.

Auch wenn ich meinen gelernten Beruf als Koch liebe, war ich doch auch sehr viel allein in der Küche beschäftigt. Vielleicht, wenn ich Glück hatte und den Gästen mein Essen schmeckte, bekam ich es zufällig mal mitgeteilt, ansonsten übergibst du die Bestellung an den Wirt und das war es. Ich habe es oft vermisst, in die Gesichter der Gäste zu schauen, deshalb soll mein Traum-Restaurant auf jeden Fall eine offene Küche bekommen. Ist doch viel netter, wenn sich jeder Gast von der Hygiene in der Küche überzeugen kann und der Koch vom Restaurantflair auch etwas zurückbekommt. Der Kontakt zu Menschen ist verdammt wichtig, dass merke ich jetzt mit meiner Seniorenbande. Die sind alle großartig und es tut mir jetzt schon im Herzen weh, wenn ich sie nicht mehr tagtäglich sehen werde. Ihr glaubt gar nicht, wie gut es denen tut, über ihr Leben zu reden. Manchmal brauchen traurige Erinnerungen oder Freude und Ängste einfach einen Zuhörer und das bin dann ich. «

Hanna hörte gespannt zu. » Das glaube ich dir Mario und Hut ab. Als junger Mann solch eine Einstellung zu haben, ist selten, zumindest bei uns Deutschen. «

» Immer noch Dario, Hanna, aber vielen Dank. Wir Spanier sind, wie die meisten Südländer. Wir lieben und leben für Familie und Menschen. Aber ihr Deutschen habt dafür Humor und das noch bis ins hohe Alter. Wenn ich da so an manche Geschichten der Bewohner denke, muss ich mich heute noch wundern. «

Anke nahm noch einmal Nachschlag. » Es schmeckt klasse. Wirklich klasse. Was ist das i-Tüpfelchen bei der Soße? Irgendetwas schmeckt anders, aber ich komme einfach nicht drauf. «

Er kniff ihr ein Auge zu. » Liebe Anke, du kannst zwar alles wissen, aber nicht alles Fragen. Kein Koch der Welt verrät sein Rezept bis ins Detail; gerade die Sonderzugaben werden nie verraten. «

Hanna stellte schnell ihre Hörhilfe etwa lauter, damit sie auch alles verstand » Magst du uns nicht ein paar Geschichten erzählen oder darfst du das wegen des Datenschutzes nicht? « Sie wirkte echt interessiert.

» Ach, ihr kennt die Bande ja nicht persönlich und ich glaube auch nicht, dass sie etwas dagegen hätten. Es sind einzigartige Erlebnisse, die ich mit ihnen bisher erleben durfte. Zum Beispiel mit Herrn Hansen, der gebürtig aus Hamburg kommt, 85 Jahre alt ist und seit 25 Jahren hier auf Gran Canaria lebt. Zu ihm fahre ich täglich und werde schon mit offener Tür empfangen. Er erzählt mir gerne von seinem Beruf als Schlepperfahrer. Ganz besonders stolz war er über den ersten Besuch der Queen Mary 2. «

Ines überlegte kurz. » Wann wurde die denn nach Deutschland verschleppt? «

Jana war die Frage peinlich. » Er meint das Schiff, Ines, nicht die Queen persönlich! «

» Ach so! «

» Auf jeden Fall war Herr Hansen derjenige, der das Luxusschiff in den Hafen begleiteten durfte. « Dario nahm einen Schluck Wein und wischte sich dezent mit der Serviette über den Mund. » Auch wenn er ein Mann der See war und viele Schiffe kommen und fahren gesehen hat, blieb ihm ein Wunsch leider unerfüllt. Er wollte einmal lebendige Wale sehen und diesen Wunsch habe ich ihm vor zwei Wochen erfüllt. Ihr hättet mal seine strahlenden Augen sehen sollen, als wir den ersten Wal entdeckten! Ich werde diesen Blick nie vergessen und als er sich mit Tränen in den Augen bei mir für diesen schönen Tag bedankte, musste ich selbst mitweinen. So viel Freude und Glück auf einmal, das war verrückt und seit dem Tag erzählt er mir bei seinen Besuchen nichts mehr von Schleppern, sondern nur noch von Walen. «

Anke schniefte sich die Nase und auch Jana hatte wässrige Augen. Dario verteilte noch ein paar Pasta, dabei fiel ihm eine weitere Geschichte ein. » Zu den Spaghetti fällt mir auch noch ein schönes Erlebnis ein. Frau Rosenow, eine rundliche agile Dame an die achtzig, immer gut gelaunt und sehr farbenfroh gekleidet, hat ihr Tagesritual im Supermarkt entdeckt. Ja genau, das Einkaufen ist ihre Tagesaufgabe, obwohl sie nicht immer etwas einkauft, sondern sich an manchen Tagen auch einfach nur die Ware anschaut. Ich fahre sie einmal in der Woche besuchen und helfe ihr beim Großeinkauf, wobei immer mindestens drei Pakete Spaghetti in dem Einkaufswagen landen. Ich hatte sie mal gefragt, ob sie außer Nudeln auch noch etwas anderes essen würde und zählte Reis und Kartoffeln auf, doch da wurde ich sofort mit den Worten ´Manchmal sollte man sich lieber Nudeln, als Sorgen machen`, gestoppt. «

Anke lachte. » Guter Spruch, könnte von mir sein. «

» Na warte mal ab, es kommt noch besser, denn bei einem Besuch im Supermarkt hat Frau Rosenow den Alarm am Ausgang ausgelöst. Das war mir vielleicht peinlich, aber zum Glück war so früh noch nicht so viel los. «

Hanna staunte. >> Hat sie gestohlen? << und Dario nickte. >> Richtig, und dass wohl nicht zum ersten Mal, wie sie mir später unter vier Augen anvertraute. Sie hat sich ganz raffiniert unter ihrem Rock eine Art Tasche eingenäht, was bei der Walla-Walla-Weite ja nicht auffiel und als ich bei den Zeitschriften war, fiel ihr ein, dass sie noch etwas aus der Kosmetikecke benötigte. Naja, als Gentleman dachte ich, lass sie mal allein los, wer weiß, was sie sucht, und dann kam sie auch schon zurück, allerdings mit leeren Händen. Sie bezahlte ihre Einkäufe, ich packte alles in den Einkaufsbeutel und am Ausgang heulten plötzlich die Sirenen los. Wir haben uns beide tierisch erschrocken und dann bat uns auch schon ein Security Mann in sein Büro. Ich war recht locker, da ich kein schlechtes Gewissen hatte und legte ihm gleich den Kassenbon hin. Frau Rosenow dagegen spielte die Unschuldige, bis uns Mr. Security ein Video auf seinem Bildschirm vorführte, wo eindeutig zu erkennen war, wie sich Frau Rosenow in der Alkohol-Abteilung etwas unter den Rock versteckte. Das Ganze dauerte nicht länger als ein paar Sekunden und es sah absolut geübt aus, das muss ich zugeben. << Dario lachte bei der Erinnerung auf.

Anke gefielen die Geschichten. >> Super! So fit müssen wir später auch noch sein und dann solche verrückten Sachen machen. Das trage ich gleich als Punkt in dieser To-Do Liste ein. Musste die Dame denn ins Gefängnis? <<

Dario lächelte. >> Nein, sie hat ja alles zugegeben und war willig, die beiden kleinen Wodkaflaschen sofort zu zahlen. Der Security Mann nahm es zum Glück mit

Humor, aber er hat ihr für die weiteren Einkaufsbesuche eine Auflage gegeben. Sie darf das Geschäft nur noch in Hose betreten. «

» Quatsch! «

» Kein Quatsch. «

» Und hält sich Frau Rosenow dran? «

Dario lachte auf. » Wenn ich sie begleite, schon, was sie sonst macht, weiß ich allerdings nicht. «

Ich grinste und wunderte mich. » Warum gingen die Sirenen denn vorher nie an? Hatte sie da ungesicherte Artikel mitgehen lassen? «

Dario schüttelte den Kopf. » Der Supermarktleiter hatte ganz frisch nicht nur Kameras installieren lassen, sondern eben auch diese Alarmscheiben. Wie heißen die noch gleich? «

Jana wusste es und nuschelte den Mund voll mit Nudeln. » Warensicherungsanlagen. «

Hanna, froh ihr mal einen zurückzugeben, tadelte. » Mit vollem Mund spricht man nicht, dass solltest du doch als Dozenten High Society-Lady am besten von uns wissen. Aber sag mal, Mario, warum hat sie Wodka gestohlen? War sie Alkoholikerin? «

» Nein, Frau Rosenow doch nicht, sie kochte damit ihre Spaghetti-Soße. «

Anke staunte. » Mit Wodka? « Und dann klingelte es bei ihr. » Ahhh, das ist das i-Tüpfelchen? «

Dario grinste nur. » Das war der Deal zwischen Frau Rosenow und mir. Damit ich sie weiterhin einmal die Woche begleitete, verriet sie mir ihr Rezept, welches ein altes Familienrezept aus Italien ist. Frau Rosenow war gebürtige Italienerin, hat in Heidelberg ihren

Mann Santos kennengelernt und ist mit ihm, als Rentnerpaar, auf diese Insel gezogen. Leider verstarb ihr Mann vor zwei Jahren und seitdem wird Frau Rosenow von uns unterstützt. «

Ich bewunderte ihn für seine Arbeit. » Wie viele Klienten oder Mandanten betreust du eigentlich? «

» Das ist leider unterschiedlich, wie ihr euch denken könnt, aber immer so an die zehn Menschen. « Ich fand die Aufgabe sehr interessant. » Und mit allen unternimmst du etwas und um alle kümmerst du dich? «

Dario nickte. » Ja, das ist meine Aufgabe und sie macht wirklich sehr viel Spaß. Ich musste schon so einigen versprechen, dass ich sie weiter besuchen werde, falls sich mein Traum vom eigenen Lokal erfüllt. Sie sind mir alle, wirklich alle ans Herz gewachsen und ich weiß jetzt schon, dass sie auch alle meine Ehrengäste bei der Eröffnung sein werden, das ist das Mindeste, was ich dann noch zurückgeben kann. «

Das konnte ich mir gut vorstellen, Dario schien echt das Herz auf dem rechten Fleck zu tragen und es freute ihn, dass wir seine Spaghetti so lobten. » Wie war denn, bis auf die Begegnung mit der Stalkerin, euer Tag heute? Wie gefiel euch Maspalomas? Wie die Dünen und der Strand? «

» Die habe ich gar nicht gesehen! « Hanna schaute in die Runde. Ich schob mir gerade Nudeln nach und konnte nicht antworten, aber mit den Augen rollen, was sie halb verstand. » Was denn? Habe ich etwas Falsches gesagt oder war ich blind. Egal, Mario, ich denke du vertust dich, denn Kühe wären mir am

Strand aufgefallen. Ich meine, ich höre ab und zu nicht gut, aber ich bin doch nicht blind! «

Jana verschluckte sich fast. » DARIO, HANNA! D wie Dario! Mensch das muss doch mal bei dir da oben im Stübchen ankommen! « Sie winkte hoffnungslos ab. » Also, um auf deine Frage zurückzukommen, fand ich, abgesehen davon, dass Maren dort aufkreuzte und ich einen leichten Sonnenbrand auf dem Rücken habe, den Strand eigentlich ganz nett. «

» Oh ja, einen Sonnenbrand kann man sich, auf den Kanaren schnell wegholen. Durch den Wind bemerkt man die Sonne oft nicht. «

Jana schenkte allen noch Wein ein. » Wäre die Schnepfe nicht so lange bei uns hocken geblieben, hätte ich mir keinen Sonnenbrand eingeheimst, aber wegen der und dem Tuchverkäufer musste ich auf den Bauch liegen. «

» Ich kann dir gerne später Gurken- und Kartoffelscheiben schneiden. Diese musst du dann auflegen und einwirken lassen. «

Jana setzte sich auf. » Wenn du mir beim Auflegen hilfst, gerne. «

Anke tat, als müsste sie würgen. » Wow, wie billig! «

» Das war doch nur Spaß. « Jana merkte, dass sie übertrieben hatte, und Dario, dem es auch etwas unangenehm schien, wechselte wacker das Thema. » War Maren eigentlich allein unterwegs? «

In Jana kam die Dramaqueen durch. » Du kannst dir den Schrecken gar nicht vorstellen. Zum Glück hat der Tüchermann mein Interesse erkannt und steuerte direkt auf mich zu, als ich Maren entdeckte. Mit einer gekonnten Hechtrolle drehte ich mich auf den Bauch,

183

versteckte mein Gesicht im Handtuch und als ich dachte, sie sei vorbeigelaufen; wagte ich aufzusehen und sah sie unweit von uns stehen, natürlich mit Blick zu uns. Schnell schnappte ich mir zwei Tücher von diesem Inder, versteckte mich dahinter und dann nahm das Schicksal seinen Lauf. Die Stalkerin persönlich kam zu uns! «

» Weil sie dich erkannt hat? «

» Wohl eher um uns Avan als zuverlässigen Verkäufer und seine Ware als echte Qualitätswunder schmackhaft zu machen. Zum Glück stolzierte sie dann aber nach ein paar Minuten weiter, sonst wäre ich womöglich erstickt oder ganz verbrannt. « Jana band ihr Haar zusammen. » Ich habe natürlich dann auch beide Tücher abgekauft, das war ich dem ungewollten Retter mindestens schuldig. «

» Na da hast du oder ihr ja Glück gehabt. «

» Ich sag es dir. Gar nicht auszumalen, wenn sie mich erkannt hätte! «

Ines mochte diese Art absolut nicht. » Was wäre denn dann passiert? Du tust so, als ob du gestalkt wirst und nicht dieser Finca-Besitzer und seine schwangere Frau. «

Anke lehnte sich zufrieden zurück. » Da muss ich Ines recht geben und bevor wir uns wegen Maren den Abend verderben lassen, hebe ich mein Glas auf den Meisterkoch Dario. Prosit, das Essen war 1A. «

Dario bedankte sich höflich und überlegte, woher er den Namen Avan kannte?

Kapitel 13

Gemütlich im Kerzenschein saßen wir alle auf der Terrasse. Mir ließ das Thema Wale keine Ruhe. >> Sag mal Dario, fahren eigentlich regelmäßig Boote zu den Walen heraus oder war das eine Sonderfahrt, die du mit Herrn Hansen unternommen hast? <<
>> Hier von Mogán fahren viele Ausflugsboote. Es gibt das Glasboot, ein U-Boot und eben auch Katamarane, die zu Delfinen und Walen fahren. Da müsstet ihr mal Googlen. <<
Ich nahm direkt mein Handy, fragte Herrn Google und wurde fündig. >> Tatsächlich! Am Freitag gibt es eine Tour mit dem Katamaran. Anschließend öffnet ab mittags am Hafen ein afrikanischer Markt. Das wäre doch ein schöner Abschluss für unsere Reise oder was meint ihr? <<
Anke klatschte in die Hände. >> Au ja, lasst uns noch etwas Schönes zusammen unternehmen. <<
>> Was kostet die Fahrt denn? <<, fragte Ines vorsichtig.
Hanna schaute sie kopfschüttelnd an. >> Aber nicht die posten, wo ich drauf bin. <<
Jana stand spontan auf. >> Ich hole noch etwas zu trinken, sonst ertrage ich die nächsten Stunden nicht, es sei denn, ihr möchtet schon schlafen gehen? <<
Dario meldete sich ab, doch ich fand es gerade richtig gemütlich und da morgen nichts großartig auf dem Programm stand, wollte ich gerne noch ein Glas Wein trinken. Alle anderen schlossen sich ebenfalls an und ich weiß nicht, ob es daran oder doch der Spaghetti-

Soße lag, aber Anke bekam plötzlich kuriose Gedanken. »Sagt mal, wenn einem die dritten Zähne in die Nudelschale fallen, hat man dann Zahnpasta?«

Es dauerte etwas, doch dann musste wir alle so herrlich lachen, dass wir dachten es müsste im Gebirge ein Echo hinterlassen. Hanna, die solche Abende liebte, stand freiwillig auf, um Batterien nachzulegen. Anke schenkte sich Wein nach. »Hmmm, wenn im Wein die Wahrheit liegt, liegt dann im Glühwein die Erleuchtung?«

Mir taten vom Lachen schon die Seiten weh, doch das war es wert. Sogar Ines wischte sich eine Lachträne weg und Jana verlangte das Soßenrezept.

* * *

Es war mitten in der Nacht, als wir alle durch einen lauten Schrei geweckt wurden. Sogar Hanna kam aus ihrem Zimmer gestürzt und schaute Ines, die auf einem Stuhl stand, erstaunt an. »Was ist passiert?«

»Eine Kakerlake! Und in der Küche sind noch mehr davon.«

»Kraken?«

»Ihhh, echt jetzt?« Mich schüttelte es und automatisch zog ich mir wacker meine Badeschuhe über, nachdem ich sie vorsichtshalber ausklopfte.

Anke rieb sich die Augen. »Ich sehe keine. Bist du dir sicher, dass du das nicht geträumt hast?«

Ines war hellwach. »Von wegen geträumt! Ich habe es im Zimmer rascheln gehört und als ich das Licht anknipste, sah ich zwei Riesenkäfer hinter den Kleiderschrank verschwinden. Ich wollte eigentlich das Insektenspray nutzen, bin dann aber in die Küche um zwei große Töpfe zu holen, die ich über die Viecher stülpen wollte. Ich kenne Hanna und hatte keine Lust morgen nach einem spanischen Bestatter Ausschau zu halten und so wie ich in der Küche das Licht anschaltete, sah ich auf dem Fußboden und in der Spüle noch zwei Riesenkäfer. Es können nur Kakerlaken sein. «

Anke schaute mutig in Spüle und Schränke und ich schaltete erstmal sämtliche Lampen im und am Haus an, als Jana durch die Haustür kam. » Wo kommst du denn jetzt her? «

Jana sah Ines auf dem Stuhl stehen und überging meine Frage. » Spielt ihr die spanische Variante von hicks, die Reise nach Jerusalem oder warum stehst du da oben? «

Hanna gähnte auf. » Ines behauptet Kraken gesehen zu haben. «

Jana zog eine Augenbraue hoch. » Manno Mann und ich dachte, ich habe nur zu tief ins Glas geschaut, aber ganz frisch seid ihr auch nicht mehr, hicks. «

» Kakerlaken, Hanna, Kakerlaken! Nicht Kraken. «

» Ach so! Kakerlaken? Du meinst diese Küchenschaben? «

» Nenn sie wie du möchtest, für mich sind es Kakerlaken und solange ich die beiden in meinem Zimmer nicht gefunden habe, werde ich keinen Fuß mehr da hineinsetzen. «

Anke überlegte kurz. » Und wo möchtest du schlafen? Auf dem Stuhl? «

» Das ist mir egal und wenn ich mich draußen auf die Bank lege. «

Anke überlegte. » Aber da laufen doch bestimmt auch welche herum. Die müssen doch durch die Tür

gekommen sein. Jana? Hast du die offen stehen gelassen? «
» Hicks, ich? Kann schon sein. Warum? «
Ich schüttelte den Kopf. » Kakerlaken kommen durch jeden Tür- und Fensterschlitz. «
Ines bekam Gänsehaut. » Na prima, Katja. Dann schlaf ich ab jetzt freiwillig im Van. «
Hanna, unsere Tierliebhaberin, bekam auch etwas Gänsehaut. » Schön finde ich die Tiere auch nicht, aber für ihr Aussehen können sie ja nichts. Lasst sie uns doch einfach einfangen und wieder nach draußen setzen. «
Ines hob die Hand. » Einfach? Weißt du wie schnell die Viecher sind? Vielleicht kann jemand das Insektenspray aus meinem Zimmer holen und hinter dem Schrank sprühen? «, doch das mochte Hanna nicht. » Ich hole lieber den Kescher vom Pool und versuche damit die Tiere zu fangen. « Sie öffnete die Tür und ging hinaus. » Tür zu! « rief Ines ihr panisch hinterher, als wir Hanna hörten. » Oh wie süß! <o> Dario? Hicks «, hoffnungsvoll öffnete Jana wieder die Tür und sah Hanna, die auf eine Hauswand zeigte. » Guck mal die beiden Geckos hier. Und da vorne sitzt auch noch einer. «
» TÜR ZU! «, schrie Ines. Diesmal bereits hysterischer. Ein bisschen konnte ich sie auch verstehen. Für solche Art von Käfer fehlte mir auch die Sympathie. Von ihnen erzählt bekommen ist noch etwas anderes als sie live zu sehen, deshalb machten wir uns mit dem Kescher bewaffnet, morgens um zwei Uhr auf Kakerlaken Jagd und versuchten, nicht ganz so einen Lärm

zu machen, da Dario ja unter uns wohnte. Ich versuchte, dass aufkommende Ekelgefühl nicht aufkommen zu lassen, da ich sonst am nächsten Tag mit Sicherheit Lippenherpes bekam, als Anke und ich den zum Glück leichten Kleiderschrank von der Wand abschoben. Hanna mit Kescher und Jana mit einem Plastikeimer bewaffnet, hatten sich seitlich platziert, so dass sie sofort handeln konnten, wenn die Krabbelviecher zum Vorschein kamen. Wir zählten leise bis drei und mit einem Ruck zogen und schoben wir gleichzeitig, doch nichts erschien.

» Ines? Hier sind keine Tiere. Hast du das wirklich nicht nur geträumt? «, rief ich zur Küche.

» Ich bin doch nicht blöd. Ich habe zwei unter dem Schrank huschen sehen. «

» Aber hier sind keine. «

» Dann sind sie jetzt unterm oder sogar im Bett. Guckt doch bitte mal nach. «

Also schoben wir auch das Bett, samt Nachtisch und Kommode ab, doch auch hier bewegten sich nur ein paar Wollmäuse.

» Nächtlicher Besuch! « Anke zeigte aufgeregt zum Fenster und wir starrten auf den Lichtstrahl, der durch den Garten schweifte.

» Ines? Schließ die Tür ab! Schnell! «

» Warum? « Wir hörten Panik in ihrer Stimme, ein Poltern, das Türschloss und dann wieder ein Stöhnen, da sie vermutlich wieder auf den Stuhl gestiegen war und wieder Rücken hatte. » Sprecht ihr bitte mal mit mir? «

Wir schauten aus dem Zimmerfenster. Der Lichtstrahl näherte sich. >> Schnell, macht das Küchenlicht aus. <<

Ines hyperventilierte. >> Wehe, Anke. Ihr könnt mich nicht allein mit den Viechern im Dunklen stehen lassen! Das überlebe ich nicht! <<

Jana überlegte. >> Ob das Maren ist, hicks? Vielleicht hat sie uns die Viecher ins Haus gesetzt, die sind uns doch die anderen Tage nicht begegnet. Ich könnte mir gut vorstellen, dass Christina sich nicht über Kakerlaken freuen würde, hicks. <<

Der Lichtschein näherte sich und es klopfte an der Haustür. Keiner von uns sagte etwas, außer Ines, die kerzengerade auf dem Stuhl stand. >> Leute? Es hat geklopft. Kommt vielleicht mal jemand, um zu öffnen? <<

Hanna hielt ihren Poolkescher in den Händen. >> Wir sind doch bewaffnet, also lasst uns die Tür öffnen. <<

Es klopfte erneut, diesmal etwas lauter, auch Ines wurde lauter. >> Hallo? Macht ihr mal wieder das Licht an? <<

In diesem Moment hörten wir das Türschloss knacken und als der Lichtschalter betätigt wurde, fragte Dario nicht zu Unrecht, was wir diesmal spielten, da er nicht nur Ines panisch auf dem Stuhl entdeckte, sondern uns mit Kescher und Eimer bewaffnet anstarrte. >> Fischer Fischer wie tief ist das Wasser? <<

Was für eine Aufregung! In der vergaßen wir sogar kurz den eigentlichen Grund der Aufregung, bis Ines uns erneut darauf hinwies, da sie langsam mal zur Toilette und dafür den Stuhl verlassen müsste. Dario, der durch unser Möbelrücken wach geworden war, winkte nur ab. >> Kakerlaken gibt es hier in diversen

190

Größen und Unterarten. Die Tiere sind sehr reinlich und haben auch nichts mit Unsauberkeit zu tun, wie oft vermutet wird. Kakerlaken tauchen in der Regel nur dort auf, wo Futter zu finden ist, dazu zählen vor allem oder hauptsächlich Trockenprodukte wie Reis, Nüsse, Müsli oder Chips. Sie nehmen diese Produkte schnell wahr und orientieren sich dorthin. Habt ihr irgendwo noch offene Tüten liegen? «

Hanna überlegte. » Und wie sehen die aus? «

» Wer? «

» Na diese Blüten? «

Auch wenn die Situation alles andere als lustig war, musste ich jetzt doch grinsen und wiederholte für Hanna die Worte.

Anke zog sich heimlich zurück, als Dario weiter erklärte. » Solltet ihr trotz aller Vorsicht mal ein Tier entdecken und es töten, müsst ihr keine Angst haben, dass wie immer behauptet wird die Eier verteilt werden. Die Tiere besitzen einen Eiersack, den diese im Todesfall noch abstoßen, um das Überleben der Spezies zu sichern. Von daher mein Tipp, nach dem Töten der Tiere alles komplett zu reinigen, damit man auf der sicheren Seite ist. Wenn ich euch aber eine elegantere Lösung raten kann, dann nehmt Gift. Den erhält man hier in jedem Supermarkt. «

Ines schüttelte sich. » Wird morgen direkt besorgt. «

Wir hörten es aus Ankes Zimmer rascheln und ich ahnte warum, also ging ich zu ihr und sah, wie sie schnell etwas in ihre Strandtasche stopfte. » Anke? «

Sie sprang herum. » Ja? «

» Darf ich mal fragen, was hier so raschelt? Hast du auch Kakerlaken? «

>> Ähm, ne, eigentlich nicht, ich wollte lediglich meine Naschreserven ordentlich verschließen. Nicht, dass mir diese Viecher alles wegessen. << Sie nahm eine offene Keksverpackung, knickte den Verschluss ein und holte noch Salzstangen hervor. >> Ich habe nur ein paar Sachen gebunkert und es ehrlicherweise nicht für nötig gehalten, offene Verpackungen so extrem zu schließen, dass sie komplett luftdicht sind. << Anke schloss noch ihr offenstehendes Fenster. >> Oje, ich vermute, dass ich die Tiere angelockt habe. Kann das sein, dass die solch gute Nasen besitzen? << Ich nickte. >> Das könnte natürlich sein. Hast du denn auch welche in deinem Zimmer entdeckt? <<

>> Bisher nicht. << Sie wischt mit der Handfläche Krümel von der Kommode. >> Aber wahrscheinlich waren die hier, haben sich satt gefressen, um dann einen Verdauungsspaziergang durchs Haus zu unternehmen und dabei auch Ines zu besuchten. <<

>> Na prima, Anke! << Ein Blick auf ihren Nachttischwecker zeigte bereits halb drei Uhr morgens. Ich gähnte auf und ging wieder zu den anderen. >> Anke hatte offene Verpackungen, die sie jetzt aber ordentlich verschlossen, verpackt und versteckt hat. Deine zwei Schaben Ines, die wir nicht gefunden haben, dürften genauso wie alle anderen bei unserem Lärm bestimmt geflüchtet sein und das würde ich auch langsam wieder in Richtung meines Zimmers machen. <<

>> Und was ist mit mir? Tolle Freunde seid ihr! In der Not lasst ihr mich jetzt hier alleinstehen. << Ines stand immer noch auf dem Stuhl.

>> Du, hicks, du kannst jetzt den Autoschlüssel nehmen oder dich auch in dein Zimmer begeben. Falls du

allerdings wie ein Erdmännchen da oben stehen bleiben möchtest, hicks, dann beschwere dich morgen nicht über Rückenschmerzen oder sogar einen Hexenschuss, obwohl, nein, den kannst du eigentlich nicht bekommen, soviel ich weiß, hicks, schießen die nicht aufs eigene Personal « grinste Jana und entschuldigte sich bei Dario im Namen aller für die Nachtstörung, nahm sich eine Wasserflasche aus dem Kühlschrank und verschwand in ihr Zimmer.

* * *

Natürlich haben wir Ines nicht einfach so dastehen lassen, sie hatte sich bei Hanna einquartiert, da nicht nur ein Gästebett bei ihr im Zimmer stand, sondern sie sich mit dem Kescher neben dem Bett ebenfalls müde niedergelassen hatte.

Als ich mit meinen Schlafstörungen morgens schon wieder um acht Uhr auf der Terrasse stand, fuhr quietschend das Tor auf und Paco erschien fröhlich winkend.

Jetzt hatten wir nur noch zwei Tage in dieser Luxusfinca, dachte ich etwas traurig, setzte mich mit meiner Tasse Tee auf einen Stuhl und sah zwei platt getretene schwarze Riesenkäfer auf der Stufe vor mir liegen. Ob das die beiden diebischen Kakerlaken waren, die Ines gesehen hatte? Ich sah Paco lächelnd auf mich zukommen. » Buenos días, estás bien? «

Ich nickte. » Buenos días. Gracias, sí. «

» Quieres mango? «

Erneut nickte ich. » Sí Sí. « Mir fiel Darios Ernährungsplan-Aufzählung dieser Krabbeltiere ein und ich nickte, denn theoretisch sollten in Mangos keine sitzen. » I´m coming with you. «

» No, no, les traeré algunos. « Er machte eine Hand-
bewegung, die mich vermuten ließ, dass ich sitzen
bleiben soll und nach ein paar Minuten kam Paco mit
einem Korb reifer Mangos zurück. Kopfschüttelnd sah
er zu den beiden toten Käfern und ich bekam sofort ein
schlechtes Gewissen. » Das waren wir nicht, ähh, no.
We did not kill the animals. « Paco hielt kurz inne, gab mir erneut das Zeichen, sitzen zu bleiben und fragte mich » Puedo usar tu cocina?
« Ich wusste nicht, was er meinte, deshalb nickte ich
erneut und er verschwand im Haus, um nach wenigen
Sekunden wieder auf der Terrasse zu stehen. Lächelnd
zeigte er mir eine Essigflasche, sowie einen Pfeffers-
treuer. » El vinagre es una barrera para las cucarachas.
« Paco kratzte sich nachdenklich an den Kopf, als zum
Glück uns beider, Dario um die Ecke bog. » Ahhh, buenos días Darío, vienes en el momento adecuado. «
Dario begrüßte uns beide, hörte Paco zu, der auf die
im Haus gefundenen Gewürze und die toten Tiere auf
den Boden deutete und spielte den Übersetzer. Mir
wurde schon mulmig und ich überlegte ernsthaft, ob
man sich beim Töten dieser Schaben in Spanien strafbar machte, so wie bei uns in Deutschland das Morden
von Hornissen teuer bestraft wird, doch Dario übersetzte den Gärtner für mich. » Also Essig soll eine na-
türliche Barriere für Küchenschaben bilden. Das Ge-
misch aus Essig und Pfeffer wird vor die Schabennes-
ter gestreut und somit werden die Insekten von den
Nahrungsquellen im Haus ferngehalten. « Paco nickte
eifrig, als hätte er jetzt jedes Wort von Darios Überset-
zung verstanden. Er schaute sich um, ging um die

194

Finca und kam mit einer Handvoll Lorbeerblätter zurück.

>> A las cucarachas no les gusta el olor del laurel. <<
Ich schaute fragend Dario an, der gleich übersetzte.
>> Kakerlaken mögen den Geruch von Lorbeer nicht.
Man kann die Blätter im Haus und an Eingangsbereichen auslegen. <<
>> Aha. Okay <<, nickend bedankte ich mich für seine hoffentlich hilfreichen Tipps, nahm die Lorbeerblätter entgegen und ging in die Küche, um das Frühstück vorzubereiten.

* * *

>> Hm, so eine frische Mango schmeckt echt mega. Wie hast du denn geschlafen, Ines? << Anke genoss es zu frühstücken.
>> Gefühlt gar nicht. <<
Hanna drehte sich zu ihr. >> Du und nicht geschlafen? Geschnarcht hast du, als ob du einen ganzen Wald absägen wolltest. <<
>> Jetzt übertreib mal nicht. <<
>> Mach ich ja nicht. Ich dachte erst, Dario vergast draußen auf dem Hof mit seiner alten Maschine sämtliches Ungeziefer, aber das Geräusch kam eindeutig aus dir! <<
Ines rieb sich die Arme. >> Wenn ich an die Viecher denke, bin ich froh, bald wieder zuhause zu sein. Hast du eigentlich was von deinen Männern gehört? Geht es den beiden positiv Getesteten noch gut? <<
Hanna nickte. >> Ja, die beiden haben wohl Glück und einen leichten Verlauf erwischt. Fynn ist ja bereits das dritte Mal Corona positiv. <<

Jana kam gähnend an den Tisch geschlurft. » Den Mist kann man auch nicht mehr hören, hoffentlich ist die Seuche bald vorbei. Ich brauche jetzt erstmal eine Aspirin. «

» War wohl doch ein Gläschen zu viel! « Anke schüttete sich eine weitere Tasse ein.

» Vielleicht! Vielleicht liegt es auch einfach an der kurzen Nacht. «

Jetzt schaute ich sie an. » Das glaubst du doch selbst nicht. Du bist doch unser Nachtmensch. «

» Ich hatte noch Henning angerufen, es aber kurz danach schon wieder bereut. Das Einzige, was mich dann am Hörer hielt, war das Trinken, sonst hätten wir uns wieder nur in die Haare bekommen. Nüchtern kann ich den Kerl nicht mehr ertragen. «

» So spät telefoniert ihr noch? Musste Henning heute früh nicht zur Arbeit raus? «

» Schon, aber darüber hatte ich beim Anrufen nicht nachgedacht und ihr kennt ihn ja, er würde immer ans Telefon gehen, wenn ich anrufe. Bisher auf jeden Fall. « Die letzten Worte nuschelte sie leise, so, dass nur ich sie verstand, und ich nahm mir vor, sie heute irgendwann irgendwo drauf anzusprechen.

Hanna schaute strahlend in den Himmel. » Ein herrlicher Tag, genau richtig zum chillen. «

Ines schüttelte den Kopf. » Du und dein chillen. Du kannst doch nicht im Urlaub nur abhängen? «

» Warum denn nicht? Ich kann das. «

» Da wäre mir der Urlaub aber zu schade. «

Hanna fühlte sich angegriffen. » Wenn mir langweilig wird, kann ich ja immer noch auf Kakerlakenjagd gehen. «

» Sehr witzig. «

» Apropos Kakerlaken! « Mir fiel meine morgige Begegnung wieder ein. » Ich habe heute früh mit Paco gesprochen und er hat mir einen Tipp gegen diese Krabbelviecher gegeben. Ein Essig-Pfeffergemisch und Lorbeerblätter. Wir müssten nur gucken, wo diese Viecher ihr Nest haben und dann die Sachen davor streuen. «

Hanna köpfte ihr Ei. » Na guck, Ines, dann hast du ja schon etwas zu tun. Vielleicht findest du ja ein paar Nester. «

Ines tippte sich an die Stirn. » Du kannst ganz schön fies sein. «

» Dito. «

Jana biss in eine trockene Scheibe Toastbrot. » Schön, dass ihr das geklärt habt. Müssen wir noch etwas Einkaufen fahren oder haben wir alles im Haus? «

Ich meldete mich, da ich darin meine Chance witterte, mal mit ihr unter vier Augen zu reden. » Ich könnte noch Zigaretten gebrauchen und würde dich dann begleiten. Ihr könnt in der Zeit Nester suchen, euch sonnen oder was auch immer. Was sollen wir denn heute Abend essen? Einfach eine Pizza bestellen oder den Grill nutzen? «

Anke klatschte in die Hände. » Au ja, da hätte ich Lust zu, aber das ist ein Gasgrill! Wer traut sich den anzumachen? «

Ich winkte direkt ab. » Da bin ich raus. Doch lieber Pizza? «

Jana nickte zustimmend. » Keine Arbeit und leckeres Vergnügen. «

Anke schaute sie schief an. » Das ist der Unterschied zwischen uns. Während ich ans Essen denke, denkst du an den Lieferer. «

Ich holte einen Zettel und Stift und notierte ein paar Lebensmittel. » Möchte sonst noch jemand etwas haben? Und was ist mit Dario heute Abend? Er isst doch bestimmt mit uns, oder? Ines? Brauchst du noch etwas? Kosmetikartikel, Zeitschriften oder was zu naschen? « Jana warf kurz ein, dass Dario heute nicht da sei. » Aber ich habe doch heute Morgen mit ihm gesprochen! «

» Mario hat gebrochen? «

Jana nahm wortlos Hannas Gesicht in die Hände und schubberte ihre Ohren, bis es Plöpp machte, dann schaute sie mich wieder an. » Und? Hat er etwas gesagt? «

» Natürlich hat er etwas gesagt oder meinst du wir haben uns nur stumm begrüßt. «

» Na ich meine, hat er etwas Bestimmtes gesagt? «

Jetzt reichte es mir. » Mensch Jana, dass du aber auch immer in Rätseln sprechen musst «

Jana hob die Hände. » Ja ja, schon gut. Wann sollen wir denn starten? «

» Ich bin in zehn Minuten fertig « und so war es dann auch und wir fuhren vorsichtig mit dem Van den Berg hinunter in Richtung Supermarkt. Jana, dessen Kopf sich beruhigt hatte, stand schon wieder in der Getränkeabteilung, als ich sie mit ein paar Chips und Nüssen fand. » Oh «, staunte sie, » Nachschub für unsere mehrbeinigen Mitbewohner oder willst du damit Ines drohen? «

Ich lachte auf. » Weder noch, aber du hast recht, an die Viecher habe ich jetzt gar nicht mehr gedacht. «

» Ach hör doch auf. «

» Ne, im Ernst. Und du? Suchst du etwas Bestimmtes? «

» Ich versuche mich inspirieren zu lassen und glaube, mich lächelt dieses Etikett an. Bonito heißt doch lieblich, oder? «

» Ich meine ja. Wie viele Flaschen möchtest du denn mitnehmen? «

» Ich dachte an einer Kiste mit sechs Flaschen? Das reicht dann auch für morgen mit. «

Ich musste grinsen und schüttelte den Kopf. » Oh Mann, wenn ich zuhause bin, muss ich erst mal auf Entzug. «

» Quatsch. Alkohol macht zwar die Birne hohl, aber dafür ist mehr Platz für Alkohol. «

Wir lachten noch als wir alles im Auto verstauten, und dann kam mir eine Idee kam. » Sollen wir beide uns noch ein Eis gönnen? Ich schulde dir doch noch eins vom verlorenem Krokett-Spiel «

» Stimmt! Warum nicht? «

» Da vorne habe ich ein Eiscafé eindeckt. «

Und somit setzten wir uns in den Schatten am Café und gönnten uns einen großen Eisbecher mit Früchten.

Kapitel 14

» Sag mal Jana, ich möchte ehrlich sein. Natürlich lade ich dich gerne zu einem Eis ein, Spielschulden sind eben Ehrenschulden, aber ich wollte auch gerne mal mit dir allein und in Ruhe über etwas reden. «
» Aha? Na, dann schieß mal los. «
» Naja, mir ist es schon aufgefallen, dass du Henning, also, ja wie soll ich es ausdrücken? Du hast immer so rückblickend über ihn gesprochen. «
» Wie Rückblickend? Du meinst im Imperfekt geredet? «
Ich nickte. » Oder so. «
Jana schaufelte sich eine Erdbeere auf den Löffel. » Tja, Katja, was soll ich sagen. Du weißt selbst, dass Henning und ich uns oft in den Haaren liegen, aber nach unserem letzten großen Streit, haben wir uns irgendwie nie mehr so wirklich bekrabbelt. Es gibt Tage, da nervt es mich schon, wenn ich neben ihm aufwache, wenn er sich die Nase putzt, wenn er den Fernseher einschaltet oder mit Naschereien raschelt und krümmelt. Diese alltäglichen, aber mich im Moment nervigen Kleinigkeiten, belasten unsere Beziehung, hinzukommt, dass Henning ständig negativ und ja auch faul und bequem ist. Seit wie vielen Jahren fragt er euch nach der Farbe eurer Gartenhütte, weil er seine im selben Ton streichen möchte? «
ch überlegte. » Mindestens einmal im Jahr und das, schätze ich, seit fünf Jahren. Aber jetzt haben wir sie neu gestrichen, sie ist jetzt graphitgrau und nicht mehr Nussbaum, also fragt er uns zukünftig nicht mehr. «

Jana lachte hämisch auf. » Siehst du! Ihr habt eure Hütte jetzt schon zum zweiten Mal gestrichen und unsere hat immer noch den ersten Anstrich, obwohl sie dreimal so alt ist. Das ist der Unterschied. Ihr oder Stefan seht den Handlungsbedarf und kümmert euch, Henning sieht ihn und schiebt ihn beiseite. Das nervt und so geht es mit allem Möglichen. Er möchte seit zwei Jahren den Dachboden ordentlich säubern, heißt, fegen, Spinnenweben entfernen und vielleicht die Luke putzen um dort einen Fitnessbereich, *seinen* Fitnessbereich, aufzubauen. Nichts passiert. Dann die beiden Kellerräume, die Garage, ach hör auf. Ich glaube echt, er ist ein Messi. Aber das ist sein Bereich, da muss ich mich ja nicht unbedingt aufhalten, alles andere kann und will ich einfach nicht mehr hören. «

Ich mochte Henning und auch wenn ich Jana in vielen Dingen recht geben musste, wollte ich ihn in Schutz nehmen. » Naja, nichts macht er auch nicht. Er geht wie du jeden Tag seiner Arbeit nach und muss abends noch seine Tagesberichte schreiben. «

Jana schaute mich mit großen Augen an. » Und? Was mache ich? Ich bin ebenfalls täglich zehn Stunden außer Haus und habe auch keinen leichten Job. Ich muss immer gute Laune haben, den Dozenten Honig um den Mund schmieren und wenn ich dann nach Hause komme, erwartet mich entweder ein schlafender Henning auf der Couch oder ein chaotischer in der Küche. «

Ich verstand meine Freundin nicht. » Ja sei doch froh. Ich fände es schön, wenn Stefan für mich einfach mal kochen oder wenigstens die Brote schmieren würde. «

» Na gut, das ist das eine, das andere ist dann aber die Küche selbst, die nach seinem Kochen immer aussieht, wie bei einer Küchenschlacht und da der Herr nach seiner Koch-show satt und müde ist, darf ich alles wegräumen und säubern. So prima ist das ganze unterm Strich gar nicht. «

So kamen wir nicht weiter. » Können wir nochmal kurz zum Imperfekt zurückkommen? «

» Seit meinem kurzen und überhaupt nicht nennenswerten Seitensprung letztes Jahr mit Bernd, … «

Auch wenn ich es nicht wollte, musste ich kurz auflachen. » Du triffst dich heimlich mit Hennings Chef und nennst das nicht nennenswert? Jana, jetzt hör aber auf. Die feine englische Art kann man es aber auch nicht nennen! «

Sie zuckte mit den Schultern. » Es kam doch nie wirklich raus. Henning ahnte es, aber er hat nie nachgefragt. «

» Weil er es nicht wahrhaben und dich nicht verlieren wollte. «

» Das hat er doch sowieso schon und das weiß er auch. Ja, Katja, jetzt guck mich nicht so an. Henning ist lieb und nett und alles, aber wenn die Liebe vorbei ist und man andere Männer interessanter als den eigenen zuhause findet, dann stimmt doch was nicht. «

Plötzlich ging mir ein Licht auf. » Joan! « und Jana sprang auf. » Wo? «

Ich zeigte mit den Fingern auf den Sitzplatz. » Setzen! Sag mal Fräulein, kann es sein, dass du dir von Joan auch mehr erwartet hast? Oder hast du etwa? «

Jana tat verwundert. » Das traust du mir zu? «

Ich schaute in ihre Augen. » Das und noch einiges mehr, obwohl mir mein Bauchgefühl eigentlich sagt, dass hinter eurer, nennen wir es hoffentlich harmlosen Geschichte, eine große steht! Ich merke doch, dass du mir oder uns etwas verschweigst und das hat nicht unbedingt was mit Henning zu tun. Kann das sein? «

Jana blickte mich in paar Sekunden an. » Du bohrst genauso gerne wie mein Zahnarzt. « Sie atmete einmal tief durch und fing an zu erzählen. » Katja, jetzt, wo du mich direkt darauf ansprichst, glaube ich, dass es Zeit ist, reinen Wein einzuschenken und das diesmal nicht wörtlich, sondern sprichwörtlich. «

Ich lehnte mich zurück. » Da bin ich ja gespannt. «

> Ja, das kannst du oder ihr auch. Sei mir nicht böse, aber ich finde es fairer, wenn ich die Geschichte allen erzähle, schließlich betrifft sie auch alle. Lass uns zahlen, dann zurückfahren und dann lass ich die Katze aus dem Sack. «

Ich winkte wacker den Kellner herbei, bezahlte und dann machten wir uns wortlos auf den Weg zurück zum Haus.

* * *

Anke lag im Pool auf der Luftmatratze, Ines saß am Beckenrand und Hanna schlummerte unter der Palme. Ich zog meine Liege in den Palmenschatten, belegte sie mit einem Handtuch, setzte mich und zündete mir abwartend eine Zigarette an. » Das Wasser ist herrlich, Katja. Du musst unbedingt reinkommen. «

Ich lächelte. » Später gerne, ich warte auf Jana, sie wollte mit uns reden. «

Ines schaute mich fragend an. » Reden? Warum? Ist etwas passiert? «

>> Ich fürchte ja. <<

Hanna kurbelte sich nach oben und schaute in den Himmel. >> Sehr witzig, Katja. Das hast du doch jetzt nur gesagt, damit ich mich aufsetze. Es ist keine einzige Wolke zusehen. Du hast doch gerade gesagt, heute gibt's noch Regen!?! <<

>> Liebe Hanna, ich habe nichts von Regen, sondern von reden gesagt. Und wenn du gleich nichts verpassen möchtest, dann würde ich mir schnell die richtige Hörhilfe einsetzen, bevor Jana uns von Henning und Joan erzählt. <<

>> Eine neue Lovestory? <<

>> Wir werden es erfahren. <<

>> Ist das jetzt wieder ein Scherz, um mich von meiner Liege zu bekommen? <<

Ich schaute meine Freundin ernst an. >> Sehe ich aus, als würde ich scherzen? <<

Hanna zog ihre Sonnenbrille ein Stückchen herunter und sah mich über den Rand an. >> Eigentlich nicht. <<

>> Na also. Ah, da kommt Jana auch schon. <<

Anke, immer klatsch -und tratschfreudig, hatte sich umgehend aus dem Becken begeben, lag bereits wartend auf ihrer Liege und wollte gerade einen Spruch ablassen, doch da kam ihr Jana zuvor. >> Ach Ankelein, bevor du wieder einen deiner komischen Sprüche ablässt, komme ich dir diesmal zuvor und sage dir, es wird der Tag kommen, da wärst du froh, mittags unter einer Palme ein Gläschen Sekt schlürfen zu dürfen. Du darfst nicht vergessen, dass Alkohol nur etwas für Leute ist die auch ein paar Hirnzellen entbehren können und wer kann sich das heut zutage noch erlauben? <<

» Meinst du finanziell? « Ines nahm sich ein Glas vom Tablett.

» Ne, von den Hirnzellen. Es laufen doch so viele Idioten über den Planeten, dass man bei Dunkelheit kaum noch aus dem Haus gehen mag. « Hanna hatte sich extra neue Batterien eingelegt und antwortete schon von weitem. » Das stimmt. Obwohl unser Sohn mittlerweile erwachsen ist, bitte ich ihn immer vorsichtig zu sein, da spielt es keine Geige, ob er zur Kirmes, ins Kino oder in einen Club geht. «

» Hört hört! «, staunte Jana. » Hast du ein neues Gerät eingesetzt oder endlich den Online-Schalter gefunden? «

Hanna grinste. » Das habe ich nur für dich getan. «

Jana hob ihr Glas. » Na dann, wer Liebe mag und Einigkeit, der trinkt auch mal 'ne Kleinigkeit. Salud Mädels! «

Wir stießen miteinander an und ich wartete, wann sie endlich mit ihrer Geschichte beginnen wollte. Als nach einer halben Stunde noch nichts von ihr kam, sprach ich sie drauf an. » Sag mal Jana, ich störe dich nur ungerne beim Daddeln, aber wenn du mit deinem Handy durch bist, würdest du dann vielleicht mal auf den Punkt kommen? «

Jana schaute von ihrem Smartphone zu mir. » Gebt mir zehn Minuten und ein Drink, dann erzähle ich euch die Geschichte von Joan, Henning, Maren und mir. «

Anke rieb sich die Hände. » Oh, wie aufregend! Da kommt Spannung auf! «

Jana legte ihr Handy zur Seite, nippte nochmals an ihrem Glas, setzte sich die Sonnenbrille auf und schaute in unsere abwartenden Gesichter. >> Ja Mädels, jetzt zum Ende unserer Reise denke ich, ist es auch ohne Katjas Druck, Zeit, euch die ganze Geschichte von Joan, Henning und auch Maren zu erzählen, denn ich habe schon zu viele Details für mich behalten. Ihr erinnert euch doch an die Geschichte, wo ich am Dozentenabend die glückliche Begleitperson von Joan spielen sollte, damit er Ruhe vor Maren hatte? >> Einstimmiges nicken. >> Gut, denn an diesem Abend, oder besser in der Nacht erschien plötzlich Bernd auf der Tanzfläche, als Joan und ich uns gerade an einen Mambo wagten. <<

>> Bernd? Müssen wir den kennen? << Ines überlegte.

>> Bernd war doch meine kurze Affäre im letzten Jahr, als wir Anke beim Heilfasten begleiteten. Ihr erinnert euch doch bestimmt noch an seine Überraschung, als er heimlich das Cocktailtaxi für uns bestellte, oder? Bernd war und ja, zum Glück ist er es auch noch, Hennings Chef! <<

>> Hut ab, dass die beiden sich überhaupt noch in die Augen gucken können <<, fand ich, doch Jana schüttelte den Kopf. >> Das müssen sie ja nicht. Bernd gönnt sich mittlerweile Teilzeitrente und hat seine Firma in die Hände seiner Kinder gegeben, sonst wäre es vermutlich wirklich für Henning nicht gut gegangen. Naja, ich hatte die Geschichte mit Bernd kurz nach unserer Fastenreise beendet, da er mir zu fordernd wurde. Seine Frau hatte ihn verlassen, seine Kinder waren aus dem Haus und er hatte Zeit. Viel Zeit! Zeit, die er mit mir verbringen wollte und das wurde mir dann wiederum zu viel. Erobert und auf Händen getragen zu werden ist das eine, aber wenn es anfängt zu nerven, dann

wird es auch für mich zu viel des Guten. Henning verzieh mir damals den Ausrutscher und bemühte sich sehr, meine Liebe zurückzuerobern, aber das hat er trotz wirklich ausgefallenen Ideen bis heute nicht geschafft, aber das ist ein anderes Thema. Also, zurück zu dem Abend mit Joan. Wir beide hatten am Tresen gesessen und auf seine perfekte Frau Christina, auf sein baldiges erstes Kind, auf die zukünftigen Paten, sogar auf seine perfekten Schwiegereltern ein Glas getrunken und ich habe dabei stets den Blick von Maren im Nacken gespürt, aber je mehr wir tranken, um so lustiger und lockerer wurden wir. Plötzlich legte der DJ einen Song von Dirty Dancing auf. Spontan stand Joan auf, reichte mir seine Hand und sagte nur „darf ich dich auch ohne Wassermelone zum Mambo auffordern"? Ach du Schreck dachte ich, Mambo? Aber schon stand ich mit ihm lachend auf der Tanzfläche und ganz ehrlich, Joan war nicht nur ein erstklassiger Frauenkenner, sondern auch Tänzer! Er führte mich über das Parkett, so dass es mir anfing, Spaß zu machen. Richtig Spaß und durch das Tanzen vergaßen wir sogar Maren und rockten ein Lied nach dem anderen ab. Schwitzend und kameradschaftlich händehaltend gingen wir irgendwann wieder an den Tresen zurück und während Joan Getränke bestellte, suchte ich die Toiletten auf. Auf meinem Rückweg zur Bar stand plötzlich und wie aus dem Nichts Bernd vor mir. «

Hanna stand auf und schenkte nochmal allen nach.

» Was machte er denn bei euch auf der Feier? Ich denke da waren nur Dozenten und die Ausrichter deiner Firma eingeladen? «

Jana trank einen Schluck. » Stimmt genau Hanna, doch manchmal trifft sich Zufall und Realität und dann passieren solche Begebenheiten, auch wenn man die nicht unbedingt bestellt. Aber gut, ich freute mich ja auch Bernd mal wieder zu sehen, nur vielleicht nicht gerade an diesem Abend. «

Ines zog die Augenbrauen hoch. » Aha. Und warum nicht an diesem Abend? Hattest du noch etwas Schönes mit Joan geplant? «

» Quatsch! Seine Frau ist schwanger! «

Anke konnte sich ein Grund, aber kein Hindernis nicht verkneifen, ließ aber Jana kommentarlos weiterreden. » Im Foyer habe ich dann mit Bernd ein paar belanglose Worte gewechselt, bin dann aber wieder zu Joan gegangen, der mittlerweile müde am Tresen saß. Wir tranken noch einen Absacker und dann gingen wir gemeinsam zum Aufzug, um unsere Zimmer aufzusuchen. «

» Und Maren? «

» Die hatten wir beide vergessen oder verdrängt, aber als wir in den Aufzug stiegen, saß sie wieder in der Hotellobby und sprach mit dem Biologen Karsten Fiedler, der hier auf der Insel Nebelfänger spielt. Klar sah Maren uns beide in den Lift einsteigen und wenn sie nicht ganz dumm ist, sah sie auf der Anzeige ebenfalls, dass dieser in der vierten Etage hielt und nicht weiterfuhr, also konnte sie davon ausgehen, dass Joan und ich uns ein Zimmer teilten. « Jana zündete sich eine Zigarette an. » Lasst euch von mir hundertprozentig gesagt sein, dass es ein Abend war, den ich total genoss. Das Tanzen, die Unterhaltung, den Spaß, ach einfach alles. Ich würde lügen, wenn ich nicht zugeben würde, dass es ein perfekter Abend war, auch wenn jeder ohne Wenn und Aber in seinem Hotelzimmer verschwand. Es stellte sich gar nicht die Frage, ob wir noch zu ihm oder zu mir ins Zimmer gingen. Absolut nicht! Naja, wir wünschten uns eben eine gute Nacht und ich war nicht nur froh aus meinen Schuhen rauszukommen, sondern auch erstmal zu duschen und als ich aus dem Bad kam, war ich immer noch aufgewühlt und just, als ich mir auf dem Zimmerbalkon eine Zigarette anzuzünden wollte, klopfte es an meiner Tür. «

Hanna war ganz weg. » Maren? « Doch Jana schüttelte den Kopf. » Bernd. «

» Dein Ex? «, fragte ich vorsichtshalber nach, da ich langsam mit den Namen durcheinanderkam.

Jana nickte. » Er bat mich, ihn hereinzulassen, um einfach ein bisschen zu reden. Hinter dem Rücken zauberte er eine Flasche meines Lieblingsweins hervor und ja, ich ließ ihn nicht nur ins Zimmer, sondern später auch ins Bett. «

Anke klatschte in die Hände. » Ha! Wusste ich es doch! Alkohol macht die Birne hohl. «

Jana funkelte Anke an. » Pass mal auf Ankelein, wenn du so einen Chaoten wie ich zuhause hast, der nur negativ, bequem und mit skurrilen Ideen um sich wirft, dann bist du über jede Abwechslung dankbar. Klar hatte Bernd auch etwas getrunken, doch wisst ihr, was meine Mutter schon immer zu sagen pflegte? *Kind, denke immer daran, die Worte eines betrunkenen Mannes sind die Gedanken eines nüchternen Mannes* und daran dachte ich, als mir Bernd den Hof machte und sich nur noch diese eine Nacht mit mir wünschte. Jetzt mal ehrlich, was hatte ich denn schon großartig zu verlieren? «

Ich schaute sie erschrocken an. » Vielleicht Henning? «, doch Jana winkte ab. » Der vertraut mir doch schon lange nicht mehr und unter uns, auch zu Recht. Er ist ein guter Freund geworden, mehr nicht und dass weiß er auch. «

Ines kam nicht ganz mit. » Heißt das jetzt, ihr trennt euch? «

Jana nickte. » Genau. Ich werde Henning immer als Kumpel und guten Freund lieben, aber das reicht mir nicht und er selbst sagt er habe auch keine Kraft mehr zu kämpfen. Er erträgt meine Flirtereien nicht mehr, sagt er! So ein Quatsch, dabei flirte ich doch kaum. «

Hanna verschluckte sich. » Jetzt bleib aber bitte bei der Wahrheit. «

» Mach ich doch. Also da kenne ich andere Frauen. Allein bei uns in der Firma! Also dagegen bin ich ein Engel. «

Irgendwie kamen wir vom Thema ab. Henning und sein Auszug mussten jetzt hintenanstehen. » Wie geht denn jetzt die Hotelgeschichte weiter? «

» Recht schnell. Bernd verschwand morgens in sein Zimmer, während ich mich fertig machte, dann traf ich zufällig auf dem Flur Joan und wir zwei betraten nicht nur gemeinsam wieder den Lift, sondern auch den Frühstücksraum. Selbstverständlich nicht ohne an Maren vorbeizuschlängeln, die schon wieder oder immer noch in der Lobby saß und starr auf die Aufzugtüren starrte und erstmal ein Handyfoto von uns machte, aber das ließ mich kalt, ich brauchte ja kein schlechtes Gewissen zu haben. Beim Frühstück hatte sich Joan bei mir lieb für den geselligen Abend bedankt und mich nochmal daran erinnert, bloß sein Finca-Angebot anzunehmen und dann plötzlich wurde es etwas tumultartig. Ich begleitete Joan in die Lobby, in der er seine Reisetasche deponiert hatte und verabschiedete ihn mit einer harmlosen Umarmung, als durch die Drehtür Henning angeflogen kam. Laut brüllte er mich mitten in der Hotellobby an 'Na da schau an, wusste ich es doch. Du kannst es einfach nicht lassen. Hoffe, du oder ihr hattet eine schöne Nacht?!'« >> Ach du scheiße, « rutschte es mir heraus. Jana schaute zu mir. >> Das dachte ich in diesem Moment auch, zumal sich andere Gäste ja auch nach uns umdrehten, aber ich sah auch Marens hämisches Grinsen und gerade, als ich Henning alles erklären wollte, öffnete sich die Aufzugtür und Bernd kam heraus. 'Ach der auch noch! Du musst es ja echt nötig haben!' Joan, der auf seine Armbanduhr schaute, verließ mit den Worten 'Denk an mein Versprechen' das Hotel und setzte mit diesem Satz das I-Tüpfelchen an diesem Morgen. Seit dem, Mädels, ist bei Henning und mir natürlich Funkstille. Leider hat er mir nie die Chance gegeben, ihm zu erklären, dass mein Verhältnis zu Joan nur rein freundschaftlich war und ist. «

Anke schüttelte den Kopf. >> Das glaubt dir doch keiner. «

>> Ihr auch nicht? «

Ujujuj. Jetzt nichts Falsches sagen dachte ich kurz, stand auf und holte freiwillig Nachschub.

Hanna, alias Miss Marple, fehlte ein entscheidender Punkt bei der Geschichte. >> Sag mal, meinst du denn, dass Maren Henning das Bild von Joan und dir geschickt hat? « Jana nickte heftig. » Aber wenn, wo hatte sie denn seine Handynummer her? «

» Das ist nicht schwer, sie sitzt doch bei uns am Empfang. Von dort hat man Zugriff auf sämtliche Mitarbeiteradressen und deren hinterlegte Kontakte. Bei mir steht eben im Notfall bitte Lebensgefährte Henning Janus anrufen und schon hat Madame die Handynummer von ihm. «

» Geschickt. «

Es entstand eine Stille. Bei Hanna arbeitete es, plötzlich war ihre Müdigkeit und das Wort Chillen auch wie weggeflogen. » Eines verstehe ich aber trotzdem nicht. Wenn Maren doch an dem Morgen im Hotel ihre Genugtuung bekommen hat, warum versteckst du dich vor ihr und warum gibt sie einfach nicht auf und lässt Joan und seine Frau in Ruhe? «

Jana zuckte mit den Schultern. » Was die junge Familie betrifft, kann ich dir leider keine Antwort geben. Ich kann mir nur vorstellen, dass sie so fanatisch in Joan verliebt ist und ohne ihn nicht leben kann. Wie schon gesagt, ist Joan ein Hingucker, aber er ist auch glücklich vergeben. Seine Frau ist perfekt! « Jana drehte sich zu Hanna. » Und um auf deine Frage zurückzukommen. Ich denke einfach, dass Maren völlig verzweifelt in ihn verliebt ist. Mein letzter Stand war sogar, dass sie sich in seinem Wohngebiet eine Wohnung angemietet hat, von der sie stückweise seinen Garten einsehen kann. Joan hat sofort eine Baumschule beauftragt schnellwüchsige Bäume einzupflanzen, doch Christina fühlt sich seitdem ständig beobachtet und möchte schnellstmöglich ausziehen. Sie hat wohl auch etwas Angst um ihr noch ungeborenes Baby, was ich verstehen kann. «

Ines nickte. » Ich auch. Gerade so psychisch kranke Menschen sind unberechenbar und Maren scheint mir sehr angeschlagen zu sein. Aber warum hast du dich jetzt so vor ihr versteckt? «

Jana überlegte. » Wann denn? «

» Na am Strand und im Restaurant wolltest du auch unerkannt bleiben. «

» Ach, einfach weil ich mir die Frau nicht ziehen kann. «

Hanna passte die Antwort nicht. » Aber hast du keine Wut auf sie? Ich meine, sie hat mit dem Anruf Henning angelockt und damit eure Beziehung endgültig beendet. «

Jana winkte ab und zündete sich erneut eine Zigarette an. » Unsere Beziehung war vorher schon kaputt. Eigentlich hat mir Maren sogar einen Gefallen getan, denn sobald Henning eine Wohnung gefunden hat und auszieht, bin ich frei und kann mich erstmal entfalten. «

Ich fragte vorsichtig, wie denn die Beziehung namens Bernd weitergehe, doch auch die sei vorbei. » Vielleicht treffe ich mich hier und da mal nach Bedarf mit ihm, aber ansonsten möchte ich erstmal meine Freiheit genießen. «

Mir tat es leid, da ich mir schon vorstellen konnte, dass Henning sehr litt, aber ich mischte mich nicht weiter ein, ging kurz zur Toilette und hörte Janas Handy an der Ladestation klingeln. Ich nahm es mit nach draußen und las dabei zufällig den Namen des Anrufers. Wortlos reichte ich ihr das Smartphone.

Kapitel 15

>> Hallöchen Herr Fiedler! Na, wir beide haben aber schon lange nicht mehr miteinander telefoniert. Wie geht es Ihnen? << Wir schauten uns alle fragend an, als Jana plötzlich wie von einer Tarantel gestochen von ihrer Liege hochsprang und sich hektisch um die eigene Achse drehte. Ihr Gesicht wurde hart wie ein Stein. >> Maren! Wo sind Sie? Kommen Sie raus, wir wissen, dass Sie hier sind? << Jana stellte ihr Handy auf Lautsprecher um.

>> Gar nicht mal so weit entfernt <<, hörten wir eine Frauenstimme auflachen. Jana wäre nicht Jana, wenn sie sich nicht sofort fangen würde. >> Welch ein Zufall, ich habe gerade meinen mitreisenden Mädels von Ihnen und ihrer krankhaften Stalkerei erzählt, aber man sagt nicht umsonst, wenn man vom Teufel spricht, dann ist er nicht weit entfernt. Was wollen Sie? <<

Ich hatte kurz das Gefühl, als würde Maren nicht wissen, was Jana meinte. >> Ich wollte lediglich her-ausfinden, wen Karsten Fiedler unter dem Namen Pretty Woman im Handy abgespeichert hat und mein Verdacht, dass es sich um Sie handelt, hat sich hier-mit bestätigt! Natürlich! <<

Jetzt lachte Jana. >> Wie? Pretty Woman? Sorry, Ma-ren, aber dafür fehlt jegliche Ähnlichkeit zwischen Karsten Fiedler und Richard Gere. <<

Maren zischte plötzlich los. >> Noch lachen Sie, meine Liebe, aber das wird Ihnen bald vergehen. Erst schmeißen Sie sich an Joan ran, dann erscheint ein

Herr namens Bernd und jetzt geht Ihre Jagd auf Karsten Fiedler los, aber ich sag Ihnen was, dabei werden Sie sich die Finger verbrennen. Sorry meine Liebe, aber ich muss freudig gestehen, dass es sich für mich gut anfühlt, dass sich Ihr Lebensgefährte von Ihnen getrennt hat. So einen lieben, netten und auch gutaussehenden Mann haben Sie nämlich gar nicht verdient und wenn unser Geschäftsführer erfährt, dass Sie unsere Dozenten bestechen, um wie jetzt, in seiner Finca zu urlauben, dann werden Sie die längste Zeit in unserer Firma gewesen sein. Ich kann gar nicht sagen wie viel Freude ich haben werde unserem Chef die Beweisfotos zu zeigen, die ich die letzten Tage von Ihnen gemacht habe. Es rächt sich eben doch alles im Leben. «

Jana schluckte, aber nur kurz. » Als ob Herr von Büren Ihnen glauben wird! Sie haben Paranoia. «

» Och, das wird er schon, schließlich kann ich genug Beweise darlegen. «

» Da bin ich aber mal gespannt. « Irgendwie wirkte Jana plötzlich etwas unsicher, was Maren auch merkte. » Na, geht Ihnen jetzt der Flattermann, Pretty Woman? «

Jana zischte los. » Wenn ich Sie altes Miststück in die Finger bekomme, garantiere ich für nichts. «

Maren lachte wieder auf. » Na na na, wer wird denn gleich so aggressiv werden? Es kann keiner etwas dafür, dass Sie ständig Selbstbestätigung suchen, aber diesmal, meine Liebe, bleibt der Überraschungskick aus und genau dafür werde ich sorgen. «

Anke bemerkte, dass Jana etwas unsicher wurde, stand auf und nahm ihr spontan das Handy aus der

Hand. » Hallo Maren, hier spricht Anke, eine der Mitreisenden von Ihrer Kollegin Jana. Jana hat uns tatsächlich gerade von Ihnen und Ihrer Liebe zu Joan erzählt. Mir tut es leid, dass er diese nicht erwidert, aber jetzt wo er doch stolzer Papa wird, sollte man das Glück doch einfach in Frieden leben lassen. Das ist auch Janas Wunsch und ja, ich gebe Ihnen Recht, wenn Sie behaupten Jana hätte ein Sagen wir mal, kleinen Männerverschleiß, aber das heißt nicht, dass sie Beziehungen kaputt macht. Also nicht unbedingt. Darf ich Ihnen ein Angebot unterbreiten, Maren? Warum kommen Sie und auch gerne Herr Fiedler nicht zu uns in die Finca? Hier können Sie mit Jana oder auch mit uns, ganz sachlich über die ganze Situation reden, schließlich müssen Sie ja noch ein paar Jahre zusammenarbeiten und manchmal ändert sich die Geschichte auch, wenn man über alles spricht. Ich würde Sie beide herzlich heute Abend spontan und unverbindlich einladen. «

Jana tippte sich an die Stirn. » Tickst du? «, zischte sie leise, als Maren sich meldete. » Sie laden mich in die Finca ein? «

Anke nickte, als ob Maren es sehen könnte. » Genau. Wir wollten heute den Grill ausprobieren und laden Sie einfach und ganz ungezwungen zu uns ein. Wir sind doch alles erwachsene Menschen. Was sagen Sie zu meinem Vorschlag? Sind Sie dabei oder sind Sie dabei? «

Maren war ruhig, sie schien tatsächlich zu überlegen.

» Prima «, entschied Anke für sie. » Dann lernen wir uns später persönlich kennen. Passt neunzehn

Uhr? Das wäre perfekt «, und bevor Maren noch reagieren konnte, beendete Anke das Gespräch.

Jana schaute sie ungläubig an. » Bist du noch ganz frisch im Stübchen? Ich setzte mich doch nicht mit dem alten Kamel an einen Tisch! Du hast doch gehört, was sie vorhat! Sie will mich aus der Firma ekeln! «

Anke gab ihr das Handy zurück. » Jetzt halt doch mal den Ball flach, Jana. Das deine Geschichte nicht gut bei deinem Chef ankommen wird, ist dir doch wohl selbst klar. Deinem Chef sind die Dozenten wichtig, denn die halten euren Laden am Laufen. Wenn Maren jetzt tatsächlich Fotos von Joan, Karsten Fiedler und auch Bernd gegen dich in der Hand hat und dann noch vor so einer Kulisse hier, kann die Situation ganz schnell kippen. «

Jana war noch zu wütend, um klar zu denken. » Mir doch egal, ich finde auch wo anders etwas, schließlich habe ich ja Beziehungen. «

Ich mischte mich vorsichtig ein. » Genau darum geht es ja und da solltest du jetzt mal nicht sofort deinen Sturkopf durchsetzen, sondern vielleicht über Ankes Angebot nachdenken. Ihr müsst ja nicht gleich Brüderschaft trinken, aber sich vielleicht aussprechen und wieder in die Augen schauen können. «

Jana tippte sich an die Stirn, sie war aber auch ein sturer Vogel, deshalb versuchte ich sie weiter umzustimmen. » Vergiss nicht, dass Maren momentan am längeren Hebel sitzt. Ich wäre vorsichtig. Jana, überlege es dir gut. Du hast einen Job der dir nicht nur Spaß macht, sondern auch gut bezahlt wird und wenn Henning jetzt auszieht ... «

Jana winkte ab. » Sagt er, macht der bequeme Hund doch sowieso nicht! «

Hanna schüttelte den Kopf. » Sorry, aber diesmal schon. Sven hat mir gerade Bilder von einer leerstehenden Wohnung geschickt. Mein Mann hat Henning zur Besichtigung begleitet und tut mir leid, Jana, aber er hat gerade den Mietvertrag unterschrieben. «

* * *

Die Neuigkeit mussten wir alle erstmal sacken lassen. Anke stand von ihrer Liege auf. » So Mädels, ich brauche jetzt erstmal eine Abkühlung. «

Jana reagierte sofort. » Ich hole die Flasche. «

» Nichts da Flasche! Du musst gleich noch fahren und Grillsachen kaufen. Ich fahre mit dir. Komm, wir kühlen uns im Pool ab und dann machen wir uns auf den Weg. Katja? Schreibst du nochmal einen Einkaufszettel? « Ich nickte und überlegte mit Hanna und Ines gemeinsam das Menü. » Okay, was benötigen wir denn alles? Brot, Salat, einen oder zwei Dips, Bratwürstchen, Fleisch, Senf und Ketchup. «

Ines setzte sich auf. » Ich hätte Appetit auf Lachs. Ob die TK-Fisch haben? «

» Keine Ahnung, kann ich aber gerne notieren. «

» Ach weißt du was? Ich fahre auch gleich mit, dann kann ich mir die Fischauswahl mal ansehen. «

Ich schaute Hanna über den Brillenrand an. » Und du? Veganes Hühnchen? «

» Du weißt doch genau, dass ich keine Tiere esse. «

Ich nickte. » Deshalb habe ich dich ja gefragt! «

» Gejagt? Wie furchtbar! «

Jana meldete sich von der Luftmatratze. » Schreib bitte Batterien für Hanna und eine Portion Johanniskraut für mich auf Katja. Wichtig! «

Hanna drehte sich zu ihr. » Du trinkst Sachen! Die kenne ich gar nicht. «

Jana ließ sich rückwärts ins Wasser fallen und wir lachten trotz der angespannten Situation.

* * *

Ich war froh, nicht mehr auf der Liege liegen zu müssen und suchte schon mal das Geschirr zusammen. Auch Anke und Hanna deckten schon mal den Tisch, dann schrubbten wir das Grillrost, stellten Kerzen und auch die Musikbox auf.

Hanna überlegte laut. » Ob das wirklich so eine gute Idee von dir war, Anke? «

» Welche? «

» Na die der Einladung von Maren. Was ist, wenn sie nicht allein kommt? Oder wenn sie bewaffnet ist? «

Anke schüttelte den Kopf. » Das glaube ich nicht, du guckst echt zu viele Krimis, Hanna. «

» Man kann allen nur vor den Kopf gucken. «

» Na das schon, aber erstens sind wir nicht allein sondern zu fünft und zweitens könnten wir uns ebenfalls mit Küchenmessern bewaffnen. Also ein bisschen Menschenkenntnis trage ich in mir und irgendwie habe ich das Gefühl, als steckt hinter der Geschichte mehr als nur Joan und Karsten Fiedler. Ich kann mir gut vorstellen, dass unser Dickschädel Jana es anders sieht, aber mal unter uns, es wäre doch völliger Blödsinn, wegen der Männer arbeitslos zu werden. Wartet mal ab! Wenn Henning es tatsächlich umsetzt und auszieht, was ich mir immer noch schwer vorstellen kann, dann wird unsere Dramaqueen auch etwas zurückstecken müssen und vielleicht froh sein, wenn sie noch ihr sicheres Einkommen hat. «

Ich faltete die Servietten und musste Anke recht geben. Mir fiel das kurze Zusammentreffen mit Maren am Strand ein und musste ehrlich gestehen, dass ich sie eigentlich nicht negativ in Erinnerung hatte, im Gegenteil, ich fand ihre Worte eher bewegend. » Sonst wäre ich jetzt nicht zwei Tücher reicher. « rutschte es mir heraus.

» Apropos Tücher, Katja, ich habe leider den Verkäufer verschlafen, dabei hätte ich mir auch gerne eins gekauft. Dein petrolfarbiges gefällt mir so gut, also, falls du nicht beide Tücher benötigst, würde ich es gerne abkaufen. «

» Ja klar, kannst du haben. «

» Oh, toll, Danke! Ich hatte mich wirklich geärgert und vorhin nach diesen Tüchern gegoogelt, aber da gibt es so viele und auf Bildern sehen die alle toll aus. Prima, da freue ich mich, Katja, Danke. Jetzt habe ich ein Andenken an unsere Reise. «

* * *

Währenddessen fuhren Jana und Ines zum großen Supermarkt, wo es doch mehr Auswahl gab als im kleinen Lädchen um die Ecke. Jana lenkte den Van auf die Schnellstraße und beschwerte sich bei Ines über die duselige Idee, ihre Feindin zum Essen einzuladen. » Normalerweise sollte man ihr abgelaufene Würstchen und schimmeliges Brot anbieten. «

Ines schüttelte den Kopf und hielt Janas Arm. » Ich finde Anke hat genau richtig gehandelt, denn eigentlich hast du dich da jetzt in eine Sache eingemischt

220

oder anders, bist du in eine Sache hineingerutscht, die dich gar nichts angeht. Wenn ich alles richtig verstanden habe, geht es doch nur um Joan und Maren. Durch einen puren Zufall warst du eben für Joan zur richtigen Zeit am richtigen Ort, hast ihm und dir selbst einen schönen Abend gemacht und als Dankeschön hat er dir seine Finca für einen Urlaub überlassen. Das war sein Deal und das war ihm euer Abend Wert, aber das eigentliche Problem, was ich bei Maren sehe, ist doch Joan oder seine Frau Christina, aber doch nicht du. Wer weiß, was der Abend bringt, vielleicht kommt deine Kollegin ja auch gar nicht, aber falls, fände ich es gut, wenn du Maren überzeugen könntest, dass du von Joan nichts wissen möchtest und dich mit ihm und seiner netten Frau über den Nachwuchs freust. Dann müsste Maren dich nicht mehr als Rivalin sehen. Wart ihr eigentlich vor diesem chaotischen Abend gute Kollegen? «

Jana zog einen Flunsch. Sie mochte es nicht gemaßregelt zu werden. » Wieso fragst du? Normal. Kollegen eben. Wir haben durch unsere Stellenposition nicht ständig Kontakt, aber wenn wir den mal hatten, haben wir uns eigentlich normal verstanden. «

» Und findest du es nicht wichtig, dass man ein gutes kollegiales Verhältnis hat? Das man sich mal austauschen kann oder sich untereinander hilft? «

Jana überlegte und fuhr auf den Parkplatz. » Hilft? Also ich brauche in meinem Job keine Hilfe Ines, dafür bin ich schon zu lange im Geschäft und ich glaube auch nicht, dass mir eine Empfangsdame wie Maren das Wasser reichen kann. Ich sage ja immer, Augen auf bei der Berufswahl. «

» Aber darum geht es doch gar nicht. Ich bin auch in vielen Dingen nicht die Hellste. Jeder Mensch hat doch seine starken und auch schwachen Seiten. «

Jana zuckte mit den Schultern. » Na, meine Schwächen müsste ich aber erstmal suchen. «

Ines atmete hörbar aus. » Mensch Jana, jetzt spiel dich doch nicht so überheblich auf. Natürlich hast du auch deine Schwächen. Eine Schwäche für Alkohol, obwohl das jetzt nicht heißen soll, dass ich dich für eine Alkoholikerin halte, aber du spuckst eben nicht ins Glas. Du hast eine Schwäche für Männer und ein ganz großes Selbstwertproblem. Du musst einfach immer im Mittelpunk stehen und genießt dabei absolute Selbstliebe, du kannst sehr verletzlich sein und hast gerne das letzte Wort, außerdem pochst du auf dein Recht, bevormundest manche Menschen wie kleine Kinder und meinst du bist überall unersetzbar. Mensch Jana, jetzt mal ganz realistisch gesehen sind das auch alles Schwächen und bestimmt keine Stärken, wie du es vielleicht gerne siehst. «

Jana stellte den Motor ab und blieb kurz ruhig und ins Leere starrend sitzen. » So siehst du mich? «

Ines schaute sie von der Seite an und stellte sich der Frage. » Manchmal schon. Nichts von meinen Worten ist böse gemeint Jana, ich versuche dir einfach nur klarzumachen, dass jeder Mensch seine Schwächen hat, über die man reden oder auch springen kann. «

» Tststs. Und deine Schwächen? «

Ines lachte. » Spontan würde ich sagen Rauchen, Putzen, Pingeligkeit, Stur, Launisch, Zickig, Rabenmutter, ... «

» Wieso Rabenmutter? «

>> Ich habe mich eigentlich nie so um Yannik gekümmert, wie es andere Mütter machen. Er war da, er war nicht auffällig, er war immer recht selbstständig und total auf Thomas fixiert. Hausarbeiten oder Probleme hat er nie mit mir besprochen, sondern mit seinem Vater und ich fand es okay, denn dann hatte ich meine Ruhe. Das Einzige, was ich regelmäßig gemacht habe, war ihm zum Fußball zu begleiten, aber auch das nicht gerne, weil nach dem Spiel mein Auto immer so dreckig war. Nein Jana, ich glaube, ich war nicht so die fürsorgliche Mutter, die sich ein Kind wünscht. << Ines schaute traurig aus dem Seitenfenster. >> Aber weißt du, es gibt ja immer ein Für und Wider. Natürlich könnte ich es mir jetzt einfach machen und behaupten, dass es an der Erziehung meiner Eltern lag, die mich ebenfalls recht kühl erzogen hatten und ich es deshalb nicht anders kannte oder aber, ich muss ehrlich gestehen, dass ich einige Fehler in der Erziehung gemacht habe. Naja, wie auch immer, ich wollte dir damit nur sagen, dass man später manche Fehler auch bereuen kann und jetzt lass uns einkaufen, sonst verhungern unsere Mädels zuhause noch. <<

Ines nahm aus ihrer Handtasche eine kleine Desinfektionsflasche heraus und besprühte den Griff des Einkaufswagens. In diesem Moment lachte sie auf. >> Noch eine Schwäche von mir. <<

>> Oder Selbstschutz? <<

>> Oder beides! <<

Jana hielt den Einkaufswagen fest. >> Okay, ich habe dich verstanden. Ich soll zu meinen Schwächen stehen und daran arbeiten. Gibt es sonst noch irgendwelche Tipps für später? Soll ich mit Maren allein dinieren, soll ich harmonisches Kerzenlicht anzünden, soll ich auf sie zugehen, wenn sie das Grundstück betritt? ‹‹

›› Es reicht doch schon, wenn du sie vielleicht davon überzeugen kannst, dass Joan mit seiner Christina glücklich ist und sie die junge Familie in Ruhe lassen soll. ‹‹ Jana tat, als würde sie sich die Worte auf einem nichtvorhandenen Zettel notieren. ›› Noch etwas? ‹‹

›› Nein, oder doch, lass den Abend doch einfach auf dich zukommen und jetzt lass uns mit dem Einkauf starten, denn ich denke, du möchtest dich auch noch etwas aufstylen, wenn wir zurück sind. ‹‹ Jana nickte, steuerte den Eingang an und schien beim Einkaufen über einiges nachzudenken.

Voll bepackt mit allerlei Leckereien für einen gemütlichen Grillabend fuhren beide zu einem Metzger, den sie auf dem Hinweg entdeckt hatten, besorgten dort Fleisch und Würstchen um anschließend zur Finca zu fahren, wo sie schon von uns ausgehungert empfangen wurden.

Kapitel 16

Alles war fertig, alles war angerichtet, alle waren wir doch etwas nervös. Seitdem Jana sich zurückgezogen hatte, um sich fertig zu machen, rätselten wir, wie sie sich wohl für ihren heutigen Auftritt stylen würde. Anke und Hanna tippten auf ein Stretch-Minikleidchen mit Glimmer und Glitzer und wir anderen beiden auf Hotpants mit einem Trägertop und waren alle überrascht, als sie an unserer Grillecke ankam, bekleidet in einer einfachen Jogpants, ein schlichtes T-Shirt, mäßiger Schminke und lockerem Pferdeschwanz. » Was schaut ihr mich denn so überrascht an? «

» Darf man das hier so legal im Supermarkt kaufen? « Jana schaute an sich runter. » Was denn? Die Hose oder mein Gammelshirt? «

Hanna schaute aufmerksam nach links, dann nach rechts. » Das Hasch! «

» Das was? Hasch? « Jana verstand und atmete zweimal ganz tief durch. » Liebe Hanna, wenn du etwas an dem heutigen Gespräch hören, mitbekommen oder beitragen möchtest, dann rate ich dir dringendst, lieber jetzt neue Batterien einzulegen. Vielleicht nutzt du auch lieber das Gerät ohne den nervenden Wackelkontakt, damit wir nicht alles wiederholen müssen und es keine bösen Verhörer gibt. «

Hanna sah es anders. » Aber ihr könnt doch auch etwas lauter ... «

» Nein! Das können wir heute nicht. Wir haben den ganzen Urlaub Rücksicht drauf genommen und uns extra laut unterhalten, jetzt ist Schluss. Ines hat mir vorhin beim Einkaufen etwas den Kopf gewaschen und mir auch ein Stückchen die Augen geöffnet. Du siehst, manchmal muss man im Leben einstecken, wofür man eigentlich gar keine Taschen hat, aber so ist es. « Sie schaute auf ihre Handyuhr, schaltete die Musikbox auf 80er Musik und besah sich den gedeckten Tisch. » Es ist ja schon Achtzehn Uhr. Muss noch etwas vorbreiten werden? «

Anke drehte vorsichtig die Gasflasche am Grill auf, so wie es ihr Peter am Telefon erklärt hatte. » Es ist alles fertig angerichtet. Ich bin eh gespannt, ob Maren überhaupt kommen wird, aber falls nicht, können wir morgen noch Resteessen machen, soviel wie ihr eingekauft habt! «

» Ach nö, morgen wollte ich eigentlich mit euch zum Hafen runter, dort mit dem Katamaran zu Walen und Delfinen rausfahren und anschließend den afrikanischen Markt in Mogán besuchen. Ich dachte, in dem Zusammenhang könnten wir noch einmal schön essen gehen. Ist doch unser letzter Abend. «

Hanna schaute mich an. » Wale und Delfine? Oh, wie süß. Das würde ich gerne machen. Wann startet denn die Tour? «

» Eine morgens um neun Uhr und eine mittags um eins. «

» Um eins wäre doch perfekt. Wer ist noch dabei? «

Anke hob sofort den Arm, Jana auch und Ines, die etwas Angst hatte, das ihr auf dem Boot schlecht wurde, stimmte ebenfalls zu. » Prima. Ich freue mich. Auch, dass du ohne Diskussionen dabei bist, Ines. «

Diese grinste. » Eine gute Schwäche ist besser, als eine schlechte Stärke « und kniff Jana ein Auge zu.

* * *

Natürlich bemerkten wir das Jana nervös war, das konnte man ihr auch nicht verübeln, aber sie versuchte gute Miene zum bösen Spiel zu machen und wusste, dass wir sie nicht im Stich ließen. Als wir ein Motorengeräusch hörten, setzte ich mich neben sie. » Wir lassen dich nicht mit ihr allein und werden erstmal ganz zwanglos neutrale Gespräche mit ihr führen. « Jana nickte nur und zündete sich eine Zigarette an, während Ines den Toröffner drückte und ein Taxi vorfuhr. Maren saß hinten, bezahlte den Fahrer und stieg mit einer Flasche Rotwein in der Hand aus. Sie hatte sich im Gegenzug zu Jana etwas mehr zurechtgemacht, dezent, aber trotzdem chic stand sie im türkisen Jumpsuit und weißen Sneakers vor uns. Anke ging auf sie zu. » Hola Maren und Willkommen. Darf ich du und Maren sagen, schließlich haben wir uns ja bereits am Strand gesehen und zusammen telefoniert. «

» Hola und natürlich gerne. « Sie schaute etwas unsicher zu uns. » Hallo zusammen und vielen Dank schon einmal vorab für die Einladung. Ich muss gestehen ich bin schon etwas nervös, aber ich freue mich auch. «

Wir winkten lächelnd und Anke bat sie an unseren Tisch. » Kein Grund nervös zu sein. Hier läuft alles easy. Darf ich dir meine Freundinnen vorstellen? Das ist Ines, Mutter von einem Sohn und Ehefrau eines komplizierten Mannes. Ihr Hobby ist Putzen! Daneben sitzen unsere Hanna, Hausfrau und ebenfalls Mutter und Ehefrau. Bei ihr musst du vorweg wissen, dass sie eine Hörhilfe trägt, die sich ab und zu abschaltet. Also, wenn Hanna mal skurrile Antworten gibt, liegt es meistens an ihrem Gerät. «

» Oder am Wein «, unterbrach Ines lachend.

» Ja, das kann auch passieren. Katja ist unsere Organisatorin, verheiratet und liebt Landschildkröten, Jana kennst du ja und ich bin Anke, mit einem Hobbykoch und manchmal auch seiner Mutter verheiratet. Komm, setz dich zu uns. Was dürfen wir dir denn zu trinken anbieten? «

» Ich würde erstmal ein Wasser nehmen. «

» Na klar, kein Problem, aber hoffentlich bist du beim Essen nicht ganz so sparsam. Ines und Jana haben für eine ganze Kompanie eingekauft. «

Maren lachte auf. » Hunger habe ich tatsächlich, ich habe vor Aufregung heute kaum etwas gegessen. Ja, dann stelle ich mich auch kurz vor. Ich bin Maren, 46 Jahre alt, Single und Mutter eines mittlerweile erwachsenen Sohnes. Wo ich arbeite, wisst ihr ja bestimmt und ja, schön euch kennen zu lernen. Also Danke euch allen, auch dir Jana, für die Einladung und die Mühe, es sieht alles sehr sehr hübsch und einladend aus. « Maren zeigte auf den mit Salaten, Brot und Dips dekorierten Tisch.

Anke rieb sich die Hände, sie hatte Hunger. » Du isst doch Fleisch, oder? «

» Ich esse fast alles, bin da nicht so wählerisch. «

Jana sprang auf. » Na dann hole ich mal die Grillsachen aus der Küche « und verschwand.

Ines schaute Jana erstaunt hinterher und übernahm das Gespräch. » Bist du schon lange auf der Insel? «

» Seit letzter Woche. Und Ihr? «

› Wir auch. Seit letztem Samstag und bleiben bis jetzt Samstag, also nur noch bis übermorgen. Schade eigentlich, mir gefällt es echt gut hier. «

228

Maren schaute sich ausgiebig um. » Dass ihr es hier aushaltet, glaube ich euch, dafür darf ich noch eine Woche länger auf der Insel bleiben. Wie sagt man immer? Man kann im Leben nicht alles haben? «

Hanna stöhnte auf. » Du Glückliche. «

Maren lachte. » Ja, ich genieße die Zeit auch, obwohl ein Hotelurlaub bestimmt nicht mit so einer Finca mithalten kann. Aber ich bin zufrieden. «

Anke stimmte ihr zu. » An so einem Urlaub hier kann man sich verdammt schnell gewöhnen. Allein die Ruhe hier oben ist herrlich, dafür muss man wiederum mit dem Auto zum Meer fahren, das du vielleicht vom Balkon aussiehst. Außerdem musst du dich hier selbst versorgen, bekommst kein Buffet geliefert und für die abendliche Unterhaltungsshow bist du auch selbst zuständig. «

Hanna lachte auf. » Katja weißt du noch, als wir zu Kinderzeiten auf einem Bauernhof waren? Da hatten wir auch Strohbetten. Aber dass es sowas noch gibt und dann noch in einem Hotel! Oder bist du in so eine Art Bio-Hotel untergekommen? «

Maren schaute überrascht zu Hanna. Ich beugte mich zu Hanna, rüttelte an ihren Ohren, bis es Plöpp machte und sie wieder Online war. Jana, die gerade mit einem Tablett erschien, verdrehte genervt die Augen und da sie wusste, dass es nicht gastfreundlich war Maren zu ignorieren, sprang sie über ihren Schatten. » Trinkst du Wein oder möchtest du lieber eine Sangria haben? «

Maren schaute leicht lächelnd zu ihr hoch. » Ich esse nicht nur fast alles, sondern trinke es auch. Was nimmst du denn? «

Jana bekam etwas rosige Wangen. » Ich trinke zum Essen Wein. «

» Dann nehme ich auch einen. « Ich fand, damit hatte Maren so ein bisschen die Spannung gelockert und fühlte mich gleich etwas wohler. Jana legte die Ersatzbatterien auf Hannas Schoß, füllte Gläser auf und stieß mit allen an. » Na dann, auf einen schönen, leckeren und aufklärenden Abend. Salud! « Wir stießen alle zusammen an, Anke stellte sich an den Grill und wir unterhielten uns ganz belanglos über Gran Canaria und weitere schöne Urlaubsorte. Hanna, mit frisch eingelegten Batterien, war vollkommen online geschaltet und unterhielt sich angeregt mit Maren über obdachlose Hunde, die viel in südlichen Ländern halterlos herumstreunerten.

Ich nutzte die Chance und flüsterte Jana zu, dass ich Maren ganz umgänglich fand. » Da gebe ich dir recht, nichtsdestotrotz muss man ein bisschen vorsichtig bei ihr sein. «

» Wir sind ja gewappnet. «

Ines holte bei Anke die ersten fertig gegrillten Würstchen, Bauchfleisch sowie eine Gemüsepfanne und Backkartoffeln ab. Maren staunte. » So viel Auswahl? Doch wohl hoffentlich nicht alles wegen mir? «

Jana winkte ab. » Wir hätten sowieso gegrillt « und Anke wünschte allen einen guten Appetit!

Plötzlich fiel mir unsere Urlaubs-Tradition ein. » Halt, Stopp, das Tischgebet! Wer hat denn von uns noch keins aufgesagt? « Ich schaute in die Runde. » Anke? «

» Nix da, ich habe doch damit angefangen. «

» Stimmt. Jana? «

» Ich war Nummer zwei. «

Maren stand auf und klopfte mit ihrem Messer leicht klirrend an ihr Glas. » Vielen Dank für die spontane Einladung, den großartig gedeckten Tisch und euer aller Gastlichkeit. Ich muss gestehen, dass ich seit unserem Telefongespräch mit Magenschmerzen zu kämpfen habe. « Sie drehte sich zu Jana. » Natürlich ist mir bewusst, dass wir heute ein vielleicht nicht ganz angenehmes Gespräch führen sollten, aber ich wünsche mir, dass wir dieses sachlich und überlegt führen werden. Und jetzt, bevor das Essen kalt wird, allen einen guten Appetit und nochmals, vielen vielen Dank. «

Wir ließen es uns so richtig gut schmecken und ich musste gestehen, dass nach knapp einer Woche BBQ, Nudeln und Fisch auch mal wieder eine gegrillte Bratwurst sehr lecker schmeckte. Jana verhielt sich immer noch sehr ruhig, füllte fleißig leere Gläser nach und stochert in Gedanken im Salat herum. Als Maren sie ansprach, zuckte sie beinahe zusammen. » Sorry, ich war kurz gedanklich abwesend, kannst du nochmal wiederholen? «

» Ich habe dich gefragt, wo ihr die leckeren Würstchen eingekauft habt? Die schmecken fast wie Heimat. «

» Es ist auch eine deutsche Wurst! Hier im Ort gibt es einen deutschen Metzger, dort haben wir die Grillsachen gekauft. «

Ines fügte noch hinzu. » Der verkauft sogar Kotelett, Schnitzel und Leber. «

Hanna schüttelte sich. » Ihhh, Ines. «

» Aber warum? Was meinst du, wie viele Menschen Leber mögen. Soll sehr gesund sein, gerade was den Eisenanteil betrifft. «

» Ist mein Gemüse auch. «

* * *

Satt und zufrieden räumten wir den Tisch ab. Maren wollte natürlich helfen, wusste aber nicht, wie sie sich verhalten sollte und stellte alles auf ein Tablett und brachte es bis zur Haustür. Ich nahm es ihr ab. » Du kannst es aber auch selbst auf die Spüle stellen. « Maren schüttelte den Kopf. » Ich reiche es lieber an. « Als alles abgeräumt war, stellte Jana eine Flasche auf den Tisch, die einen Drachenkopf als Aufdruck trug. » Ein Magenaufräumer für alle. Wie der schmeckt, weiß ich selbst nicht, aber ich fand das Etikett so cool. Also, Mädels, Salud, möge das, was hinuntergeht, nicht wieder hinaufkommen! «

Naja, das konnte ich nicht garantieren, denn von dem Zeug bekamen Hanna und ich nicht nur Gänsehaut, sondern auch Gesichtslähmung. Ich löschte gleich mit einem Glas Wasser nach und hatte das Gefühl jetzt brannte es zweimal! » Boah, was ist das denn für ein Sauzeug? «

Jana fand ihn gar nicht so schlimm. » Du musst direkt einen zweiten hinterher trinken, dann gewöhnt man sich an die Schärfe. «

Ich nahm mein leeres Glas und hielt die Hand drüber. » Auf gar keinen Fall. Der nächste brennt meine Organe komplett weg. «

» Ach quatsch. So schlimm ist er nun auch nicht. «

Ich hatte das dumpfe Gefühl, als hätte Jana heimlich schon etwas vorgeglüht, denn ihre Augen waren etwas glasig. » Es sterben zwar viele Menschen durch Alkoholkonsum, aber bedenkt auch, wie viele Menschen erst dadurch geboren werden! «

Anke klatschte Beifall. » Das stimmt, daran habe ich noch gar nicht gedacht. Coole Ausrede. Komm Maren, ich zeig dir mal die Finca. «

» Danke, Anke, aber lieber nicht. «

» Warum nicht? Hast du kein Interesse? «

Maren druckste etwas herum. » Ich glaube kaum, dass es Joan recht wäre, wenn ich mich in seinem Haus umsehe und seiner Christina verständlicherweise auch nicht. «

Anke stimmte ihr zu. » Sorry, daran habe ich jetzt gar nicht gedacht. Wirklich Maren, du kommst so sympathisch rüber, dass man das Gefühl hat, dich schon ewig zu kennen. Vielleicht hätten wir Joan wegen der Einladung auch um Erlaubnis fragen müssen? Daran habe ich tatsächlich nicht gedacht. «

Maren schaute zu Boden. » Naja, wenn ich ehrlich bin, kenne ich die Finca auch schon. Sowohl von innen wie auch von außen. «

Jana schaute verwundert auf. » Aha! Und woher? «

Maren spielte händisch mit ihrer Serviette. » Soll ich euch die wahre Geschichte von Joan und mir erzählen? Ich meine Jana, vielleicht verstehst du mich dann besser, denn ich bin absolut keine Stalkerin, auch wenn es manchmal so rüberkam und aussah. «

Hanna meldete sich kurz. » Warte kurz, ich lege lieber nochmal neue Munition ein, sonst verpasse ich noch etwas. «

Maren schmunzelte. » Sag Bescheid, wenn ich starten kann. «

Jana nickte als Go-Zeichen und ich lehnte mich gespannt zurück und wartete auf die folgende Geschichte. Maren trank ihr Pinnchen leer und schüttelte sich lächelnd. » Daran gewöhnen kann ich mich nicht, aber es macht das Erzählen einfacher. Also, wo fange ich mit meiner Geschichte an? Ähm, ja, also alles begann vor knapp vierzig Jahren, mein Einschulungstag. Zufällig setzte mich unsere damalige Klassenlehrerin an dem Tisch von Joan und wenn es in dem Alter schon so etwas wie Verliebtheit auf den ersten Blick gab, dann funkte es sofort bei mir. Joan und ich wurden auf Anhieb Freunde, hatten viele gemeinsame Interessen und trafen uns fast täglich nach Schulschluss, um gemeinsam Musik zu hören, Spiele zu spielen, um Streiche auszuklamüsern und halfen uns gegenseitig durch die Schulzeit. Joans Eltern, ganz nette und sympathische Menschen, kamen als Gastarbeiter in unser Ruhrgebiet, lebten in derselben Straße wie meine Familie und freuten sich, wenn ihr Sohn und ich zusammen Zeit verbrachten. Frau Perez sagte einmal zu meiner Mutter im Supermarkt, dass ich fast wie eine Tochter für sie wäre, was mich natürlich ganz stolz machte. Ich verbrachte bald mehr Zeit bei Familie Perez als zuhause, deshalb freute ich mich, als sie meine Eltern und mich an einem Silvesterabend zu sich einluden und meine Hoffnung aufging, denn beide Familien verstanden sich auf Anhieb und wurden ebenfalls Freunde, obwohl sie absolut unterschiedlich waren. Herr Perez, der fleißige Hilfsarbeiter aus Spanien und mein Vater, der selbstständige Optiker. Auch die Chemie zwischen unseren Müttern funktionierte perfekt. Es wurde eine ebenso innige Freundschaft, wie zwischen Joan und mir. Sie hielt sogar noch, als wir die Grundschule hinter uns ließen und getrennt weiterführende Schulen besuchten. Joan war für mich wie ein Bruder und auch wenn wir uns zu der Zeit nicht mehr täglich sahen, telefonierten wir spätestens alle zwei Tage und das stundenlang. Wir hatten uns immer etwas zu erzählen und als dann endlich das absolute Highlight im Jahr kam, die Sommerferien, schwebten wir in purer Vorfreude, denn meine Eltern und Familie Perez verbrachten diese oft zusammen. Joan und mir war es egal, ob es nach Spanien, zur Nordsee oder auch in die Berge ging, die Hauptsache war, dass wir unsere freie Zeit zusammen verbringen konnten. « Maren nippte am Getränk und schaute uns ganz ruhig nacheinander an. » Viele Jahre sind Joan und ich durch dick und dünn gegangen, doch dann kam der Tag, der vieles veränderte; Joans Vater wurde in eine andere Stadt versetzt und Familie Perez zog von Dortmund fort. Für mich ging damals die Welt unter. Ich, mittlerweile pubertierend, rebellierte zuhause, boykottierte die Schule und verweigerte sämtliches Essen. «

Anke bekam große Augen. » Essen? Das könnte mir nie passieren. «

Maren lächelte. » Ja, es war eine harte Zeit, die sich auch erst besserte, als Joan die verrückte Idee hatte, unsere Verbindung durch ein Tattoo besiegeln zu lassen. Das Gefühl, ihn somit immer bei mir zu haben, beruhigte mich etwas, also sind wir in die City gefahren, haben uns stolz dasselbe Symbol stechen lassen und bekamen zuhause richtig Ärger. « Sie lachte kurz auf. » Was für eine verrückte Aktion! Zum Glück fragte damals kein Tätowierer nach dem Alter, dem war das doch egal, nur meinen Vater nicht, er verbot mir sogar im Sommer T-Shirts zu tragen, damit man *„den Mumpitz"*, wie er es nannte, am Unterarm nicht sehen musste und dass ich unter anderem Stubenarrest bekam, muss ich euch wohl nicht erzählen, aber dass Joan sich veränderte, das schon. Quasi von heute auf morgen wurden nicht nur unsere Telefonate weniger, sondern fielen auch wesentlich kürzer aus. Am schlimmsten war es für mich, wenn Joan angeblich keine Zeit hatte und sich von seiner Mutter telefonisch entschuldigen ließ. Das tat weh und ich hatte immer mehr das Gefühl, als würde er mir entgleiten. Er hatte sich nach dem Umzug sehr verändert, wozu ich ihn teilweise auch bewunderte, denn aus dem ruhigen, verspielten und auch eifrigen Jungen, war ein lebensfroher Mensch geworden, der voll verrückter Ideen und Pläne steckte, der die Welt bereisen wollte und auf keiner Party fehlen durfte. Ich dagegen musste in meiner Freizeit Nachhilfeunterricht geben und Schulbücher lesen, damit ich für meine vorgegebene Zukunft als Optikerin einen guten Abschluss absolvieren konnte. Logisch, dass wir dann nicht mehr zusammenpassten, aber wie gerne wäre ich wie er gewesen! Ach, ihr Lieben, ich weiß noch, wie neidisch ich war, als er von durchzechten Partys, Longdrinks, Wochenendtrips und den ganzen Freundinnen erzählte. Mein Gott was beneidete ich ihn für seine Lebensart! «

Ines hielt Maren eine Zigarette hin, doch diese lehnte lächelnd ab. » Daran konnte ich mich zum Glück nie gewöhnen, nur als Halbstarke fand ich es cool. «

Hanna schubberte vorsichtshalber wieder ihre Ohren, damit sie bloß nichts verpasste. » Habt ihr euch denn dann aus den Augen verloren? «

Maren schüttelte den Kopf. »Zuerst nicht. Dank unserer Eltern, die noch in Kontakt standen, trafen wir Familie Perez an einem Pfingstwochenende auf der schönen Insel Norderney. « Sie strich die Serviette auf dem Tisch glatt und ließ sich von Jana Wein nachschenken. » Ujujuj, was war ich aufgeregt. Ich meine, mittlerweile hatten wir uns vier Jahre nicht mehr gesehen, waren beide junge siebzehn und als wir uns herzklopfend umarmten, kam es mir vor wie gestern. Natürlich hatten wir uns viel zu erzählen, lachten gemeinsam, blödelten herum und zeigten uns voller Stolz unser verrücktes Unterarm-Tattoo. Ich stellte fest, dass Joan ein sehr selbstbewusster junger Mann geworden war und ließ mir nicht nur die Insel, sondern auch jede Kneipe von innen zeigen. Mein Gott gab es dort auf der Insel verrückte Mix-Getränke! Also wenn meine Eltern mich damals erwischt hätten, hätte ich den größten Ärger meines Lebens bekommen, aber sie waren viel mit Herrn und Frau Perez unterwegs und vertrauten Joan. Ich, natürlich neugierig, probierte nicht nur die bunten Getränke aus, sondern griff auch mutig zu meiner ersten Zigarette. « Maren lächelte bei den Erinnerungen. » Ich fand mich und alles unglaublich cool, so leicht, so sorglos, lief barfuß durch den Sand, schwamm nachts in Unterwäsche im Meer und hätte vor Glück die ganze Welt umarmen können. «

Anke staunte. » Und deine Eltern haben deine Veränderung nicht gemerkt? «

Maren schüttelte den Kopf. » Mein Vater wäre ausgeflippt, wenn er mich erwischt hätte, aber er vertraute eben Joan, der sich ihnen gegenüber natürlich auch vorbildlich gab und da Norderney als Erholungsinsel diente, sah er mich sicher aufgehoben. Naja, an unserem letzten Tag ließen Joan und ich es nochmal so richtig krachen. Mir gefiel die unbeschwerliche Zeit mit ihm so gut, dass ich jede Minute mit ihm genießen wollte und dabei nicht bemerkte, dass ich auf dem besten Weg war mich in ihm zu verlieben. An diesem Abend saßen wir mit vielen anderen Leuten am Strand an einem Lagerfeuer, tranken, rauchten, tanzten, fühlten uns frei, bis alle langsam den Strand verließen und nur noch wir beide übrigblieben. Joan und ich liebten uns am Strand und erst als die Sonne langsam aufging schlichen wir uns leise in die Wohnung und hatten Glück, denn niemand hatte unseren späten oder frühen Ausflug bemerkt. Tja, und dann kam der große Abschied; wir fuhren wieder nachhause, Familie Perez blieb noch auf Norderney. Der Abschied war furchtbar und als mich Joan in seine Arme nahm und mir ein *„Denk an unser Tattoo - ewige Treue"* ins Ohr flüsterte, habe ich den ganzen Rückweg nur geweint. «

Anke war so in die Geschichte eingetaucht, dass sie nun auch mit wässrigen Augen in unserer Runde saß. Ines sah es recht cool. » Die erste Liebe hinterlässt bei jedem Spuren « und reichte ihr eine Serviette. Maren nickte zustimmend. » Naja, um die Geschichte jetzt etwas abzukürzen, komme ich langsam zum Schluss. Unsere Nacht am Strand hatte schöne Folgen, welches nach neun Monaten das Licht der Welt erblickte. Meine Eltern, besonders mein Vater, war so enttäuscht von mir, dass er mich lange Zeit ignorierte und mich sogar enterben wollte, doch das war mir egal, denn ich war glücklich, als ich meinen Sohn zum ersten Mal in meinem Armen hielt. Stundenlang schaute ich mein

Kind verliebt an, denn er sah seinem Erzeuger unheimlich ähnlich. Ich nannte ihn Dario. «

Wir alle stutzen, nur Hanna fragte. » Mario? «

Jana reagierte zuerst. » Der Dario? Der? Der hier lebt? Also hier in der Finca? « Sie schlug sich mit der flachen Hand vor die Stirn. » Deshalb kam mir sein Gesicht auch so bekannt vor. Ich hatte sofort das Gefühl, ihn schon mal gesehen zu haben. «

Kapitel 17

Das mussten wir erstmal sacken lassen. Ich atmete hörbar tief ein und griff nach den Zigaretten. Langsam wurde aus der ganzen Geschichte ein Schuh und ich war gespannt, wie es jetzt weiterging, doch ein paar Fragen beschäftigten mich jetzt. >> Wusste Joan denn von eurem gemeinsamen Sohn? <<

Maren nickte. >> Ja natürlich. Ich habe ihm völlig happy meine Schwangerschaft direkt von der Telefonzelle vor der Frauenarztpraxis mitgeteilt. <<

>> Und wie hat er reagiert? Hat er sich ebenfalls gefreut? <<

Maren nahm die Serviette vom Tisch. >> Naja, nicht so wirklich und auch nicht wie ich es mir erhoffte, denn ich hätte in diesem Moment, als mir die Ärztin zur Schwangerschaft gratulierte, die ganze Welt umarmen können, doch Joan konnte diese Freude weder verstehen noch teilen. Ohne groß zu überlegen, stand für ihn sofort fest, dass er das Kind nicht haben wollte. Er stand in der Mitte seiner Blütezeit, wie er sich damals ausdrückte und wollte sich sein freies Leben nicht kaputt machen lassen. <<

Hanna schüttelte den Kopf. >> Das ist aber nicht fair. <<

>> Tja, nach Fairness fragt das Leben leider nicht immer, aber ich hatte Glück im Unglück, denn ich wurde bald achtzehn, schmiss die Schule und zog Dario stolz allein groß. Meine Mutter hat mir manchmal heimlich finanziell geholfen und sich auch um Dario gekümmert, so dass ich uns durch Gelegenheitsjobs ernähren konnte, was mein Vater aber nie erfahren durfte. <<

Ines staunte. » Und der nette Joan hat nichts bezahlt und sich auch nicht gekümmert? «

Maren schüttelte etwas traurig den Kopf. » Leider nichts von dem. Er hat den Kontakt geblockt und komischerweise auch seine Eltern zu mir und meinen Eltern. Ich fand es sehr schade, dass Herr und Frau Perez kein Interesse an ihrem Enkelkind zeigten, zumal man ja immer sagt, dass Südländer reine Familienmenschen sind. «

Hanna schaute mitfühlend. » Und euer Tattoo? «

Maren hielt den Arm hoch. » Komplett entfernen ließ es sich nicht, deshalb erinnert hier die Narbe noch an unser Versprechen, aber damit kann ich leben. «

Jana erhob sich. » Sorry Mädels, das wird mir zu viel. Ich habe das Gefühl, hier wendet sich gerade das Blatt und ich brauche noch einen Schluck. Noch jemand? «

Ich hielt erneut meine Hand auf mein Glas. » Ich nicht, danke. «

» Spielverderber. «

Unsere Miss Marple Hanna hielt ihres hin. » Ich fasse jetzt mal kurz zusammen. Dario lebt hier, möchte ein Restaurant eröffnen, sucht nach den passenden Räumlichkeiten und weiß vermutlich nicht, dass er in der Finca seines leiblichen Vaters gelandet ist? «

Maren nickte. » So kann man es ausdrücken. Es ist alles sehr schade, wie es gelaufen ist, aber jetzt nach all den Jahren, lege ich auch keinen Wert mehr darauf, dass Dario seinen Vater kennenlernt. Ich sah es als meine Pflicht, Joan, was seinen Sohn betraf, auf dem Laufenden zu halten, die ich ihm in Form von Briefen regelmäßig zukommen ließ, doch ich hatte nie das Gefühl, als würde er großes Interesse zeigen; zumindest kam auf keinen der Briefe je eine Antwort. Dass Joan nach seiner Lehre wieder zurück nach Dortmund zog, habe ich auch nur erfahren, da meine Briefe nicht mehr zugestellt wurden und ich ihn zufällig beim Bäcker traf. Ich holte Dario, der gerade fünf Jahre alt war vom Fußballspielen ab, hielt anschließend bei unserem Bäcker und gerade, als ich den kleinen Laden betrat, kam Joan heraus. Wir starrten uns beide erschrocken an und als ich vorschlug, ihm seinen Sohn vorzustellen, verschwand er. Ganz schnell und kommentarlos. Komisch war, dass wir uns seit diesem Tag öfters zufällig trafen, mal im Supermarkt, mal an der Tankstelle und während ich ihn immer freundlich grüßte, konnte Joan nie schnell genug vor mir verschwinden. Ich fand es sehr schade, verstand es nicht, doch als er mich wegen Stalkerei anzeigte, reichte es mir. Ich habe weder Joan noch seine Frau Christina bedrängt. Wenn wir uns über den Weg liefen, war es absoluter Zufall, das Einzige, was ich wollte, war ein Vater für Dario, keinen Mann für mich, doch das wurde falsch verstanden. Zum Glück hat mein Sohn bis heute nie viel nach seinem Erzeuger gefragt. «

» Wen man nicht kennt, kann man auch nicht vermissen «, meinte Ines. » Aber warum bist du dann im Hotel und nicht ebenfalls hier in der Finca und was spielt Herr Fiedler für eine Rolle? «

» Wie gesagt, ich glaube nicht, dass es Joan und Christina recht wäre, wenn sie wüssten, dass ich auf deren Grund und Boden sitze, aber wenn ich auf der Insel bin, möchte ich natürlich meinen Sohn besuchen.

242

Ich komme dann schon mal hier vorbei, um Dario abzuholen und bisher habe ich es immer gut hinbekommen, dass Joan und auch Christina nicht zuhause waren, ansonsten musste ich mir Dario gegenüber immer Ausreden einfallen lassen, warum wir uns im Ort treffen mussten. «

Ich fand es alles sehr kompliziert. » Ich finde es so schade, dass Joan sich so verändert hat. Ich meine, wir alle verändern uns im Laufe des Lebens, aber wir werden doch keine komplett anderen Menschen. Sagt man nicht immer, wenn ein Mensch sich verändert, hat er entweder etwas gelernt oder genug gelitten? Bei Joan kommt beides aber irgendwie nicht hin, oder? «

Maren schüttelte den Kopf. » Nicht, dass ich wüsste. Aber ich habe es auch aufgegeben, mir über ihn Gedanken zu machen. Gerne hätte ich mich mal mit Christina getroffen und ausgesprochen, doch wenn sie mich sieht, reagiert sie hysterisch, dabei habe ich ihr nie etwas getan, im Gegenteil, ich finde sie ist eine absolut hübsche und patente Frau. «

Anke zuckte mit den Schultern. » Vielleicht ist sie einfach eifersüchtig? «

» Das glaube ich nicht, außerdem ist Eifersucht das beste Mitte, die Liebe des anderen zu verlieren. Naja, wie dem auch sei, ich bin unheimlich stolz auf Dario und da mein Lebensgefährte, Karsten Fiedler, passenderweise hier auf der Insel in ein Projekt investiert, begleite ich ihn immer gerne auf die Insel und nutze dann die Chance, meinen Sohn zu besuchen. «

Ich nickte. » Das ist ja wirklich passend. «

Plötzlich schaute sie traurig aus. » Aber, ich muss auch ehrlich gestehen, dass mir Christinas Schwangerschaft ganz schön zugesetzt hat. Ich freue mich riesig für beide, aber es tut auch weh. Hier drinnen. « Sie zeigte auf ihr Herz. » Ich hoffe für Dario, dass er in seinem baldigen Halbbruder oder seiner Halbschwester eine Art Familie finden wird, auch wenn er die Wahrheit nicht kennt. Irgendwann wird er alles erfahren, aber noch ist nicht der richtige Zeitpunkt. « Anke erhob sich. » Und wann ist der richtige Zeitpunkt? Jetzt stell dir doch mal vor, deinem Sohn passiert irgendetwas und er benötigt zum Beispiel eine neue Niere. Meinst du nicht, dass er allein schon für solche Fälle von seinem Vater erfahren sollte? «

Maren schaute wieder nachdenklich. » Ihr könnt mir glauben, dass ich schon sehr oft darüber nachgedacht habe, ihm die ganze Geschichte zu erzählen, aber irgendwie fehlte mir bislang immer der Mut. «

» Darf ich dich noch etwas anderes fragen? « Mir fiel Marens Wohnung ein. » Warum hast du eine Wohnung in der Nachbarschaft von Joan bezogen? «

» Das war nicht meine Idee, das könnt ihr mir glauben! Karsten hat die Wohnung angemietet, nachdem er mir im letzten Urlaub auf Gran Canaria einen Heiratsantrag gemacht hat. Er sagte, er würde uns eine passende Wohnung suchen, damit wir beide neu starten konnten und freute sich so sehr auf unsere gemeinsame Zukunft, also ließ ich ihn gewähren. Eines Abends überraschte er mich dann mit einem Strauß Rosen, an dem ein Schlüssel hing. Er hatte sich eine Wohnung angeschaut, sich direkt in sie verliebt und spontan den Mietvertrag unterschrieben. Als er mir stolz unser neues Zuhause zeigte, dachte ich, mir bleibt die Luft weg. Nicht dass ihr mich falsch versteht. Die Wohnung war klasse, wenn der Balkonausblick nicht wäre, aber was sollte ich jetzt machen? Ich war froh als Joan Bäume pflanzte, trotzdem werde ich noch zusätzlich eine Art Pergola auf dem Balkon ziehen, damit mir der Ausblick erspart bleibt. «

Jana schaute Maren an. » Aber wenn Joan seinen Sohn hier wohnen lässt, dann hat er ja indirekten Kontakt zu ihm. Wie kam es eigentlich dazu, dass Joan auf Dario stieß? «

Maren nippte erneut am Wein. » Das ist auch eine etwas längere Geschichte. «

» Wir haben Zeit «, kam es aus uns fünfen gleichzeitig. Jetzt wollten wir alle die ganze Wahrheit erfahren.

» Zum Achtzehnten Geburtstag schenkte ich meinem Sohn eine Kreuzfahrt mit mir im Gepäck, damit wir zwei eine schöne Zeit zusammen verbringen konnten. Als alleinerziehende Mutter kam dieses manchmal zu kurz, deshalb buchte ich eine Woche Mittelmeer und wir besuchten Genua, Malta und auch Valencia. Ein wunderschönes Städtchen und wenn ich damals in einem Café nicht auf Joan gestoßen wäre, hätte ich es wahrscheinlich auch noch schön in Erinnerung. «

Hanna staunte. » Venezia? «

» Valencia. Dario und ich stärkten uns in einem Café und während er die Öffentlichen besuchte, winkte ich dem Kellner zum Bezahlen heran. Das kleine Lokal war gut besucht und ich dachte, ich mache für die nächsten Besucher Platz, zahlte, nahm meinen Rucksack und just in dem Moment, als ich mich umdrehte, stand Christina vor mir und fragte mich auf halb deutsch und halb englisch, ob der Tisch frei werden würde. Ich nickte, drehte mich zum Gehen um und blickte genau in Joans strahlende Augen. «

Jana lachte hämisch auf. » Die strahlten bestimmt nicht lange. «

» Das stimmt und meine Urlaubslaune war auch direkt hinüber, was mir Dario natürlich sofort anmerkte. Ich weiß bis heute nicht, ob Christina überhaupt von Darios Existenz weiß oder ob Joan es ihr gegenüber verschwiegen hat, aber plötzlich sah ich meine Chance alle miteinander bekannt zu machen, doch ich war mir unsicher, wie mein Strahlemann-Sohn reagierte und ließ es sein, schließlich wollten wir unsere Kreuzfahrt weiter genießen. Am Hafen checkte ich nochmal meine Mails und WhatsApp und las die Nachricht von Joan. Er hat Dario gesehen, sich in ihm äußerlich wiedererkannt und wenn wir noch ein paar Tage in Valencia wären, könnte wir uns vielleicht mal zu dritt treffen. «

Maren nippte erneut an ihrem Wein. » Was meint ihr wie froh ich war, als das Schiff ablegte und ich nicht antworten musste! «

Ich nickte. » Das glaube ich dir, aber irgendwie müssen die beiden sich doch trotzdem kennengelernt haben. Wann und wie ist das passiert? «

» Ich ließ Joan schmoren, zu tief saß der Stachel noch in mir, doch eines Tages stand er plötzlich vor mir. Ich, als Empfangsdame, sah direkt in Joans Gesicht, als er von einem ausgeführten Seminar kam und ebenfalls sehr überrascht dreinschaute, als er mich an der Pforte entdeckte. Wir wechselten ein paar belanglose Worte und dann verabschiedete sich Joan dringlich. Puh, das

Wiedersehen wühlte mich so auf, dass ich mich kurz-
fristig abmelden musste. « Sie sah zu Jana. » Das war,
als du mir auf den Flur entgegenkamst und ich nur an
dir vorbei gerauscht war. Ich musste aus dem Ge-
bäude. «

Jana grinste schief. » Ich kann mich daran erinnern
und dachte, es sei etwas mit deinem Sohn. Du hättest
wenigstens auf meine WhatsApp kurz antworten können. Ich habe mir echt Sorgen gemacht. «

Maren tätschelte Janas Arm. » Sorry, ich stand einfach unter Schock. «

Anke drängelte. » Und dann? «

» Und dann hat mich Joan öfters in der Zentrale angerufen oder auch schon mal besucht, wenn er einen
Kurs absolvieren musste, um sich nach Dario zu er-
kunden. «

Ines fragte vorsichtig, ob er seinen Sohn nicht persönlich kennenlernen wollte und Maren nickt heftig. »
Klar, jetzt schon, aber ich war noch nicht bereit dazu,
Dario von seinem Vater zu erzählen und deshalb ergab
sich das Angebot mit dieser Finca. Dario wollte unbedingt Koch werden, ihm machte es riesig Spaß experi-
mentierfreudig in der Küche zu stehen und immer
wieder neue Gerichte zu kredenzen, und ich merkte,
dass er aus seinem Hobby gerne einen Beruf machen
wollte, aber nicht unbedingt in Deutschland. Dario
war ein Sonnenkind, er brauchte keine Jahreszeiten,
sondern Sommer rund um die Uhr und somit versuchte er eine Kochlehrstelle in Südeuropa zu bekommen. Dies erzählte ich in einem Gespräch Joan. « Sie
sah uns an. » Ja, mittlerweile sprachen Joan und ich

wieder miteinander, verbrachten auch manche Mittagspausen zusammen und redeten viel Privates über Dario. Ich erzählte ihm, dass ich Dario all die Jahre allein großgezogen habe und es seit der Nacht am Strand keinen anderen Mann mehr in meinem Leben gab, wobei mir Joan von zwei Langzeitbeziehungen berichtete, aber leider nichts von Christina erwähnte. Wir verstanden uns wie früher, lachten viel, redeten über Gott und die Welt und wieder einmal verliebte ich mich nach knapp dreißig Jahren in den Mann, der mir einmal das Herz gebrochen hatte und ihr könnt mir glauben, dass ich mich über meine Naivität am meisten geärgert habe. Eigentlich hätte mir sofort auffallen müssen, dass Joan nicht allein lebte, denn ich sollte ihn nie anrufen, damit ich ihm nicht im Meeting störte, ich durfte ihn nicht besuchen, da er so schlimme Nachbarn hatte und so weiter. Wir trafen uns bei mir oder auf neutralem Boden außerhalb der Stadt, damit er angeblich Ruhe vor seinen Schülern hatte. Mir war es zu dieser Zeit nicht aufgefallen, ich habe alles durch die rosarote Brille gesehen und als Joan von mir erfuhr, dass Dario eine Anstellung als Koch im Ausland suchte, erzählte er mir von einem guten Freund namens Miguel auf Gran Canaria der ein Lokal besaß und zurzeit auf der Suche nach Unterstützung war. Mein Glück schien fast zu perfekt zu sein, als mir Joan noch sagte, dass Dario in der vererbten Finca kostenfrei wohnen könnte. Er könnte damit zwei Fliegen mit einer Klappe schlagen. Erstens würde er sich sehr freuen, wenn sein Sohn diese wunderschöne Finca bewohnen würde und zweitens wäre diese wegen der Hausbesetzer geschützt. Dario sollte nur, wenn er selbst oder Gäste die Finca für einen Urlaub nutzten, in eine WG-Wohnung in unmittelbarer Nähe des Lokals ziehen. Diese gehörte Miguel und er hat immer ein Zimmer für seine Angestellten frei. «

Ich nahm mir meine Zigaretten vom Tisch. » Perfekt, oder? «

» Genau, perfekt, das fand auch Dario. Er fragte auch gar nicht großartig, von wem ich das Angebot hatte, sondern packte gedanklich sofort seine Koffer. Da kam dann sein typisches spanisches Temperament in ihm durch. « Maren lachte auf. » Naja, ich habe Dario die Kontaktdaten von Joan weitergeleitet, der mir versprach, sich nicht als Vater, sondern nur als Kollege zu outen und ließ meinen Sohn ziehen. « Maren atmete tief durch und schaute kurz ins Leere. » Dario wusste nichts von meiner heimlichen Beziehung zu Joan, er dachte ich traf mich mit Freundinnen, dabei genoss ich die Zeit mit meiner Jugendliebe, bis sich irgendwann unsere Beziehung schlagartig drehte. Joan versetzte mich immer häufiger, erschien nicht zum Date, rief nicht mehr an. Ich dachte, ich hätte mich vielleicht ihm gegenüber falsch verhalten und suchte eine Chance ihn zu erreichen, aber wenn ich mich ihm näherte, wies er mich ab. Da war ich das zweite Mal im Leben verliebt und wieder wurde ich verletzt und dann noch von demselben Mann. Ich sag euch, Mädels, von da an schwor ich mir, mich nie wieder zu verlieben und keinen Mann zu trauen. «

Ich drückte meine Zigarette aus. » Au Mann, da hast du ja ganz schön was mitgemacht. «

Maren lächelte. » Das stimmt, vor allem als Joan die Polizei rief, als ich ihn lediglich an der Wohnungstür bat, mir sein Verhalten zu erklären. Peinlich war das, verdammt peinlich. « Sie drehte sich zu Jana. » Mein Verhalten dir und auch Henning gegenüber rechtfertigt aber meine Geschichte nicht. Was da in mir vorging, kann ich dir leider nicht erklären. Wahrscheinlich sind bei mir sämtliche Sicherungen durchgebrannt als ich dich mit Joan sah und am nächsten Tag dann noch eine weitere männliche Person an deiner Seite erschien. Ich war neidisch, wie harmonisch Joan mit dir tanzte, lachte und flirtete. Zu diesem Zeitpunkt wusste ich leider immer noch nichts von Christina und sah rot. Ganz einfach rot und ich weiß, dass ich schuldig bin, wenn deine Beziehung zu Henning ins Wanken geraten ist. Es tut mir so leid Jana, aber ich kann es nicht rückgängig machen und hoffe, dass ich eure Beziehung mit meiner Eifersucht nicht kaputt gemacht habe. «

Jana winkte gelassen ab. » Da konntest du nicht viel kaputt machen. Wie ich erfahren habe, zieht Henning jetzt aus, aber das war eh eine Frage der Zeit bei uns. Vielleicht hast du ihm den nötigen oder letzten Schubser mit deiner Aktion gegeben, aber deshalb bin ich dir bestimmt nicht böse. C′est la vie! «

Anke verstand die Welt nicht mehr. » Mann, Mann, Mann, was sind das alles für Verhältnisse. Wenn ich euch so höre, bin ich froh, dass ich meinen treuen Peter gefunden habe, auch wenn er den Schwiegerdrachen Renate mit im Gepäck hat. Aber darf ich dich noch etwas fragen? Warum - also ich oder wir gehen davon aus, dass du es warst, die das Wort Remache am Tor hinterlassen hat - warum hast du das gemacht und wen meintest du damit? «

Maren schaute erschrocken. >> Nein, das war nicht ich, sondern mit Sicherheit wieder mal Maria, die Ex-Freundin von Dario. Hat sie es sich schon wieder gewagt, dieses kleine Luder! << Maren schüttelte den Kopf. >> Tja, so ist das im Leben mit der Liebe. Hätte sie meinen Sohn so geliebt, wie er sie, hätte sie bestimmt ihr faules Leben weiterführen können, die Madame, aber sie musste ja immer neue männliche Bestätigungen haben und hat die Gutmütigkeit meines Sohnes in jeder Form ausgenutzt. Dario war so verliebt, er wollte sie am liebsten sofort heiraten und am besten gleich eine Großfamilie gründen, doch dieses kleine Miststück nutzte ihn und das Leben hier auf der Finca nur aus. Hat euch Dario nichts von der Beziehung erzählt? << Wir schüttelten alle stumm den Kopf.

>> Naja, dann möchte ich auch nicht zu viel erzählen, vielleicht möchte er es auch nicht so gerne. Nur kurz zur Erklärung: Mein Sohn hatte in Maria die große Liebe gefunden, doch die Frau war eine ganz abgebrühte Person, die ihn von Anfang an belog und betrog. Ich habe es mitbekommen, wie sie sich mit jungen hübschen Männern traf, während Dario fleißig in der Küche arbeitete. Sie besaß sogar die Frechheit mit diesen Männern, meistens Urlauber, die auf dicke Hose machten, in dem Lokal zu dinieren, indem Dario arbeitete und ließ sich von ihm dreist bekochen. Ich glaube, Liebe macht wirklich manchmal blind. >> Maren schüttelte kurz nachdenklich den Kopf. >> Jeden Tag lud sie andere Gäste in die Finca ein, selten Freundinnen, häufig eben diese jungen Männer mit dicken Autos. Paco, der Gärtner, den ihr bestimmt auch schon kennengerlernt habt, hat im Nachhinein viel erzählt. Er selbst war

nahe daran, seinen Job aufzugeben, wäre er nicht finanziell darauf angewiesen. Somit versuchte er so gut wie es ging, dem allen aus dem Weg zu gehen, sobald mittags die Sektkorken am Pool knallten und Maria tänzelnd mit den jungen Männern flirtete. Ihm tat nur Dario leid, der jeden Mittag fleißig zur Arbeit fuhr und oft spät abends zurückkam. Irgendwann reichte es Paco doch. Er bat Maria höflich, Kippen und Müll nicht einfach überall im Garten zu verstreuen, sondern ordentlich zu entsorgen, als diese völlig tobte, ihn extrem beleidigte und, so wie er erzählte, aus Trotz noch vor die Füße spuckte. Ich sag ja, die Frau war absolute unterste Schublade und Paco endlos sauer. Er rief umgehend Joan an, um ihm von den fast täglichen Partys auf seinem Grundstück zu erzählen und passend wollte Joan sowieso ein paar Tage später nach Gran Canaria reisen. Er suchte direkt nach seiner Ankunft Maria auf und sprach ihr ein sofortiges Hausverbot aus. Klar war Dario sauer und wollte ebenfalls aus der Finca ziehen, als Maria mit meinem Sohn Schluss machte und das Thema erledigt war. Also für uns, leider nicht für Dario. Es war keine leichte Zeit für ihn, denn er verlor nicht nur seine erste große Liebe, sondern auch seinen Job. Das Restaurant, an dem ebenfalls sein Herz hing, wurde von heute auf morgen geschlossen, doch Dario, mein Kämpfer, ließ sich nicht hängen, wie ich vermutete, sondern schaute positiv nach vorne und entdeckte seine Freude bei den Hilfebenötigten Senioren. Dario ist einfach ein Stehaufmännchen. «

Hanna kombinierte. » Also war es Maria, die das Tor beschmierte. «

252

Maren nickte. » Das hat sie nicht zum ersten Mal gemacht und ich weiß, dass Joan bei seinem nächsten Besuch eine Kamera anbringen möchte, damit er Beweismaterial hat. Tut mir leid, wenn ihr euch deshalb vielleicht gestört gefühlt habt. «

Wir winkten alle locker ab und gaben natürlich nicht zu, dass wir alle am liebsten in dem Moment, als sich das Tor bewegte, das SEK gerufen hätten.

Jana seufzte. » Ja ja, so ist das mit der Liebe. Sie ist wie Highheels, man braucht sie, aber sie tun auch weh und jetzt Maren, sag doch mal, wann du deinem Sohn endlich seinen Vater vorstellen möchtest? Das Dario noch nicht selbst auf die Idee gekommen ist, wundert mich etwas, da er doch absolute Ähnlichkeit mit Joan hat! «

Maren nickte. » Das stimmt, ich hatte auch schon so manches Mal die Luft angehalten, wenn die beiden sich trafen und weiß wirklich nicht, wann der richtige Zeitpunkt ist. «

Jana schaute sie ernster an. » Heute! Nach dieser ganzen Geschichte solltest du dir den Rest auch noch von der Seele reden. Unausgesprochenes drückt aufs Herz und ich finde, es gibt keinen Grund, seinen Sohn nicht einzuweihen. «

Maren überlegte, schloss kurz die Augen, schaute uns erneut im Uhrzeigersinn an und hielt dann ihr leeres Schnapsgläschen zum Auffüllen in die Höhe. » Zwei drei Kurze brauche ich dann aber noch! Mindestens! «

Jana sprang auf. » Das ist das kleinste Problem und damit du siehst, dass wir alle auf deiner Seite stehen, heben wir unsere Gläser mit dir. Salud ihr Lieben, auf den Abend der Wahrheit. «

Kapitel 18

Bis Dario kam, unterhielten wir uns über belanglose Sachen. Maren erwähnte nur einmal vorsichtig, dass sie doch noch gerne wissen wollte, warum ihr Karsten Jana unter Pretty Woman abgespeichert hatte und Jana konnte nur ihre Vermutung äußern. » Vielleicht weil ich genauso lache, wie Julia Roberts? « Ines verschluckte sich fast. » Ja natürlich! « Jana spielte mit ihrem Pferdeschwanz. » Na eine gewisse Ähnlichkeit erkenne ich da schon, wenn ich in den Spiegel schaue, aber ist jetzt auch egal. Ich kann dir nur mein Versprechen geben, dass ich mit deinem Karsten selten mal ein persönliches Wort gesprochen habe, obwohl ich ihn nicht unsympathisch finde und sich das Projekt Nebelfänger absolut interessant anhört. Bitte kläre deine Frage mit ihm selbst, ich möchte im Moment keine neue Baustelle Namens Mann. «

Irgendwie kamen wir auf den Tuchverkäufer Avan zu sprechen und staunten, dass Maren Jana am Strand nicht hinter den Tüchern erkannte. » Da sieht man mal die Qualität! Die Tücher sind absolut blickdicht. « Hanna lachte auf. » Typisch Jana! «

» Worin bin ich typisch? «

» Du sagtest doch gerade, dass du deine Qualität im Blitzlicht siehst. Also ich finde deine gestellten Bilder, die du so postest, langweilig und unnatürlich. Die sehen immer gleich aus. «

» HANNA! «

» Ja? « Sie schaute unsicher in die Runde. » Falsch? «

» Jaaaaaaa! «, kam es von allen, als das laute Knattern von Darios Motorrad den Berg hinauf ertönte.

» Oje, jetzt wird mir ganz schlecht. « Maren war tatsächlich blass geworden.

» Quatsch, du schaffst das. Irgendwann musst du ihm die Wahrheit sagen. Komm, noch wacker einen für die Birne, ex und hopp, rin in'Kopp. « Als sich das Tor in Bewegung setzte, schauten wir alle mit großen Augen zu Dario. Er winkte uns zu, stellte sein Motorrad unter dem Carport ab und kam lächelnd auf uns zu.

» Hola, meine liebsten Mitbewohner! «

» Hola Mario. «

Ines flüsterte Hanna ein Dario zu, als er beim Näherkommen seine Mutter in unserer Runde entdeckte.

» Madre? Mama? Was machst du denn hier? Wolltest du mich besuchen? « Er schloss sie liebevoll in seine Arme und gab ihr links und rechts ein Küsschen auf die Wangen.

» Hola, mein Sohn. Ich bin einer Einladung gefolgt, die ich gleichzeitig mit einem Besuch bei dir verbinde. «

» Aha, verstehe ich zwar nicht so ganz, aber wenn ich mir so euren Tisch mit all den Flaschen und Gläsern anschaue, dann gehe ich mal fest davon aus, dass ihr schon gut vorgelegt habt. Woher kennt ihr euch denn alle? «

Maren versuchte ihn zu überhören und drückte ihn lieber nochmal. » Es war bisher ein sehr sehr angenehmer Abend und ich würde schon fast behaupten, dass die Frauen in Sachen Grillen zu Konkurrenten werden können. «

Anke lachte auf. » Na, jetzt übertreib mal nicht « und Jana klopfte neben sich auf den freien Stuhl. » So mein Jung. Jetzt trink erstmal vier oder sieben Schnäpschen, du hast doch morgen frei und musst einige nachholen. « Dario staunte. » Wollt ihr mich abfüllen? « Jana schüttelte den Kopf. » Das Leben ist an manchen Tagen halt nur im Rausch zu ertragen und keine Angst, ich lass dich nicht allein trinken, soweit müsstest du mich ja mittlerweile kennen. Also, salud, Dario. « Ich schubste Maren an. » Das wird schon. Ich drück die Daumen « und stand auf. » Ich hole mir mal ein Jäckchen, irgendwie wird es mir frisch. «

Ines schaute mich an. » Frisch? Ich habe eine Hitzewelle nach der anderen und du holst dir eine Jacke? «

Ich gab ihr durch ein Kopfnicken ein Zeichen. » Wolltest du nicht noch deinen Sohn anrufen? «

» Ich? «

» Jaaaaa, Duuuuu!!!! «

Sie kapierte. » Das hätte ich jetzt beinahe vergessen. Danke Katja, dass du daran gedacht hast. « Sie wandte sich Maren und Dario zu. » Ich komme gleich wieder, muss eben Yannik anrufen, da er morgen in den Urlaub fliegt. «

Anke wusste, worauf ich hinaus war, und schnappte sich Jana. » Komm Jana, wir ersetzen die leeren Flaschen hier mal gegen volle und holen noch ein paar Knabbereien. «

» Och Ankelein, ich sitz hier gerade so gemütlich, kannst du nicht … «

» Nein, kann ich nicht. Jetzt komm und hilf mir eben tragen. «

Hanna genoss ihren Wein und reagierte auf unsere Körpersignale gar nicht, wenn sie saß, dann saß sie und auf meine Bitte, sich vielleicht nochmal neue Batterien einzulegen, bat sie uns, einfach lauter zu reden. Wir mussten uns etwas ausdenken, was sie lockte. Tiere! Tiere lockten! » Hanna? Hol mal schnell den Kescher! Hier schwimmt ein Gecko im Pool. « Sie sprang wie bei einem Baywatch Notfall auf. » Wo, Katja? Wo? Lebt er noch? Wir müssen ihn retten, die Tiere können nicht schwimmen! « Ich nahm sie zur Seite. » Das habe ich nur so gesagt damit Maren und Dario reden können. Geben wir den beiden die Zeit. «

» Das ist doch selbstverständlich, aber das hättet ihr mir doch auch sagen können, ohne mich wegen dem Gecko so zu erschrecken. « Ich hakte sie unter. » Komm, wir gehen ein bisschen durch den Steingarten, vielleicht sehen wir ja wirklich ein paar Echsen. «

» Gute Idee, ich mag die Tiere. «

» Stimmt, sie sind schon niedlich. «

Wir ließen Mutter und Sohn über eine Stunde reden und erst als Anke sah, wie die beiden sich in den Armen lagen, wagte sie sich langsam wieder zurück. Maren, die über Darios Schulter dankbar zu ihr sah, nickte ihr mit wässrigen Augen lächelnd zu. Wir anderen stießen dann auch nach und nach dazu.

Dario bedanke sich bei uns, dass wir seine Mutter dazu gebracht haben, endlich mal über die Vergangenheit und somit über seinen leiblichen Vater zu reden. » Ich habe meiner Mutter die Geschichte mit dem Urlaubsflirt nie wirklich geglaubt und es tut mir sehr leid, dass sie zweimal von ihrer großen Liebe enttäuscht worden ist. Übernächste Woche kommt Joan, also mein Vater, nach Gran Canaria. Normalerweise ist die Abmachung, dass ich für diesen Zeitraum dann in die WG ziehe, doch abgesehen davon, dass der Wasserschaden bis dahin bestimmt noch nicht behoben ist, werde ich ihn hier persönlich in Empfang nehmen. Ich werde keine Rücksicht auf seine schwangere Frau nehmen und einfach hoffen, dass wir uns aussprechen und uns weiterhin gut verstehen werden. Ich bin ihm, was mich betrifft, nicht böse, aber ich finde sein egoistisches Verhalten meiner Mutter gegenüber sehr unfair. «

Jana lehnte sich zufrieden zurück. » Ich vermute viele Männer schauen den Frauen genau deshalb penetrant auf den Hintern, weil sie sich darin persönlich wiedererkennen. «

Anke lachte los. » Jana! Also manchmal schraubst du dir aber auch Sprüche raus! «

» Na ist doch so. Natürlich gibt es Ausnahmen und du, Dario, brauchst dich bitte nicht angesprochen fühlen. So Anke, jetzt mach doch mal ein bisschen die Musik lauter! Geredet haben wir, glaube ich, heute genug. Vieles muss erstmal sacken, deshalb lasst uns einfach etwas feiern! «

Feiern, ja das konnten wir. Spätestens beim Abba-Medley tanzten wir alle durch den Garten, genossen den Abend mit einer Polonaise durch die Mango Plantage und versuchten uns an den Jerusalema Tanz, der bei uns irgendwie anders aussah als auf dem Video, doch wir hatten Spaß und als Maren zu gähnen anfing, war es schon tiefste Nacht. >> Ich glaube, ich rufe mir jetzt ein Taxi. <<

Dario umarmte sie von hinten. >> Du brauchst dir doch kein Taxi rufen, du kannst bei mir schlafen und morgen bringe ich dich nach dem Frühstück zurück. Dann lerne ich auch mal Karsten kennen. <<

Maren war so glücklich, sie strahlte über das ganze Gesicht, als sie sich uns zuwandte.

>> Dieser Abend hat mein komplettes Leben verändert. Ich bin euch allen so so so dankbar, dass ich euch alle einmal feste drücken möchte und ich bestehe darauf, dass ich mich revanchieren werde. Teilt mir über Jana doch bitte mal einen Termin mit, wann ihr Zeit habt, dann können wir auf unserem großen Balkon grillen und diesen Abend annähernd wiederholen. <<

>> Und bei Joan in den Garten gucken! <<

Hanna klatschte in die Hände. >> Spucken? Das will ich sehen, Ines! <<

Diese verdrehte nur die Augen. >> Gucken, HANNA, gucken! <<

* * *

Der nächste Morgen wurde sogar für mich als Frühaufsteher spät. Wach wurde ich durch das Geknatter von Darios Motorrad und schaute erschrocken auf die Uhr. Mist, wir wollten doch heute mit dem Schiff Delfine und Wale beobachten. Schnell stand ich auf, öffnete die Jalousie und sah noch so eben, wie Maren und Dario zusammen durch das Tor düsten. Nachdem ich den Kaffee für meine Mitreisenden aufgesetzt, den Tisch mit dem Nötigsten gedeckt und dann geduscht hatte, weckte ich meine Meute. Es war bereits kurz vor zehn Uhr, wir mussten dreißig Minuten Fahrzeit berechnen, brauchten noch Proviant und frühstücken wollten wir auch noch. Anke lag komplett unter der Decke vergraben, ich wusste gar nicht, wo vorne oder hinten war, öffnete deshalb einfach ihr Rollo und ließ die Sonne herein. Bei Ines und Jana war es ähnlich, nur bei Hanna wurde es schwierig. Bei ihr half weder frische Luft noch Sonnenlicht und immer, wenn sie kurz wach wurde und blinzelte, nickte sie wieder ein. Dreimal machte ich das Theater mit, dann wurde ich langsam sauer. » Jetzt reicht es aber, Hanna. Also entweder du stehst jetzt auf und schaust dir mit uns Delfine und Wale an oder du musst allein hierbleiben. Du hast durch die Trödelei nur noch zehn Minuten Zeit. «

» Wie spät ist es denn? «

» Spät! «

» Seid ihr schon alle fertig? «

» Wir sitzen alle bereits im Auto. « Ich übertrieb etwas.

» Und warum habt ihr mich nicht eher geweckt? Ich wollte wenigstens noch in Ruhe frühstücken. «

» Du bekommst ein belegtes Brötchen und einen Kaffee to go in die Hand, wenn du jetzt endlich aufstehst oder du frühstückst ausgiebig, aber dann allein, da wir gleich fahren. «

» Ihr könnt so grausam sein! «

» Genau, du hast jetzt noch genau 9 Minuten zum Überlegen, dann ist dein Ultimatum abgelaufen und wir fahren. «

» Bla Bla Bla. «

Anke und ich setzten uns auf die Terrasse. Es dauerte keine Minute und wir sahen Hanna ins Bad huschen. Anke rief » Geht doch und jetzt etwas Kniegas Hanna, sonst verpassen wir noch unser Schiff! Noch sieben Minuten! «

Was dann gar nicht ging, war die Verkehrskontrolle, in der wir noch gerieten. » Auch das noch! «

Anke saß vorne und rollte mit den Augen. » Jana, fass dich bitte kurz. Wir haben keine Zeit. Auch nicht zum Flirten. Zeig ihm alles, was er sehen will, damit wir schnell weiterfahren können. «

» Alles? Anke, Anke! «

» Du weißt doch was ich meine. Papiere, Verbandskasten, Warnweste und so weiter. «

Jana hielt den Wagen rechts an und öffnete die Fensterscheibe. » Buenos días, Muchacho. «

Der Polizist nahm seine Sonnenbrille ab und schaute uns Insassen prüfend an. Auf seiner Brusttasche war sein Name Alonso eingestickt. » Buenos días. Licencia de conducir y documentos del vehículo por favor. «

» Hä? Ich verstehe Sie nicht. I don't understand you. Can we speak German? Please? «

Der Polizist nickte und bat im gebrochenen Deutsch um die Fahrzeugpapiere. Jana fing an in ihrer Tasche zu wühlen. » Mensch, wo habe ich die denn? Sind die vielleicht im Handschuhfach? «

Anke wollte es gerade öffnen, doch im letzten Moment fiel Ines der Inhalt ein und sie zischte ein » Nicht Anke, lass bloß das Fach zu! Jana, schau mal unter der Sonnenblende. «

Sie klappte diese hinunter und kniff tief ausatmend dem Beamten ein Auge zu. » Ich wollte es nur etwas spannend machen. « Sie reichte ihm die Papiere und wir hielten alle die Luft an, denn der Typ schien keinen Spaß zu verstehen. Während ich die Uhr im Auge behielt, schaute er sich intensiv die Papiere an, als wollte er Führerschein und Fahrzeugpapiere auswendig lernen. Wichtigtuerisch wurde noch das Auto kontrolliert. Reifen, Kennzeichen und sogar die Stoßstangen. » Langsam bekomme ich Angst, dass der Wagen als gestohlen gemeldet wurde. Der guckt so grimmig, als sucht er nach etwas Bestimmten. « Anke beobachtete ihn im Rückspiegel und erst, als er Jana die Papiere zurückreichte, atmete ich tief aus, denn ich befürchtete, wir rutschten in ein Abenteuer, was nicht Katamaran hieß. Cool setzte der Beamte seine Sonnenbrille auf. » Que tengas un buen viaje. Auf Wiedersehen! «

» Lieber nicht, sonst verpassen wir noch unser Schiff. « Jana nahm die Papiere zurück, startete den Motor und schaute Anke an. » Atmest du noch? «

» Ja natürlich. Aber ich hatte vergessen, dass wir die Waffe wieder im Handschuhfach spazieren fahren. Stell dir mal vor, ich hätte jetzt das Fach geöffnet und die Knarre wäre herausgefallen! Dann hätten wir die Schifffahrt tatsächlich absagen können. «

Ich klopfte beiden vorne auf die Schulter. » Das können wir auch, wenn wir nicht langsam mal starten. «

» Festhalten, Mädels «, Jana gab Gas und ließ den Beamten in einer Staubwolke stehen.

* * *

Zum Glück fanden wir eine freie Parklücke in der Nähe des Hafens und staunten über einen Riesenkatamaran, der noch im Hafen auf seine Passagiere wartete. Wir fünf wurden nett empfangen und hatten freie

Platzwahl. Leider waren die vorderen Reihen bereits besetzt, deshalb entschieden wir uns für die hintere und fuhren pünktlich langsam aus dem Hafen.

>> Herrlich Mädels. Ich glaube, ich hänge noch eine Woche dran. Wenn ich an Yanniks Dreck und Thomas genervtes Gesicht denke, würde ich wirklich gerne in Verlängerung gehen! << Ines hatte sich rückwärts auf die Rückbank gehockt und schaute auf das Meer.

>> Wenn du dich mit deinem Sauberwahn nicht immer selbst unter Druck setzen würdest, wäre deine und die allgemeine Stimmung bestimmt freundlicher <<, fand Anke.

>> Verstehe ich nicht. <<

>> Naja, wenn ich zum Beispiel nachhause komme und Peter würde mich gleich an der Tür mit einem Putzlappen begrüßen und direkt hinter mir her wischen, dann wäre ich auch genervt. Oder wenn ich täglich mit den Worten 'Schuhe aus, ich habe gewischt' begrüßt würde oder 'krümmel mir bloß nicht alles voll, es ist gerade alles sauber'. Mensch Ines, ihr wohnt und lebt in dem Haus, es ist doch kein Museum. <<

Ines schaute sie erst irritiert, dann wütend an. >> Ich habe aber keine Lust im Dreck zu leben. <<

Anke winkte ab. >> Jetzt übertreib mal nicht. Ein bisschen Staub ist in jeder Puppenstube Normalität oder leidest du neuerdings an einer Hausstaub-Allergie? Ich dachte, du hättest den Zwang im Griff. <<

Ines zuckte mit den Schultern. >> Ich sehe es nicht als Zwang, sondern als Reinheit an. <<

>> Reinhard? Wer ist das? Ein Arbeitskollege? <<

>> HANNA! <<

>> Ja? <<

»Ich sagte Reinheit! Krümmel freie Zone. «

» Ich weiß, was Reinheit heißt, wusste aber nicht, dass wir bei deinem Lieblingsthema sind. Besser ist, ich gehe wieder offline und genieße unseren letzten Tag, als mir jetzt schon Gedanken über den kommenden Alltag zu machen. «

Ich hatte von alldem nichts mitbekommen, da ich die Toiletten aufsuchte und dabei gleich den Katamaran erkundete. » Unten stehen noch zwei überdachte Whirlpools und ein kleiner Kiosk. Möchtet ihr etwas trinken? «

Jana, die bis jetzt mit ihrem Handy beschäftigt war, setzte ihre Sonnenbrille auf. » Das Leben ist ein Kampf, die Sucht ein Krampf, solange wie ihr euch neckt, trink ich mir ein Sekt. « Unser Lachen wurde vom Kapitän unterbrochen, der seine Gäste auf dem Katamaran begrüßte. » Hola liebe Gäste und herzlich Willkommen auf San Cristobal. Delfine und Wale in ihrem natürlichen Lebensraum zu beobachten, gehört zu den einzigartigen Ereignissen im Urlaub. Von den weltweit knapp achtzig Arten der Meeressäuger sind circa dreißig Wal- und Delfinarten in den Gewässern der Kanarischen Inseln unterwegs oder heimisch, weil sie dort ideale Wasserbedingungen vorfinden. Es ist bei unserer Bootstour möglich, verschiedene Delfine und Wale von Angesicht zu Angesicht zu beobachten. Hier leben Delfinarten wie der Großer Tümmler, der Gemeine Delfin, der Zügeldelfin, der Borneo-Delfin und viele Schwert- oder auch Grindwale, sowie Pottwale. « Er schaute kurz durch sein Fernglas und erzählte weiter. » Besonders Delfine schwärmen gerne in großen Gruppen aus. Sie unterhalten den Betrachter, wenn sie besonders guter Laune sind auch gerne mit ihrem eindrucksvollen Tanz im Meer. « Hanna, die sich schnell online gestellte hatte, freute sich. » Oh wie toll. Hoffentlich sehen wir welche. « Die weitere Fahrt ging recht ruhig weiter, bis die Lautsprecher wieder kurz knackten und der Kapitän auf eine Stelle im Meer zeigte. » Wale Wale! « rief er dabei aufgeregt und steckte uns mit an. Ich wusste gar nicht was ich zuerst machen sollte. Filmen, fotografieren, mein Wasserglas abstellen oder einfach nur den Tieren zusehen, die ihre Fontäne an die Wasserfläche pusteten. Ich bekam richtig Gänsehaut, auch wenn die Tiere etwas weiter entfernt waren, konnte man das Ausblasen des Wassers nicht nur sehen, sondern auch hören. Ich sah in Hannas und auch Ankes strahlende Gesichter und hatte kurz Darios Überraschung für Herrn Hansen vor mir. Was muss das für ein Glückmoment für den alten Seefahrer gewesen sein! Ich hatte immer noch Gänsehaut und alles ging recht schnell, denn plötzlich rief der Kapitän in die andere Richtung zeigend » Delfine, Delfine! « Auch diese hielten Abstand zum Katamaran, doch man konnte sie erkennen und es war wirklich schön, diese Tiere außerhalb eines Wal- oder Delfinariums schwimmen zu sehen! So sollte es sein!

Leider waren nach gut fünfzehn Minuten keine Tiere mehr zu erblicken und der Katamaran drehte Richtung Heimkehr um. Wir lehnten uns zufrieden in den bequemen Stühlen zurück und überlegten, was wir heute noch Essen wollten. Die Entscheidung traf Hanna. » Also wenn Mario dazu kommt, würde ich einen Italiener vorschlagen? «

>> DARIO und Spanier? <<

Hanna winkte ab. >> Die spanische Küche kennt er doch wohl in und auswendig. <<

Janas Handy piepte. >> Dario schreibt, er würde uns heute gerne in die La Trattoria treffen, da er uns etwas zeigen möchte und auf unsere Meinung baut. Das Restaurant soll östlich hinter Mogán liegen und ist auch ab der Hauptstraße ausgeschildert. <<

Ich wusste wo. >> Das Schild habe ich vorhin noch gesehen. In etwa, weiß ich wo. Was möchte er uns denn zeigen? Na, da bin ich aber gespannt. <<

>> Ich auch. <<

* * *

Aber erst besuchten wir noch den afrikanischen Markt, der echt interessant war. Hauptsächlich wurden viele Gewürzarten, Lederware, Bekleidung, Haushalts- und Dekoartikel angeboten. Da wir noch Zeit hatten, schlenderten wir von Stand zu Stand und fanden zur Freude von Jana sogar eine Verkäuferin, die Batterien anbot. >> Hanna? Die Dame macht dir einen Sonderpreis, wenn du alle nimmst. <<

>> Sommerreis? Und der soll schmecken? <<

Jana nahm Hannas Gesicht in beide Hände und schubberte an ihren Ohren, bis es plöpp machte.

>> Batterien, Hanna. Viele Batterien, ganz viele Batterien und wenn du jetzt alle nimmst, bekommst du garantiert steuerfreie 30 % Rabatt! <<

Hanna tippte sich an die Stirn und schlenderte weiter. >> Super-Angebot Jana! Und morgen zahle ich 50% Aufpreis bei der Gepäckwaage am Flughafen! <<

Wir bremsten an einem Lederstand, der ausgefallende Handtaschen anbot. Anke und mir gefielen gleich mehrere und nach langem hin und her entschieden wir uns auch jeder für eine. Hanna, die die Taschen auch sehr schön fand hielt wegen Echt Leder Abstand und kaufte sich dafür ein neues Kork-Zigarettenetui, Jana gönnte sich ein Parfum und Ines Aloe Vera-Raumspray. Am Ende des Marktes kehrten wir noch in ein Lokal ein, um uns mit Kaffee und Tee nochmal zu stärken. Wir alle genossen nochmal diesen wunderschönen Ort. Anke schien sich über Dario Gedanken zu machen. » Hoffentlich funktioniert die Geschichte mit ihm und seinen Eltern weiter gut. Ich mag den Burschen und drücke ihm für seine Zukunft beide Daumen. «

Ich nickte. » Das stimmt. Ich finde es bewundernswert, dass er sich so liebevoll um die älteren Menschen kümmert und musste vorhin schon an die Walgeschichte mit Herrn Hansen denken. «

Hanna nickte » Gerne und gute Idee, Katja. Was sollen wir ihm denn schenken? «

Jana verdrehte die Augen und bestellte darauf fünf Artemis.

Ines schüttelte nur den Kopf. » Du weißt schon, dass du noch fahren musst! Ich würde keinen Tropfen Alkohol trinken, wenn ich noch fahren müsste. «

Jana grinste, als die Bestellung serviert wurde. » Du nicht, aber ich. Mit so einem Doping fahre ich doppelt so gut und Hanna, bitte schubber deine Ohren, bevor ich noch eine zweite Runde bestellen muss! «

* * *

Wir verstauten unsere Einkäufe in dem Kofferraum und lotsten Jana aus der Parklücke, da irgendein Porschefahrer meinte, den Van zuparken zu müssen. Als wir den wunderschönen Hafen Mogán verließen, um uns auf den Weg zur Trattoria zu machen, drehte ich mich nochmal um, da alles so nett angestrahlt wurde. Dieser Ort war mir absolut sympathisch, er strahlte eine unheimliche Ruhe aus und die Häuser und Gassen waren so gepflegt und liebevoll gestaltet, dass auch ich sehr viele Fotos machte.

Als wir auf der ruhigen Nebenstraße fuhren, stellte Anke das Radio etwas lauter und klatschte als Beifahrerin zu Shakiras Estoy Aqui mit. Jana gefiel das Lied ebenfalls und sang laut mit, dabei schaute sie weder auf Tacho noch weit voraus, denn nach den nächsten recht zügig genommenen Kurven, entdeckte ich, die mittig im Van saß, zuerst Alonso mit seiner Kelle. » Scheiße, Alonso! Jana! Runter vom Gas, Musik leise und unauffällig fahren. Der fehlt uns jetzt auch noch! «

Ich an Janas Stelle hätte schon Herzrasen und Bluthochdruck, doch sie lächelte nur gelassen. » Man sieht sich eben doch immer zweimal im Leben. Gib mir mal jemand wacker ein Kaugummi, bevor der noch mein Artemi schnuppert. « Wir wurden nervös und hielten ihr alle zeitgleich ein Paket Kaugummi hin. » Eins! Nicht vier Pakete! « und schon wurde die Kelle geschwungen. Jana hielt den Wagen rechts an, fuhr sofort die Fensterscheibe hinunter und grinste. » Buenas noches, Señor Alonso. «

Dieser trug immer noch seine Image Sonnenbrille, zog diese etwas tiefer auf die Nase und schaute Jana über den Brillenrand hinweg an. » Buenas noches, ahhh, Sie schon wieder. «

» Ja tut mir leid, aber ich habe jetzt nicht freiwillig angehalten. «

Er schaute durch die geöffnete Seitenscheibe in unsere angespannten Gesichter und wieder zu Jana. » Sie waren etwas zu schnell unterwegs. Ich habe das Gefühl, als ob Sie es nicht nur eilig haben, sondern vor etwas auf der Flucht sind. Wenn ich mich recht erinnere, wirkten sie alle «, er schaute uns alle einzelnen arrogant über seinen Brillenrand an » vorhin auch schon recht angespannt und nervös. «

Jana blickte auf die Uhr. » Wir haben einen Tisch bei La Trattoria reserviert und wollten nicht unhöflich sein und zu spät kommen. Da mich am Hafen von Mogán ein Porschefahrer zugeparkt hatte, sind wir etwas knapp mit der Zeit und ganz ehrlich, bei den Kurven hier, kann man doch gar keine vorgeschriebene Geschwindigkeit fahren. «

Alonso nickte freundlich, als würde er Jana vollkommen verstehen, doch dann wurde er schnell wieder ernst. » Sind Sie mit einem Alkoholtest einverstanden? «

Jana blieb gelassen. » Kommt drauf an. Was haben Sie denn anzubieten? «

Der Polizist zog eine Augenbraue hoch und ich schubste Jana von hinten mit den Knien durch den Sitz an. » Bau jetzt keinen Mist, Jana « und Ines nuschelte ein ´auch spanische Gefängnisse können grausam sein`.

In dem Moment hörten wir das laute und mittlerweile vertraute Geknattert von einem Motorrad und waren alle froh, als Dario neben uns hielt. Er begrüßte zuerst freundschaftlich Alfonso und danach uns. Was er dem uniformierten Beamten erzählte, verstand niemand von uns aber als die beiden sich per Handschlag trennten und Alfonso uns mit seiner Kelle zum Weiterfahren bat, atmeten wir alle hörbar aus. Ich bat Jana ab jetzt bitte nach Vorschrift zu fahren, da ich auf eine dritte Begegnung mit dem unsympathischen Polizisten gerne verzichten würde. Ines stimmte mir zu, sie hatte immer noch am meisten Respekt vor der kleinen Knarre im Handschuhfach und bat ebenfalls um keine Widerholungstat, als wir zum Lokal abbogen. WOW, dachte ich, krass, das Lokal stand zwar mitten auf einem Bergabschnitt, wirkte aber auf dem ersten Blick schon absolut gemütlich. Ein riesiger Biergarten präsentierte viele liebevoll eingedeckte Tische, was sofort einladend aussah. Gespannt und zufrieden nahmen wir an einem Platz. Dario, schick in einer Leinenhose, weißem Hemd und Sneakers gekleidet, erzählte uns von Alonso. » Bei dem müsst ihr aufpassen, der ist hier auf der Insel bekannt wie ein bunter Hund. Ich habe schon so viele Geschichten von ihm gehört, auf welche raffinierte Art er hier die Leute erwischt, dass man eigentlich nur drüber schmunzeln könnte. Mich würde es nicht wundern, wenn er euch auf dem Nachhauseweg wieder mit seiner Kelle herauswinkt, schließlich wittert er bei Jana Beute. «

Sie blies mit dem Kaugummi eine Blase. » Welche Beute? Geld oder einen Verweis? «

Dario grinste. » Alfonso lebt allein, hat viel viel Zeit und ist bekannt, dass er irgendwie immer zur richtigen Zeit am richtigen Ort steht. Hier auf der Insel ist er der Oberguru unter den Polizisten und das lässt er natürlich gerne, gerade bei Frauen, heraushängen, dabei ist er wie eine Schildkröte; harter Panzer und weiches Herz. Ja genauso ist Alfonso. Ich glaube, sobald er in seine Uniform steigt, wächst sein spanischer Stolz. Am besten, du trinkst nur Wasser oder ihr lasst den Wagen hier stehen und holt ihn morgen ab. «

Anke winkte ab. » Kommt nicht in die Tüte, wir müssen morgen Mittag zum Flughafen und vorher noch packen und aufräumen, da haben wir keine Zeit noch das Auto abzuholen. Wie sollten wir das auch machen? Wir haben doch nur den Van. «

Hanna, die durch das frühe Aufstehen, der Schifffahrt und dann das Laufen müde und wortkarg geworden war, legte die Speisekarte auf den Tisch. » Also ich nehme Nudeln mit Spinat. Und du, Mario? «

Er schüttelte nur lächelnd den Kopf. » Hanna, Hanna! Bevor ihr morgen abreist, würde es mich tatsächlich interessieren, ob du das extra machst oder dich wirklich versprichst. «

Sie grinste. » Mit dem Versprechen ist es so eine Sache, denk mal an unsere deutschen Politiker. «

Jetzt lachte Dario auf. » Unverbesserlich. «

Jana klappte ihre Speisekarte zu. » Und hoffentlich unvergesslich. Ich glaube, ich kann in aller Namen sagen, dass wir unheimlich froh waren, dich kennengelernt zu haben und hoffen, dass wir weiterhin in Kontakt bleiben. «

Anke hatte sich auch entschieden und legte ihre Karte zur Seite. » Wer hätte gedacht, was das Leben manchmal für eine Wende bereithält. «

Ines suchte nach ihrer Lesebrille. » Gib mir bitte mal deine Brille, Anke, du weißt doch sowieso schon morgens, was du abends isst. «

Für mich kam nur eine Pizza in Frage, als Dario aufstand, um freiwillig das zum Urlaubsritual gewordene Tischgebet zu übernehmen.
>> Ich möchte Gott nicht nur für Speis und Trank danken, sondern auch dafür, dass ich euch kennenlernen durfte. Dank euch weiß ich jetzt endlich, wer mein Vater ist, obwohl ich ihn eigentlich ja schon lange kannte und Dank euch, wird es meiner Mutter jetzt psychisch besser gehen, da sie nicht nur Zuhörer und Zusprecher hatte, sondern ihr ihr auch Mut gemacht habt. Natürlich wäre jetzt das i-Tüpfelchen meiner momentanen Glückssträhne ein bezahlbares Ladenlokal zu finden und, tja, die Aussichten stehen gar nicht mal so schlecht, denn das hier, wo wir gerade sitzen, soll verkauft werden. Mir war es wichtig, eure Meinung dazu zu hören, deshalb wollte ich euch auch hierher einladen. Bitte achtet auch auf kleine Details, denn das können Frauen besser als Männer und bevor wir einen Rundgang starten, möchte ich mich noch persönlich bei dir Anke bedanken, dass du meine Mutter spontan eingeladen hast. Ich schätze, sie hätte ihr Geheimnis sonst irgendwann mit ins Grab genommen und ich hätte nie die Wahrheit über Joan erfahren. Danke Dir Katja, für dein selbstgebasteltes Spiel. Ich hatte lange nicht mehr so viel Spaß mit den pantomimischen Showeinlagen. Der Kater am nächsten Tag war jeden Tropfen wert. Ines, auch dir möchte ich danken. Irgendwie erinnerst du mich ein bisschen an Alfonso mit dem harten Panzer und weichem Herz. Ich danke dir, dass ich trotz meines anfänglichen Messie-Einstandes akzeptiert wurde und du mein Essen probiert hast. Ich glaube, dass allein war schon ein Erfolg für mich. << Dario

drehte sich lächelnd zu Jana. » Dir möchte ich danken, dass du dich mit meiner Mutter versöhnt hast. Bestimmt ein schwerer Schritt, aber unter Kollegen verdammt wichtig. Danke dir auch für dein Vertrauen und den Spaß. Also, den kann man absolut mit dir haben. Ich wünsche dir, dass du dich wieder mit Henning versöhnst und glücklich wirst und nun, last but not least, unsere Anna. «

Hanna, die gerade erst ihre Hörhilfe einsetzte, stutzte. » Hanna. Mit H. «

Und Dario nahm lachend ihre Hand. » Angenehm, Dario mit D, aber weißt du was, ich werde es vermissen. Dir möchte ich danken, dass ich wegen deinen Versprechern oft schmunzeln musste und ich Jana nie verstand, wie sie sich darüber aufregen konnte. «

Hanna schaute zum Himmel. » Ach nee, das wäre jetzt aber schade. «

» Was denn? «

» Wenn es jetzt regnen würde. «

Jana stöhnte genervt auf. » HANNNA ! «

Diese grinste. » SCHEEERZ! «

ENDE

DANKE

Ich möchte mich bei meinen Mädels bedanken, die
mich wieder mal inspiriert
haben, weitere Bücher über uns zu
schreiben. Auch wenn ich etwas am Charakter verändert oder zugebaut habe, erkennt sich bestimmt jeder in seiner Rolle wieder.
Es macht Spaß, Euch als Freundinnen zu haben.

Danke an meine Schwester und Hanna, die mein
Buch „Probe" gelesen und hier und da kleine
Änderungen vorgeschlagen haben!

Und Danke an Dich.
Dafür, dass Du Interesse an meinem Buch gezeigt
und es bis hierhin gelesen hast.